Le bûcher des vaniteux

Éric Zemmour

Le bûcher des vaniteux

Albin Michel

www.albin-michel.fr

Le journal de l'année
où les masques sont tombés...

Ce n'est rien. Trois fois rien. Des riens qui ne comptent pas, qui ne se voient pas, qui n'existent pas. Des grains de sable qu'on balaye d'un méprisant revers de main. Des insignifiants, des dédaignés, des méprisés. Des qui comptent pour du beurre. Des petits, des obscurs, des sans-grade. Un vendeur de fruits ambulant. Une femme de ménage. Des producteurs d'huile d'olive. Des 99 %. Et soudain, tout bascule, tout chancelle, tout s'effondre. Les importants deviennent importuns. Les certitudes vacillent. Les experts y perdent leur *globish english.* Les arrogants baissent la tête pour ne pas la perdre. Les cercles de la raison tournent en rond. Les éléments de langage se transforment en gaffes. Les tyrans en fuyards. Les puissants qui montaient dans un avion comme on prend le métro se retrouvent pieds et poings liés, faits aux pattes. Les magnifiques deviennent piteux. Les resplendissants ne se rasent plus. Les généreux se révèlent minables. « Ils avaient pris l'étiolement de leur âme pour de l'humanisme, de la générosité » (Stendhal). Les ricaneurs de profession grimacent. Les grands principes s'effacent derrière les petits copinages, les petites combines, les petits intérêts. Les masques tombent. Cette année 2011 fut celle où les masques sont tombés. Tous les masques, les scintillants et les ternes, les blancs et les bleus, les rouges et les verts. En France comme en Europe, à Washington comme à Tunis. À Rome comme à Athènes ou au Caire.

Pour Ben Ali mon ami, c'est la valise ou le cercueil. Moubarak ne fera pas de come-back. Les Américains l'ont laissé tomber comme un vulgaire Shah d'Iran. Dans les pays arabes, le printemps a commencé en janvier. Il n'y a plus de saison pour les tyrans. En 2011, les Arabes rejouèrent brillamment l'air du Printemps des peuples entonné dans l'Europe de 1848, quand la révolution, partie de Paris, embrasa toute l'Europe – Bruxelles, Milan, Budapest, jusqu'à Vienne –, renversant le chenu Metternich, qui avait jadis roulé Napoléon dans la farine, et se sauva déguisé en chambrière. À Tunis, au Caire, on exultait ; mais pas autant qu'au Café de Flore, sis boulevard Saint-Germain, où on célébra bruyamment les noces du monde arabe et de la modernité démocratique, avec la satisfaction de l'universaliste rassuré : l'autre devenait (enfin) le même. Les mauvais esprits, qui osaient alors prédire la victoire électorale des mouvements islamistes, furent exécutés séance tenante, au mieux pour complicité avec les tyrans déchus (c'était leur argument fallacieux, forcément fallacieux pour se maintenir), au pire pour racisme, islamophobie. Quelques mois plus tard, le suffrage universel portait partout les islamistes au pouvoir. Islamistes aussitôt baptisés modérés. « Ah ! s'ils sont modérés, ça change tout ! » Un masque en remplace toujours un autre. En Europe, aussi.

En 2010, on avait découvert (ou fait semblant de découvrir) que les comptes publics de la Grèce étaient faux. On mit toute l'année 2011 pour découvrir (révéler, reconnaître, avouer) que la Grèce ne rembourserait jamais ses dettes. Lors de la campagne du référendum de Maastricht, il y a vingt ans, les importants, les sages, les sachants du cercle de la raison nous avaient doctement promis que la monnaie européenne unique nous apporterait la croissance, la richesse, le bonheur. La félicité. Ceux qui osaient critiquer la construction de cette union monétaire, qui en montraient les failles, les insuffisances, les dangers, étaient brocardés, vilipendés, insultés. Sommés de renoncer à leur ambition. De quitter la vie politique ou de renoncer à leur magistère intellectuel. Même des prix Nobel d'économie subissaient l'ire méprisante des bien-pensants. La dissidence n'est pas mieux portée dans l'Union européenne que dans feu l'Union soviétique. Vingt ans après, il suffit d'un défaut à la périphérie balkanique de l'Union pour que tout l'édifice de nos glorieux vacille sur ses bases. Qu'on en voie les lacunes, qu'on colmate les brèches en catastrophe. Que la fin de l'euro soit envisagée par les banquiers les plus prudents. Que les dogmes européistes et libre-échangistes soient ébranlés, ridiculisés.

C'était la fin de Jean-Claude Trichet. La fin de son mandat à la tête de la Banque centrale européenne. La fin surtout des certitudes d'un technocrate français qui récitait en anglais les leçons allemandes. Contraint, le Trichet, de tricher – oui, je sais, c'est facile – avec les traités, avec ses principes, avec Berlin. Le père la rigueur, l'homme du franc fort et de l'euro fort, se voyait obligé, toute honte bue, de faire marcher la planche à billets. Mais on ne s'inquiétait pas trop. Nous, Français, le sel de la terre, nous avions la solution, l'homme miracle, le génie de l'économie. Il était au chaud à Washington, en réserve de la République. Il dirigeait le monde, pour se faire la main, avant de diriger la France…

On ne saura peut-être jamais si Nafissatou Diallo fut violée dans une chambre d'hôtel ou si, en bonne gagneuse, elle a tenté d'extorquer une belle somme à un client impérieux et fortuné. Mais le feuilleton de Dr Strauss et Mr Kahn nous tint en haleine pendant des semaines. Celui qui dit le contraire est un menteur. En quelques mois, l'ami d'Obama est devenu le pote de Dodo la Saumure. À Washington aussi, comme à Rome jadis, la roche Tarpéienne est proche du Capitole. Le malheur des uns fait toujours le bonheur des autres. François Hollande, qui partait aux primaires socialistes pour pouvoir négocier une place de Premier ministre, se retrouva soudain propulsé favori des sondages, vainqueur potentiel, candidat assuré des socialistes, président de la République en puissance. Les Français regardaient la ronde des candidats avec un mélange d'excitation et de désenchantement. Le général de Gaulle avait instauré l'élection du président de la République au suffrage universel pour que la grande famille du peuple français, rassemblée comme les chevaliers autour du pavois, désigne son chef. Mais cinquante ans après, les Français ont compris que leur pouvoir s'est réduit comme peau de chagrin. Ils savent leur élu, même installé à l'Élysée par leurs soins, singulièrement désarmé. Démuni. Dépendant. Dernier masque – le plus glorieux – qui tombe : celui de la souveraineté de la nation. Souveraineté millénaire.

Autour d'eux, les Français voient les gouvernements prétendument démocratiques valser au gré des exigences de la finance, ces fameux marchés, créanciers sourcilleux qui instaurent une sorte de démocratie censitaire. En Grèce, en Espagne, au Portugal. En Italie, Silvio Berlusconi est abattu comme un (chaud) lapin – décidément, sale année pour les Casanova… Les Français avaient l'habitude d'élire leur roi au suffrage universel ; ils songent, un peu éberlués, qu'on leur demande désormais de choisir un gouverneur de région, qui obéira aux ordres donnés à Berlin, Bruxelles, New York ou même Pékin. Partout sauf Paris. À quoi sert alors le grand cirque présidentiel ? Ce choc des ambitions, des ego, des vanités, des promesses, des surenchères, des rêves ? Ces masques plus brillants les uns que les autres ? Plus menteurs les uns que les autres ?

Pour RTL, j'ai tenu chaque matin le journal de bord de cette année surprenante, inquiétante, mirobolante. De mon poste d'observation privilégié, j'ai vu brûler les bûchers des vaniteux, comme au temps de Philippe le Bel, le petit peuple de Paris, sidéré et vaguement inquiet, regarda brûler celui des Templiers. J'y ai même glissé ma petite allumette. Ni vu ni connu. Pas pu m'empêcher. Un réflexe, une mauvaise habitude. Une revanche aussi. Je vous en prie, ne me dénoncez pas. Suis en sursis.

Lundi 3 janvier 2011

Indignez-vous, qu'on vous dit

Ce fut du dernier chic pour les fêtes. Pousser son petit cri d'indignation avant de faire un sort au foie gras. S'indigner de quoi ? De tout. Du monde tel qu'il va ou plutôt tel qu'il ne va pas. C'est papy Hessel qui vous le dit. Vous pouvez vous indigner en confiance. Ce ne sont pas les méchants qui manquent : les banquiers, les financiers, les riches. Tous des méchants qui ont fabriqué le fascisme et le nazisme. Papy Hessel a seulement oublié la tirade sur les 200 familles comme au bon vieux temps de la propagande stalinienne. Indignez-vous, qu'on vous dit, contre les méchants Israéliens qui martyrisent les gentils Palestiniens. Contre les méchants policiers et les très méchants ministres de l'Intérieur qui osent arrêter les gentils sans-papiers venus du monde entier travailler pour un salaire de misère dans les cuisines des bons restaurants parisiens où se retrouvent les amis indignés de papy Hessel.

Indignez-vous, qu'on vous dit. À bas les patries, à bas les frontières. Mais indignez-vous aussi contre la mondialisation. N'ayez pas peur des contradictions. Allez-y carrément et balayez les derniers restes de rationalisation de votre esprit trop cartésien. Réclamez avec papy Hessel le grand retour du programme du Conseil national de la Résistance de 1944. Avec sécurité sociale et nationalisations, dans un pays qui avait encore intactes la souveraineté de son État et la maîtrise de ses frontières. Avant l'Europe donc. Mais, comme papy Hessel, indignez-vous contre l'égoïsme des nations, car l'Europe, c'est la paix. D'ailleurs, il est à moitié allemand, papy Hessel. À moitié français aussi. À moitié juif et à moitié protestant. Et Palestinien d'honneur, et sioniste de toujours.

Jadis, l'indignation était le réflexe favori de la bonne bourgeoisie conservatrice qui s'offusquait des provocations artistiques ou sexuelles des avant-gardes progressistes. Les parents de papy Hessel en furent, eux qui servirent de modèles pour le fameux film de François Truffaut *Jules et Jim*. Mais un siècle plus tard, cette bourgeoisie de gauche a le pouvoir et l'argent. Elle défend en vérité l'ordre du monde tel qu'il est. Conservatisme qu'elle habille des oripeaux d'une fallacieuse contestation, d'une indignation de pacotille. Jadis, c'était la droite réactionnaire qui portait ces valeurs en bandoulière : la religion ou le roi. Tandis que la gauche parlait d'usine, d'ouvriers, de rapports de force entre les puissances impérialistes. Bref, de la réalité. Désormais, c'est la gauche qui fait la morale. Alors, à défaut de changer le monde, de comprendre même cette réalité, cette gauche préfère la nier, l'étouffer sous les bons sentiments, comme dans les chansons sirupeuses de Raphaël ou de Cali, les péroraisons comiques de Stéphane Guillon. C'est « Oui-Oui fait de la résistance ». Et papy Hessel couvre ce brouet moralisateur de son aura d'ancien résistant, au temps des vraies guerres et des vrais massacres. De Gaulle avait raison, la vieillesse est un naufrage.

Mardi 4 janvier 2011

Les Dupont et Dupond au pays Gbagbo

Nous tanguons entre farce et tragédie. La farce quand deux vieux renards du barreau, Roland Dumas et Jacques Vergès, débarquent, tels Dupont et Dupond, à Abidjan pour défendre un Président officiellement vaincu, alors que leurs amis de gauche ne cessent de donner depuis toujours des leçons de morale démocratique à la terre entière. La tragédie, c'est un pays au bord de la guerre civile. Mais la farce, un Gbagbo qui tonne contre le néocolonialisme et s'empresse d'appeler à sa rescousse deux avocats français, héritiers certes de tous les combats anticolonialistes mais aussi de toute l'histoire tortueuse de la Françafrique. Et puis la tragédie : un pays qui se délite et qui révèle la crudité explosive de sa structure tribale entre nord malinké et autres dioula, centre baoulé et sud où l'alliance des Kru et des peuples dits lagunaires n'a jamais fait défaut à Gbagbo. Mais cette réalité ethnique, à laquelle il faudrait rajouter le conflit entre chrétiens du sud et musulmans du nord, est niée par une communauté internationale qui, par idéologie antiraciste et héritage des frontières de la colonisation, ne veut connaître qu'une nation qui n'existe pas : la Côte d'Ivoire.

Mais la réalité se venge. La prétendue communauté internationale, elle-même chimère de bons esprits, est dénoncée par l'habile Gbagbo comme l'alliance des puissances impérialistes d'hier et d'aujourd'hui, qui veulent imposer un président musulman, ancien haut fonctionnaire du FMI, enfermé dans un hôtel d'Abidjan, l'hôtel du Golfe, protégé par les troupes de l'ONU, bref, un étranger. On peut compter sur la culture historique de nos Dupont et Dupond pour que Ouattara soit très vite comparé à Pétain, ou, plus juste encore, comme l'a fait le professeur Bernard Lugan, à une sorte de ridicule roi de Bourges, pendant la guerre de Cent Ans, quand le territoire français était presque entièrement aux mains des Anglais.

Mais on n'a pas encore trouvé la Jeanne d'Arc de Ouattara. Nicolas Sarkozy a bien lancé un ultimatum à Gbagbo. Mais un ultimatum sans intervention armée est un cri dans le désert. La communauté des États de l'Afrique de l'Ouest est prête à envoyer des troupes, dit-on. Le Nigeria est sur le pied de guerre. Mais que fera alors son grand rival, l'Angola ? Et les troupes nigérianes pourront-elles vaincre facilement la résistance du sud ivoirien qui est le pays utile de la Côte d'Ivoire où se situent les ports, les puits de pétrole, le cacao et le café ? Gbagbo peut abandonner le nord, pauvre et inutile économiquement. Il peut prendre la posture de la victime d'un complot des grandes puissances. Vergès et Dumas rappelleront qu'il y a quelques mois à peine, dans un pays voisin, le Gabon, le fils du Président défunt Bongo fut intronisé par la France et l'ONU grand vainqueur des élections démocratiques, alors qu'on découvre aujourd'hui qu'il n'était arrivé que bon troisième lors du premier tour… Je dirais même plus, mon cher Dupont : il n'était même pas arrivé deuxième.

Mercredi 5 janvier 2011

La Hongrie en conflit avec l'Europe qu'elle préside

Le hasard fait bien les choses. Le conflit entre la Commission et la Hongrie tombe juste au moment où ce pays préside pour la première fois l'Union européenne. Comme si les autorités bruxelloises voulaient signifier ce que les spécialistes n'ignorent point : la présidence de l'Union est purement honorifique. Le président de l'Union ne préside rien du tout. Il organise, arrange au mieux. Le reste est pure communication. Les eurocrates et les journalistes accrédités à Bruxelles ne tarissent pas d'éloges sur la présidence belge qui vient de s'achever, et pour cause : comme il n'y a plus de gouvernement belge depuis des mois à cause de la querelle linguistique, ce pays ne risquait pas de prendre des initiatives nationales intempestives aux yeux de Bruxelles.

Nicolas Sarkozy ne manque jamais de le rappeler. Les chefs d'État et de gouvernement ont des comptes à rendre à leur peuple. Les hauts fonctionnaires nommés à Bruxelles ou à Francfort ne connaissent pas les affres de l'élection. Ils n'ont pas la légitimité démocratique. Ils se parent des vertus de l'intérêt général européen en dénigrant les égoïsmes nationaux, mais ces égoïsmes nationaux sont sanctifiés par le suffrage universel qui est la base de nos régimes démocratiques.

Cette querelle est aussi vieille que l'Europe, mais elle a pris une nouvelle ampleur depuis le milieu des années 80 et l'adoption de l'Acte unique européen.

L'idéologie libérale du moins d'État en vogue dans le monde entier est devenue le dogme bruxellois qui a fait reculer la politique au profit d'une régulation par le droit et le marché. Ce dogme libéral a explosé au soir de la crise de 2008. Les États ont semblé reprendre la main. Manuel Barroso restait toujours à trois pas derrière Nicolas Sarkozy qui présidait alors l'Union.

Et puis, les mois ont passé. Bruxelles a repris du poil de la bête au nom des grands principes et des grands sentiments. La Commission a tancé Paris pour sa politique d'expulsion des Roms. Les Français ont fulminé, ont sorti l'étendard mité de leur souveraineté nationale, mais ont cédé. Ils ont modifié la circulaire sur les Roms, qui sont revenus. Les partisans des principes et du droit européens ont triomphé. Mais les États ont montré une fois encore au peuple leur incapacité à protéger leurs citoyens. En des temps lointains où le marxisme était une idéologie en vogue, on n'ignorait point que le droit n'était souvent que le reflet des rapports de force d'un moment historique. Dans cette affaire hongroise, on remarquera seulement que la Commission ne s'émeut que lentement et sous la forte pression des Allemands qui défendent avec une vigueur inusitée les libertés de la presse hongroise. Or le gouvernement de Budapest a par ailleurs instauré, pour renflouer le Trésor hongrois aux abois, une taxe de crise qui frappe lourdement les investisseurs étrangers où les grands groupes allemands sont très largement majoritaires. Mais ceci n'est sans aucun doute qu'une regrettable coïncidence.

Vendredi 7 janvier 2011

Statues ou icônes ?

La nostalgie est toujours ce qu'elle était : Mitterrand à gauche, Séguin à droite. Les morts sont célébrés, exaltés, fétichisés ; dans les deux camps, on honore le volontarisme politique. Mais les mots n'y ont pas le même sens. La gauche célèbre le seul des siens qui ait réussi à conquérir la magistrature suprême et à la conserver. La droite magnifie le défenseur talentueux de l'héroïsme en politique. La gauche n'oublie pas que Mitterrand fut le dernier candidat socialiste à avoir obtenu une majorité de suffrages parmi les ouvriers. La droite fait semblant de ne pas savoir que Séguin fut le Cassandre de la souveraineté nationale perdue. Chacun recherche ce qui a été abandonné, le peuple pour la gauche, la nation pour la droite.

Les deux hommes avaient échangé leurs habituelles caricatures partisanes. À Mitterrand, l'habileté, le cynisme, le goût sensuel du pouvoir. À Séguin, le génie du verbe, de l'incantation, des grands principes et des grandes maladresses aussi. À l'homme de gauche, la durée du pouvoir. Au gaulliste, l'éphémère passage ministériel. Mitterrand a vaincu parce qu'il a renoncé à tout. Séguin a perdu parce qu'il n'a jamais réussi à se soumettre complètement au nouvel ordre du monde.

Célèbre débat de 1992, le référendum sur Maastricht fut la matrice de la vie politique de ces vingt dernières années. Mitterrand a gagné sur la forme, ayant tétanisé Séguin en petit garçon respectueux. Mais, sur le fond, les arguments de Séguin contre la monnaie unique et la construction européenne résonnent aujourd'hui avec une pertinence brûlante. Que ce soit sur la déshérence démocratique, la fragilité économique ou la régression sociale. Mitterrand a su habiller ses renoncements et ses apostasies des oripeaux de l'idéal européen. Séguin n'a jamais su mettre la lucidité de sa réflexion et le lyrisme de son verbe au service d'une action politique. Il fut l'homme des occasions manquées. Depuis sa mort, la gauche est retournée aux poisons et délices du socialisme municipal auquel Mitterrand l'avait arrachée, gagnant toutes les élections locales mais jamais la présidentielle, faisant semblant de désirer ce qu'elle ne veut pas assumer.

À droite, Nicolas Sarkozy s'est fait brillamment élire, en 2007, en reprenant le discours national républicain de Philippe Séguin dont Henri Guaino avait pieusement conservé le secret. Mais, depuis lors, il s'avère incapable d'assumer cette promesse, comme s'il donnait raison de manière posthume à l'aboulie séguiniste. De son côté, François Fillon tente habilement de profiter de son long compagnonnage avec son ancien mentor d'Épinal pour s'émanciper de la tutelle étouffante de Sarkozy. Mais quand il limite le message de l'ancien président de la Cour des comptes à la défense farouche des équilibres budgétaires, on ne sait trop si on doit en rire ou en pleurer. Séguin, lui, en aurait sans doute ri, de son terrible rire désespéré.

Lundi 10 janvier 2011

Quand la fin justifie les moyens

Avant, les choses étaient simples. On payait. Des rançons plus ou moins élevées, selon la médiatisation de l'otage. On jurait ses grands dieux qu'on ne céderait jamais au chantage, mais on payait. La gauche comme la droite payaient. Pour le coup, l'intervention militaire française décidée par Nicolas Sarkozy est une vraie rupture. Le paradoxe, c'est que cette décision est saluée unanimement par la classe politique. Comme un hommage du vice à la vertu. Qui ne durera sans doute pas. La France est entraînée dans une escalade sanglante dont on ne connaît pas l'issue. La mort de nouveaux otages pris au hasard pour racheter le sang des terroristes tombés sous les balles de l'armée française, selon d'ancestrales coutumes tribales codifiées par le Coran. Ou des attentats sur le sol français qu'on a déjà connus dans les années 80 et 90.

À l'époque, c'était la politique française en Algérie ou le soutien de l'Irak contre l'Iran qu'on voulait punir. Aujourd'hui, ce sont les réflexes laïcs d'une République qui interdit le voile intégral dans la rue qu'on vitupère et l'image d'une ancienne puissance colonisatrice qu'une Aqmi venue d'Algérie ne cesse de vomir. On ne sait jusqu'où une opinion pacifiste éduquée dans une culture consumériste et hédoniste où la vie humaine et la paix sont sacralisées acceptera de lutter contre des fanatiques au jeu sanglant de l'honneur et de la mort. Jusqu'à quand ? Pendant des décennies, en plus des rançons qu'on réglait rubis sur l'ongle, la politique arabe de la France était notre police d'assurance, ou du moins le croyait-on. Là aussi, nous vivons une rupture. Nicolas Sarkozy n'est pas vu comme le protecteur des Palestiniens, comme le furent François Mitterrand ou Jacques Chirac. Le climat a radicalement changé. Il est obscurci par la multitude de violences contre les chrétiens dans le monde arabe. En Égypte, en Irak.

Nicolas Sarkozy a condamné avec véhémence l'épuration des chrétiens. Même une gaulliste pur sucre comme Michèle Alliot-Marie a dénoncé la christianophobie. Le Président a même réclamé la réciprocité des conditions de culte pour les minorités religieuses. Revendication qui vous faisait passer pour un extrémiste il y a encore quelques semaines dans les médias français. Bien sûr, Nicolas Sarkozy continue de distinguer entre l'islamisme et l'islam, selon la dialectique du bon et du méchant, ne serait-ce que pour protéger légitimement nos compatriotes musulmans. Mais combien de temps cette digue dialectique, fragile de surcroît sur le plan théorique, tiendra-t-elle ? C'est comme si la France amorçait un petit 11 septembre hexagonal. Dans ce nouveau contexte, on se demandera de plus en plus ce que nos troupes font en Afghanistan à chercher un Ben Laden envolé depuis des lustres, à risquer la peau de nos meilleurs soldats pour une cause qui n'est pas la nôtre, tandis que des ennemis autrement plus réels et plus menaçants tuent nos compatriotes dans le Sahel. Une question de plus, pour l'instant sans réponse.

Mercredi 12 janvier 2011

De la sincérité d'Eva Joly

Les sondages sont des armes de guerre politique. Ils sont utilisés pour torpiller ou promouvoir une candidature. Ils sont devenus des sortes de juges suprêmes. Naguère, les partis choisissaient le candidat qui correspondait le mieux à leur idéologie. Ce fut le cas de Mitterrand en 1981, contre Rocard, ou encore de Chirac au RPR. Aujourd'hui, au moment où on fait de plus en plus voter les militants, ceux-ci ont un comportement de parieurs de courses de chevaux. Ils misent sur le gagnant. On l'avait vu en 2006 avec Ségolène Royal, et c'est pour cette raison que ce sondage est si important pour Eva Joly. Il conjure, pour l'instant en tout cas, les risques de déstabilisation qu'avait provoqués sa piètre prestation télévisée d'il y a quelques mois. Pourtant, les résultats de ce sondage ne règlent rien.

L'ancienne juge d'instruction est considérée comme sincère, honnête, compétente, efficace dans les causes qu'elle défend, inspirant confiance. Mais qui en doutait sérieusement ? Cela ne signifie nullement qu'elle peut prétendre à la magistrature suprême, qu'elle a des solutions sur le chômage, l'insécurité, la crise monétaire, la désindustrialisation... Elle serait la personnalité écologiste la mieux à même de lutter contre la crise économique et financière. Mais les Français attendent-ils cela d'un écologiste ? D'ailleurs, Eva Joly n'est même pas écologiste. Au sein des Verts, certains lui en tiennent rigueur. Elle n'est même pas environnementaliste, comme les khmers verts qualifient avec mépris ceux qui ne s'occupent pas des sans-papiers ou du mariage homosexuel. À part la nécessaire lutte contre la délinquance financière, on ne sait pas ce que pense Eva Joly. Elle est le produit d'un casting intelligent, apparemment validé par les sondages. On sait également qu'elle appellera à voter au second tour pour le candidat socialiste. Ce n'était pas évident. Eva Joly a d'abord été séduite par François Bayrou, avant de tomber dans les bras de Daniel Cohn-Bendit. Ses rapports avec les socialistes n'ont pas toujours été au beau fixe, comme elle l'a rappelé dans une boutade qui a beaucoup déplu, rue de Solferino : « Dominique Strauss-Kahn, a-t-elle dit, je le connais bien, je l'ai mis en examen. »

Plus profondément : l'alliance entre les socialistes et les Verts lui a toujours paru fort fragile. Les socialistes croient au progrès. Les écologistes en voient surtout les dégâts. Les socialistes cherchent la croissance. Les écologistes prônent la décroissance. Reste, pour les unir, une sorte de mondialisme naïf, une philosophie très antinationale. Affichée chez Cohn-Bendit et la plupart des Verts. Mieux dissimulée chez les socialistes. Eva Joly, mi-norvégienne, mi-française, avec son accent charmant ou horripilant selon les moments, incarne de manière subliminale ce dépassement des nations, sans qu'elle-même ni les Verts ne s'avisent que leur internationalisme si sympathique fait le lit et la joie de toutes les mafias et de tous les trafics d'argent recyclé. Dans ces débats, on cherche encore quelle est la place d'Eva Joly. Son positionnement, sa philosophie. Une campagne présidentielle est une épreuve féroce. On a vu beaucoup de chouchous des sondages s'écrouler. Une bonne image ne suffit pas.

Vendredi 14 janvier 2011

La politique de la ville, à quoi ça sert ?

Ils sont venus, ils sont tous là, sauf Tapie, le fils maudit, mais elle ne va pas mourir, la mamma. Elle subventionne les associations, la mamma, nourrit les grands frères, répare les cages d'escaliers, et reconstruit même les immeubles HLM trop abîmés. L'État mamma est devenu obèse, il a du mal à marcher, compte ses sous parce que ses créanciers le harcèlent, mais continue de payer. La politique de la ville, ce sont d'abord ces dizaines de milliards d'euros partis on ne sait où, pour on ne sait quoi. La politique de la ville, c'est une invention socialiste que la droite a reprise à son compte, un de ces sujets consensuels dont la classe politique est si fière, alors que, comme l'a dit un jour François Bayrou, « quand on pense tous la même chose, c'est qu'on ne pense plus rien ».

La politique de la ville concerne seulement les quartiers de banlieues. Les quartiers dits « sensibles » car souvent insensibles à l'ordre républicain. Orwell aurait adoré notre politique de la ville. Tout a commencé après les émeutes de Vaulx-en-Velin en 1979 et l'histoire de la politique de la ville a été rythmée par les colères plus ou moins spontanées, les émeutes, les destructions. À chaque fois effrayé, l'État mamma remettait au pot quelques milliards pour acheter la paix sociale et pour oublier son sentiment de culpabilité. Une étude administrative récente montre que les plus défavorisés des Français ne sont pas où l'on croit. Mais dans les départements ruraux du Centre, comme la Creuse, ou de l'Est. Les ouvriers et les employés qui y habitent perdent leur emploi à cause des délocalisations industrielles et on y ferme tribunaux, hôpitaux et bureaux de poste. Les banlieues, au contraire, sont proches des grandes métropoles qui sont aujourd'hui les seuls endroits du territoire national irrigués par le dynamisme économique de la mondialisation.

La Seine-Saint-Denis est un département riche habité par des pauvres. Les grandes entreprises y ont installé des kilomètres de bureaux, mais la plupart des jeunes de ces quartiers n'ont pas les diplômes nécessaires pour y postuler. Cette proximité avec les centres villes les plus riches rend les trafics de drogue très attractifs. Trafics si rémunérateurs qu'ils détournent beaucoup de jeunes de la recherche sérieuse d'un emploi. La politique de la ville ne peut rien contre tout cela. Pas plus qu'elle ne pourra détruire les ghettos dont on se plaint rituellement. Ce n'est pas l'urbanisme qui provoque les ghettos, mais d'abord la délinquance qui fait fuir les gens honnêtes dès qu'ils le peuvent. Une politique d'immigration laxiste ensuite – 200 000 entrées régulières par an –, qui ruine tous les efforts d'intégration ; et l'abandon par l'État et les élites de l'exigence d'assimilation des codes sociaux et culturels français. On ne peut exalter les différences et obliger des gens trop différents à vivre ensemble. Malgré toutes les contraintes légales inventées, la politique de la ville n'y pourra rien, elle sera au mieux inefficace, au pire nuisible.

Lundi 17 janvier 2011

Un nom en héritage

Longtemps Marine Le Pen fut « la fille de ». Elle est devenue l'héritière. Longtemps son inculture historique ou littéraire a été brocardée, surtout au sein du Front national, et suscitait des comparaisons désobligeantes avec son père. Désormais, ce handicap est l'un de ses principaux atouts. L'avènement de Marine et sa naissance tardive signent la clôture définitive, enfin, de l'après-guerre dans la vie politique française. Finies, les références à la Seconde Guerre mondiale, au génocide des juifs, au nazisme, à la guerre d'Algérie. Tout cela est enfin rendu aux historiens. Marine Le Pen est née en 1968. Pas étonnant qu'elle ait d'abord plu aux médias en adoptant l'héritage sociétal de 68 sur le divorce, l'avortement. Le paradoxe est qu'elle se soit définitivement imposée en dynamitant un des purs produits de cet héritage libertaire, lorsqu'elle dénonça avec une rare efficacité les vagabondages sexuels de Frédéric Mitterrand. Autre paradoxe : c'est avec une critique serrée de la mondialisation libérale, que ne renierait pas la gauche de la gauche, qu'elle s'est enracinée dans le nord de la France. On est loin de la tentation reaganienne de son père au début des années 80. Depuis lors, du temps déjà de Jean-Marie Le Pen, les effets de la mondialisation – qui détruit les emplois des ouvriers mais essore aussi les indépendants, commerçants, petits patrons – ont rassemblé dans le même camp des victimes deux électorats jadis adversaires de classe.

Mais la critique de gauche de la mondialisation libérale s'arrête toujours au tabou de l'immigration. Alors que celle-ci en est l'un des traits essentiels. C'est pour cette raison majeure que les grands leaders souverainistes, de Philippe Séguin à Jean-Pierre Chevènement, n'ont jamais réussi à avoir l'oreille de l'électorat populaire au-delà des référendums européens. C'est que toucher à ce tabou provoque l'immédiate diabolisation par les médias.

Marine Le Pen elle-même parle moins d'immigration que son père, et plus d'islam. Là aussi, elle reprend l'ancien discours de la gauche, abandonné par cette dernière, qui avait édifié le logiciel républicain autour d'une laïcité rigoureuse, d'une assimilation exigeante des étrangers, de la lutte contre les féodalités de l'argent et même contre ces délinquants qui pourrissent la vie des pauvres. Karl Marx parlait de *Lumpenproletariat* et Engels dénonçait la racaille. Dans toute l'Europe, ces sujets sont brûlants. En Suisse, aux Pays-Bas, en Italie, dans les pays scandinaves, des partis dits « populistes » font un tabac, bousculent les vieux clivages et entrent dans des coalitions gouvernementales. Alors, Marine Le Pen bientôt ministre ? On n'en est pas là. Elle-même récuse toute alliance avec une UMP restée fidèle aux dogmes européens. Jean-François Copé refuse, lui aussi, tout accord. Mais au sein de l'UMP, la Droite populaire a renoué avec le vieux slogan « Pas d'ennemi à droite » ; la présidentielle de 2012 décidera donc d'une éventuelle recomposition des droites et du destin de Marine Le Pen.

Mardi 18 janvier 2011

La fable du Président et du Paysan

Pendant sa campagne de 2007, Nicolas Sarkozy avait sonné à grand renfort de trompette le retour du politique. Le retour du volontarisme, de la valeur « travail », du pouvoir d'achat. Or, et malgré la crise de 2008, il n'a rien pu faire. Les délocalisations industrielles se sont poursuivies comme si de rien n'était ; et les prêts agricoles sont plus que jamais branchés sur les Bourses et les marchés spéculatifs. Jadis, les revenus agricoles étaient indexés sur le climat. Les malédictions divines provoquaient ruine et famine.

Aujourd'hui, les deux nouvelles plaies d'Égypte des paysans ont pour noms grande distribution et spéculation internationale. Le XXe siècle avait pourtant entretemps connu le progrès du machinisme et, en Europe, la Politique agricole commune (Pac) qui garantissait les prix agricoles en fonction des productions. On faisait payer au contribuable sa sécurité alimentaire. Ou plutôt, et c'était le cœur de l'accord conclu entre de Gaulle et Adenauer dans les années 60, le contribuable allemand subventionnait le paysan français, tandis que le consommateur français achetait les belles voitures allemandes. C'était gagnant-gagnant, comme on ne disait pas alors.

Depuis les années 80, c'est perdant-perdant. Pour sauver ses emplois, le salarié allemand se serre la ceinture et le paysan français a perdu 35 % de son revenu en 2009, après en avoir perdu 20 % en 2008. La profession est celle où on se suicide le plus. Elle est divisée plus que jamais entre riches, très riches et très pauvres. Productivistes et écologistes. Les producteurs de blé échappent à la morosité grâce à l'explosion démographique de la planète. Mais l'excédent commercial de toute la filière agroalimentaire française a quand même été réduit de moitié. Nous sommes concurrencés par le Brésil, la Russie et demain la Chine, qui ont une main-d'œuvre sous-payée. L'Allemagne nous a pris notre place de troisième exportateur mondial. L'agriculture française a été jetée, de gré ou de force, dans la grande bataille de la mondialisation. Contrainte de suivre les règles de l'Organisation mondiale du commerce.

Bruxelles a démantelé consciencieusement les garanties de la Pac. Trop cher, nous a-t-on dit, alors que les 55 milliards d'euros dépensés ne représentent que la moitié des subventions versées par l'État fédéral à l'agriculture américaine. En vérité, comme pour la politique de la concurrence industrielle, Bruxelles a suivi avec obstination ses préceptes libéraux. Et qu'on ne vienne pas nous dire que les États se cachent derrière Bruxelles. L'agriculture est la seule politique authentiquement fédérale de l'Union européenne. L'accord entre Chirac et Schröder en 2005 s'est révélé un magnifique rideau de fumée qui n'a rien empêché. En 2013, on doit tout remettre à plat. Dans une Europe à 27, où chacun tire à hue et à dia, Sarkozy promet au monde paysan le retour de la préférence communautaire, la régulation des marchés, l'harmonisation sociale et environnementale. Bref, le retour de la Pac à la papa. Il est prêt à assumer une crise, dit-il. Mais les paysans ont du mal à le croire.

Mercredi 19 janvier 2011

Agitations en coulisse à l'hôtel de la Marine

Et si on vendait Versailles ? Cela ferait un hôtel de luxe sublime ! Les nouveaux nababs des pays émergents adoreraient dormir dans les draps de Louis XIV. Et on a déjà la décoration pour les chambres d'enfants avec les sculptures de Murakami. Bon, on se moque... Versailles n'est pas à vendre, pas plus que Fontainebleau ou Chambord. Mais l'hôtel de la Marine de Gabriel et sa sublime façade à colonnades qui donne sur la place de la Concorde, si. Pourquoi ? Parce que les marins doivent rejoindre leurs collègues militaires au sein du grand Pentagone prévu dans le 15e arrondissement de Paris. Et surtout, parce que l'État a besoin d'argent. Beaucoup d'argent. Alors on vend. Des hôtels particuliers, des casernes, des hôpitaux ; demain, sans doute, le si émouvant Hôtel-Dieu, accolé à Notre-Dame. On brade ! ont protesté de grands historiens et écrivains comme Jacques Le Goff, Pierre Nora ou Régis Debray à propos de l'hôtel de la Marine. Il est vrai que voir des boutiques de luxe et des galeries d'art contemporain envahir ce haut lieu de l'histoire de France classé Monument historique en 1862, a de quoi choquer...

Cet ancien Garde-Meuble de la monarchie fut en quelque sorte le premier musée des Arts décoratifs, puisque le peuple, entouré de gardes suisses, pouvait admirer une fois par mois les meubles, les bronzes qui y étaient fabriqués et exposés. L'ancien président Giscard d'Estaing a rejoint la protestation des historiens. Et le ministre de la Défense, Alain Juppé, n'a pu retenir un cri du cœur : « Je ne veux pas qu'on organise une élection de Miss France ici. »

Alors qu'on croyait le dossier bouclé à la hâte en faveur du patron du Royal-Monceau et de son acolyte, l'ancien ministre de la Culture, Renaud Donnedieu de Vabres, les propositions foisonnent. Commerciales mais aussi historiques. Pierre Nora a proposé ce lieu pour ériger le fameux projet sarkoziste si décrié de musée de l'Histoire de France. D'autres historiens jouent les coucous et, sous prétexte que c'est dans ce lieu qu'a été signée, par Victor Schœlcher, l'abolition de l'esclavage dans nos colonies en 1848, proposent de le transformer en un musée de l'esclavage et de la colonisation. On pourrait l'intituler « musée de la Repentance ». Pourtant, c'est là aussi que fut signée la condamnation à mort de Louis XVI. Mais, curieusement, ils ne proposent pas un musée de la monarchie capétienne. Ces polémiques, ces cris d'orfraie, ces appels à l'histoire, au respect pour le passé national n'arrangent pas les affaires de nos comptables publics. Ils voulaient gagner de l'argent, ils risquent d'être contraints d'en dépenser… Au-delà du cas particulier de l'hôtel de la Marine, c'est toute la gestion du patrimoine historique qui est sous les projecteurs. Contrairement à nos voisins européens, la France associe intimement l'État à la nation. Beaucoup d'historiens considèrent que c'est même l'État qui a, chez nous, forgé la nation. Il se doit donc de préserver dans son giron les lieux qui incarnent la mémoire de la France.

Lundi 24 janvier 2011

L'État et le cas Céline

Frédéric Mitterrand a eu ces jours-ci une révélation inouïe : Louis-Ferdinand Céline était antisémite. Son pamphlet le plus célèbre, *Bagatelles pour un massacre,* est d'une fureur impressionnante. Ce texte est d'ailleurs d'une qualité littéraire bien inférieure à ses chefs-d'œuvre, comme une justice immanente. Sa haine des juifs finit d'ailleurs par relever du délire psychiatrique. Pendant l'Occupation, il expliquait aux officiers allemands qu'Hitler avait trop de mansuétude pour les juifs parce qu'il était lui-même d'origine juive.

Mais Céline est aussi, et d'abord, un immense écrivain. Un des géants du XXe siècle. Son *Voyage au bout de la nuit* est l'un des chefs-d'œuvre de la littérature française. Même son équipée grotesque à Sigmaringen, avec le dernier carré des fuyards de la Collaboration autour de Pétain et Laval, lui donna l'occasion d'écrire une grandiose farce rabelaisienne dans laquelle il n'épargnait guère ses compagnons d'infortune. Ses livres sont traduits dans le monde entier, jusqu'en Israël. En revanche, ses pamphlets antisémites ne sont plus édités depuis la fin de la guerre. La critique littéraire nous a appris à distinguer entre l'écrivain et l'homme. Entre l'œuvre et les idées. On peut être un génie et un salaud. On n'est pas forcément un grand écrivain parce qu'on est un brave type. C'est injuste, mais c'est ainsi.

Frédéric Mitterrand l'ignore moins que personne, qui a écrit des livres d'une plume talentueuse, pour dire tout le mal qu'il pensait de lui-même. Le général de

Gaulle disait : « Tout homme qui écrit et qui écrit bien sert la France. » Et Nicolas Sarkozy lui-même, grand amateur du *Voyage au bout de la nuit*, a toujours dit qu'on pouvait aimer Céline sans être antisémite, comme on pouvait aimer Proust sans être homosexuel.

La célébration du génial écrivain aurait pu être l'occasion d'une pédagogie très instructive sur l'antisémitisme d'avant-guerre et de la Collaboration. Céline est l'incarnation de ces anciens combattants de la guerre de 1914 qui avaient érigé la paix en valeur suprême, de ces hommes de gauche – Céline flirte d'abord avec les communistes – qui deviendront antisémites et collabos par pacifisme et refus absolu de la guerre avec l'Allemagne. « Je préfère être un Allemand vivant qu'un Français mort », disait Giono qui fut, lui aussi, inquiété à la Libération.

La décision de Frédéric Mitterrand de retirer Céline du recueil des célébrations nationales pourrait avoir des suites. Il ne faudrait plus étudier dans les écoles Aragon, qui célébra dans ses poèmes le Guépéou, la police politique stalinienne, qui tortura et massacra à qui mieux mieux. Dans quelques années, des voix contesteront la commémoration de Voltaire, qui s'enrichit honteusement dans la traite triangulaire. L'esclavage n'est-il pas lui aussi un crime contre l'humanité ? Le même Voltaire n'était d'ailleurs pas avare de réflexions antisémites. Mais si l'auteur de *Candide* résiste à ces assauts, il ne manquera pas de bonnes âmes pour expliquer ce deux poids deux mesures par la puissance inégalée du lobby juif. Messieurs Klarsfeld et Mitterrand auront bien travaillé.

Mardi 25 janvier 2011

Z like Zemmour

On commence à connaître l'école idéale selon Luc Chatel. Anglais le matin, sport l'après-midi. Mais déjà, le socialiste Claude Allègre nous avait prévenus que l'anglais ne devait plus être pour les petits Français une langue étrangère. On connaît bien les arguments. On apprend plus vite une langue étrangère avant six ans, et les petits Français sont nuls en anglais, sans qu'on sache d'ailleurs si nos profs sont nuls ou si la France résiste, par une sorte de patriotisme linguistique inconscient, à la colonisation des esprits. Une langue n'est pas seulement un véhicule de communication, elle est aussi une façon d'appréhender l'existence, les relations sociales, l'amour, le travail. La langue est une civilisation. Les linguistes nous ont enseigné que c'était la langue qui structurait le cerveau et non l'inverse.

De plus en plus de grandes écoles sélectionnent les jeunes cracks sur cette matière ; jadis c'était sur le latin, au nom de la culture classique. Puis ce fut sur les maths, au nom de la lutte contre les inégalités sociales. Désormais, avec l'anglais, on accentue les inégalités sociales, au nom de l'adaptation à la mondialisation. Cette insistance obsessionnelle sur l'anglais est concomitante d'un recul phénoménal de la maîtrise de la langue française par les nouvelles générations. D'une médiocrité syntaxique, orthographique et d'une pauvreté lexicale désespérantes. Comme des vases communicants.

Longtemps la France fut fière de sa langue, la portait comme un étendard glorieux. Quand elle a été remplacée par l'anglais comme langue mondiale, les Français ont résisté. Un intellectuel français fit scandale dans les années 70 en comparant la vogue de l'anglais à celle de l'allemand sous l'Occupation. Les chansons, les titres des films étaient obstinément traduits. Le général de Gaulle prenait un malin plaisir à ne jamais prononcer un mot d'anglais, alors qu'il disait toujours quelques mots dans les langues des pays qu'il visitait. Georges Pompidou avait exigé que le français restât la langue de l'Europe, au moment même où il ouvrait la porte du Marché commun aux Anglais. Mais avec Giscard, tout bascula. Il se vantait de tutoyer le chancelier allemand Helmut Schmidt en anglais !

La mode est devenue snobisme. Le snobisme, loi d'airain. À Bruxelles, désormais, l'anglais écrase tout. Les réunions des dirigeants des grandes entreprises du Cac 40 se tiennent en anglais. Louis Schweitzer, ancien président de Renault, tenait ses comités de direction en anglais, même lorsqu'il était à Paris et qu'il n'y avait que des Français autour de lui. Les patrons français prononcent leurs discours devant leurs assemblées d'actionnaires en anglais. Les titres des films ne sont plus traduits. De plus en plus de chanteurs écrivent directement en anglais. Ce succès planétaire effraie les Britanniques eux-mêmes. La langue de Shakespeare devient un sabir appauvri et sans nuances. Un *globish language* sans goût ni saveur, que le ministre veut faire apprendre à nos bambins par ordinateur. Bienvenue dans le monde enchanté de Luc Chatel.

Mercredi 26 janvier 2011

Sarkozy, la rupture après… la rupture

Il fut un temps pas si lointain où tous ceux qui détestaient le président de la République l'appelaient « Sarkozy l'Américain ». Il y eut même, avant la campagne présidentielle, un socialiste talentueux qui dénonça en lui un Américain sous passeport français. Il s'appelait Éric Besson. À l'époque, le candidat Sarkozy défendait crânement la rupture avec les années mitterrando-chiraquiennes et prônait une franche soumission de notre vieux pays aux règles du capitalisme anglo-saxon.

Ce temps-là est révolu. La crise de 2008 est passée par là. Sarkozy est revenu dans le giron français. Vante la régulation, propose une taxe sur les transactions financières. Combat la spéculation sur le marché agricole et les désordres monétaires. Se chiraquise, se mitterrandise. Le journal *Le Monde* lui décerne le titre envié de « bon social-démocrate ». Cette régulation mondiale tant vantée dans notre pays est le croisement chéri de l'internationalisme socialiste et de l'étatisme colbertiste. L'expression synthétique de la méfiance contradictoire du marché et des frontières. Sans que la gauche française ne se soit jamais rendu compte que son rejet romantique des frontières faisait le lit de ces marchés qu'elle abhorre.

So frenchy, cette régulation mondiale est le rêve des élites françaises qui ont reconverti l'universalisme de notre ancienne puissance en un fantasme de gouvernement mondial. Sarkozy prend ainsi les patins idéologiques de nos Jacques Attali, Pascal Lamy, Dominique Strauss-Kahn, ou Jean-Claude Trichet, tous nos grands technocrates qui dirigent ou ont dirigé des organismes mondiaux – tous ces « machins » dénoncés jadis par de Gaulle !

Sarkozy se condamne ainsi à l'impuissance du verbe. Au mieux, inspirateur des vrais puissants, une sorte de Grèce des nouveaux empires romains. Au pire, spectateur désolé d'une pièce écrite par d'autres. Il le sait si bien qu'il a renoncé prudemment à sa seule ambition vraiment iconoclaste, authentiquement révolutionnaire, de nouveau Système monétaire international. Vieille idée française, elle aussi, mais qui bute sur les réalités géostratégiques mondiales entre les deux géants d'aujourd'hui, États-Unis et Chine, qui veulent continuer, eux, à utiliser les bonnes vieilles armes de la souveraineté des nations : battre sa monnaie et jouer de sa valeur pour protéger ses frontières et ses industries.

Nicolas Sarkozy confie donc au FMI – une institution aux mains des États-Unis depuis toujours – le soin d'enterrer l'affaire sans fleurs ni couronnes. Double discours, scanderont les adversaires du Président. Peut-être surtout désarroi d'une France qui ne parvient plus depuis longtemps à imposer sa conception du monde, d'une France et d'une Europe qui se sont dépouillées de leurs attributs de souveraineté pour mieux donner l'exemple, dans un monde de nations pachydermiques qui parlent le langage de la coopération pour mieux préparer, dans les meilleures conditions, leur compétition, voire leur affrontement.

Vendredi 28 janvier 2011

La Belgique, une équation impossible

On nous avait dit « jamais ». Les sérieux, les raisonnables, les sachants : jamais la Belgique ne céderait. Trop de liens, trop d'enjeux, trop de pressions. On comptait sur la modération légendaire de nos voisins ; ce n'est pas l'ex-Yougoslavie là-bas. Pourtant, alors que le pays est sur le point de battre le record du monde de l'absence de gouvernement – 227 jours depuis les élections, plus de sept mois –, la Belgique est acculée à la scission. L'incroyable paraît devenir l'inéluctable. C'est que la Flandre ne veut plus payer pour les Wallons.

Les négociateurs flamands proposent désormais de régionaliser les secteurs de l'emploi et de la santé. La sécurité sociale est dans leur viseur. Les Flamands estiment que les Wallons sont des parasites, entretenus dans une logique d'assistanat par un Parti socialiste clientéliste. Ce n'est pas seulement pour eux une revanche historique sur les Wallons jadis arrogants, parce que les richesses houillères et les industries sidérurgiques étaient chez eux et que les Flamands étaient, à leurs yeux, des culs-terreux pauvres et obéissant à monsieur le curé, comme le chantait Jacques Brel, lui-même flamand. Les culs-terreux se sont avérés travailleurs et dynamiques.

La Flandre, devenue riche, creuse l'écart avec la Wallonie, et la mondialisation l'y aide. Partout le social est devenu un coût qu'il faut réduire. Comme de la mauvaise graisse. Les Italiens du Nord veulent se débarrasser du Sud, les Flamands, des Wallons, les Catalans, du reste de l'Espagne. Les Tchèques ont déjà dégagé les Slovaques. L'Europe, qui a longtemps encouragé les autonomismes régionaux, se retrouve prise à son propre piège. Bruxelles est le siège des institutions européennes. Longtemps, cette grande et riche métropole a retenu les Flamands d'emprunter le chemin de la scission. Mais cette ville, devenue francophone, effraye de plus en plus les leaders flamands. À cause de son endettement colossal et de sa très nombreuse immigration marocaine.

Mais tout cela n'est pas dit officiellement. On se cache commodément derrière la querelle linguistique. En fait, la bourgeoisie flamande a longtemps, très longtemps parlé français. Le peuple parlait d'innombrables dialectes flamands. Phénomène historique que nous avons bien connu dans la plupart des régions françaises. Mais les régions belges, qui avaient été sous imperium français de 1792 à 1815, puis hollandais, sont devenues un royaume indépendant en 1830, alors que la révolution avait commencé à Liège en chantant *La Marseillaise* et en brandissant le drapeau tricolore. Mais l'Angleterre refusait de voir un uniforme français dans le port d'Anvers, une des principales raisons de la guerre avec Napoléon. Pour éviter une nouvelle guerre, Talleyrand inventa la Belgique. Sans illusions. Dans cette Belgique, sous influence culturelle française, la langue flamande fut à la fois objet de mépris et élément majeur de différenciation d'avec la France. La querelle linguistique est donc paradoxalement un produit de la Belgique. Elle est aujourd'hui sur le point de causer sa mort.

Mercredi 2 février 2011

Le débat sur la récidive n'en finit pas de récidiver

C'est un rituel désormais attendu. À chaque crime odieux, Nicolas Sarkozy reçoit la famille de la victime, compatit à sa détresse, annonce une nouvelle loi plus répressive. Son ministre de l'Intérieur dénonce le laxisme des juges. Les syndicats de magistrats protestent, défendent leurs collègues qui n'ont fait qu'appliquer la loi, se plaignent de la baisse des effectifs. La gauche dénonce la politique compassionnelle du Président et sa surenchère répressive. Et puis on passe à autre chose avant la prochaine affaire.

Mais derrière ce ballet parfaitement réglé, il y a d'abord une méchante affaire de gros sous. 60 000 places de prison en France. Un pays comparable, la Grande-Bretagne, en possède, elle, 80 000. Les calculs sont simples : il manque au moins 20 000 places de prison en France. Leur construction avait d'ailleurs été prévue, mais on y a renoncé pour cause d'économies budgétaires. Alors, pour dissimuler la disette, on organise le rationnement. Depuis 2004 et la loi Perben, on favorise les libérations conditionnelles. On multiplie les remises de peine. Le détenu qui accomplit plus de la moitié de sa peine devient une exception rarissime. Une politique couronnée par la loi de 2009, qui oblige les juges à libérer tous ceux qu'ils condamnent à des peines de moins de deux ans. Pour des raisons prosaïquement budgétaires, la droite s'est condamnée à la schizophrénie intenable d'un discours répressif et d'une législation laxiste. La gauche fait semblant de la critiquer. Sur son discours, mais pas sur sa pratique.

Depuis les années 70, la gauche a fait sienne une idéologie à la fois hostile à la prison et compréhensive envers les criminels. La prison est criminogène, ressasse-t-elle. Elle pousse à la récidive. Elle transforme les petits délinquants en grands criminels. Plus profondément : la prison incarne concrètement, à ses yeux, une société bourgeoise, coupable et répressive par essence. Les maîtres à penser des années 70, Deleuze, Foucault, expliquaient que le fou n'était pas fou. Que le violeur assassin n'était pas pénalement responsable, mais plutôt la victime d'une société coupable de réprimer ses désirs et ses pulsions. Il fallait donc protéger le fou et le déviant de cet ordre social répressif que voulait lui imposer la société à travers ses représentants honnis : policiers, juges, asile, prison.

Cette soupe idéologique a depuis lors été nuancée, élaguée, contestée, mais elle a imprégné toute la société française, a endoctriné les nouvelles générations, s'est répandue partout, de l'université aux salles de rédaction, en passant par les prétoires et les cabinets de psys. Elle nous est devenue aussi naturelle que l'air qu'on respire. Cette culture est devenue notre seconde nature. Cette alliance entre les contraintes budgétaires de la droite et l'idéologie compassionnelle de la gauche est à notre société ce que la liaison entre le nitrate et la glycérine est à la chimie : de la dynamite !

Vendredi 4 février 2011

Le retour sur le tapis de la TVA sociale

La TVA sociale n'a pas de chance. À chaque fois, la discussion de fond à son sujet est parasitée par des querelles politiciennes. En 2007, Borloo puis Fillon avaient mangé maladroitement le morceau entre les deux tours des législatives, sous l'œil goguenard des socialistes qui moissonnaient une cinquantaine de députés qu'ils n'attendaient plus. Cette fois-ci, la querelle de succession entre Fillon et Copé attire les regards et biaise les réactions.

Copé se laisse lui-même engluer dans ses petites arrière-pensées tacticiennes, en prônant une hausse d'un petit point de la TVA alors que, pour être efficace, il faudrait augmenter notre taux d'au moins trois points, pour ne pas dire cinq. Nous rejoindrions ainsi le taux de 25 %, celui de la Suède, le plus élevé d'Europe, qui permet à ce pays de financer une grande partie de sa protection sociale par la TVA. Ses entreprises ont pu ainsi réduire d'autant les charges sociales qui pesaient sur les salaires, tout en améliorant leur remarquable compétitivité.

C'est l'avantage majeur de la TVA. Elle n'est pas payée à l'exportation. Elle équivaut à une dévaluation déguisée de notre monnaie, qui ne nous est plus permise par l'euro. Elle revient donc à faire payer une partie de notre protection sociale par les grands groupes mondialisés et par les ouvriers chinois ; à prendre une petite revanche sur ceux qui depuis vingt ans détruisent nos emplois. À ralentir enfin le rythme mortel des délocalisations. C'est ce qu'ont fait les Allemands en 2007, en augmentant leur TVA de trois points. Notre heure de travail coûte désormais plus cher chez nous que chez eux. Il y a de multiples oppositions : la gauche n'a jamais aimé la TVA, cet impôt proportionnel et non progressif, qu'elle accuse depuis toujours de cibler les plus pauvres – jeunes, chômeurs, retraités –, parce qu'ils consomment. Mais on ne voit pas pourquoi les salariés seraient les seuls à supporter la pérennité de notre protection sociale. On ne peut avoir à la fois les 35 heures, l'euro et la mondialisation.

Les libéraux, eux, notent, goguenards, qu'un impôt sur les vaches n'est jamais payé par les vaches. La TVA sera intégralement reportée sur le consommateur français. C'est ce qu'atteste l'expérience allemande de 2007. La vraie crainte des dirigeants français est qu'on détruise ainsi le seul moteur de la croissance française, la consommation, sans que les moteurs de l'investissement et des exportations vrombissent vraiment.

Il faut cependant choisir entre le consommateur et la productivité des entreprises françaises. Et puis, l'avantage de la mondialisation, peut-être le seul, est qu'à force de concurrence mondialisée sur les coûts, elle réduit au maximum la hausse des prix des produits. Il faut reconnaître que le moment est mal choisi avec l'annonce de la remontée des prix du pétrole et des produits alimentaires. La TVA sociale serait demain accusée d'avoir relancé une inflation qui menace en effet. À un an de la présidentielle. On vous le disait, elle a la poisse, cette TVA sociale.

Mardi 8 février 2011

Soirée pyjama pour Sarkozy

C'est une idée typique de communicants. Celle qu'ils se repassent depuis des années. Le dialogue direct avec les Français. Les questions que se posent nos concitoyens. Sous-entendu, pas les interrogations politiciennes et déconnectées des réalités des journalistes. La proximité. La simplicité. La sincérité. Giscard, en son temps, a parlé aux Français. Mitterrand aussi a parlé aux Français. Chirac a parlé aux jeunes... Français, à la veille du référendum sur l'Europe, il a avoué qu'il ne le comprenait pas. Quand les conseillers du général de Gaulle lui avaient recommandé de répondre aux questions du journaliste Michel Droit, entre les deux tours de la présidentielle de 1965, il avait eu cette réponse célèbre : « Vous voulez donc que j'apparaisse en pyjama ? » Jeudi, pour Sarkozy, ce sera soirée pyjama.

À l'époque, le souci des partisans du Général était de faire descendre un président jupitérien au niveau des humains. Depuis lors, cette obsession a été celle de tous les entourages présidentiels. L'Élysée enferme, sacralise, monarchise. Il faut donc désacraliser, décrisper, humaniser. Giscard, Mitterrand et Chirac avaient en tête la même équation, qu'ils ont réglée de la même manière, avec plus ou moins de succès. Mais Nicolas Sarkozy, lui, doit résoudre une équation exactement inverse. Comment devenir président, roi, personnage sacré ? Et pas : « comment paraître près du peuple ? ». De ses courses en baskets et tee-shirt à la gloire de la police new-yorkaise trempé de sueur, jusqu'à son célèbre « Casse-toi pauvre con », le corps de l'homme Sarkozy a largement supplanté dans la mémoire collective le corps du roi. C'est justement ce qu'on lui reproche. En tout cas, l'électorat le plus âgé, qui avait voté massivement pour lui en 2007.

Pour essayer de remplir enfin le costume de la fonction, Nicolas Sarkozy a fait de gros et louables efforts. Il a marché dans la neige sur le plateau des Glières ; il a reçu avec dignité les corps de nos morts, soldats en Afghanistan ou otages du Niger ; il a présidé le G20 avec maestria ; il a même répondu aux journalistes avec retenue, sans se laisser aller à sa gouaille caustique. Il a fait le job, comme il aime à le dire. Et voilà que ses communicants lui infligent une rechute. Il se retrouvera avec ces Français qu'il connaît bien, table contre table, à portée d'une paire de claques, à égalité. Ces Français, enhardis par le succès de la première fois, le houspilleront, le brocarderont.

On ne doute pas que le Président ait réponse à tout. Qu'il sache dialectiquement se tirer de tous les mauvais pas. Qu'il démontre sa connaissance des dossiers et son intérêt pour les problèmes des Français. Mais qui le lui conteste ? Que pourra-t-il dire qu'ils ne sachent déjà ? Que répondra-t-il à cette agricultrice à qui il avait promis de rendre visite, alors que les négociations pour la réforme de la Pac sont âpres ? On ne doute pas que Sarkozy fera une de ces excellentes audiences dont il aime à s'enorgueillir. Mais pour quel résultat ?

Mercredi 9 février 2011

Éloge du conservatisme

Il faut bouger. Il faut changer. Bouger avec une société qui bouge, changer avec une société qui change. C'est la rengaine qu'on entend depuis des décennies. En matière de mœurs surtout. La loi est sommée de s'adapter encore et encore aux désirs et aux foucades de nos contemporains. La gauche appelle ce bougisme « progrès ». Mais la droite, avec Giscard, avait pris plus que sa part. Quand il arrive à l'Élysée, Sarkozy veut renouer avec l'intuition giscardienne. Il se dit traumatisé par le débat sur le Pacs et s'engage à prendre en compte « les nouvelles constellations familiales ».

Nadine Morano envisage même un statut des beaux-parents qui ressemble à une reconnaissance tacite de l'homoparentalité. Et puis, plus rien. La révision, ces jours-ci, à l'Assemblée, des lois sur la bioéthique désespère nos progressistes. Pas la moindre avancée à se mettre sous la dent, même pas une petite levée de l'anonymat sur le don des gamètes, un moment envisagée. Rien de rien. Nada. Sarkozy a abandonné Giscard pour Pompidou, qui ne voulait pas meurtrir un corps social déjà bousculé par les transformations économiques et sociales. Nos progressistes dénoncent, bien sûr, les arrière-pensées électoralistes de Sarkozy. Soucieux de ne pas froisser l'électorat catholique, ils incriminent l'influence néfaste d'un groupe de députés UMP réunis sous la bannière de la Droite populaire, et dénoncent l'activisme réactionnaire du député Hervé Mariton, qui a terrorisé la droite sur ces questions de société. Pour une fois que la droite ne se fait pas déborder par l'activisme médiatique et idéologique de la gauche, on comprend qu'elle ne le digère pas.

Et si, tout simplement, les principes qui guident notre politique en la matière depuis 1994 étaient les meilleurs ? Pourquoi changer pour changer ? Pourquoi ne pas faire l'éloge du conservatisme ? Le Premier ministre anglais de la reine Victoria, le grand Disraeli, disait : « Je suis conservateur parce que je conserve ce qui est bien et je change ce qui est mal. » Pourquoi détruire ce qui est bien, pour faire plaisir à des lobbies et à des intérêts ? Pourquoi renoncer au respect de la dignité de la personne humaine, à l'inviolabilité et à l'intégrité du corps humain ? Pourquoi autoriser les mères porteuses alors que des féministes éminentes dénoncent elles-mêmes la marchandisation du corps de la femme ? Pourquoi ouvrir la procréation médicale assistée aux couples de femmes et aux célibataires, comme si avoir un enfant était devenu le dernier droit individuel d'une société consumériste ? On nous somme d'imiter l'Angleterre, l'Espagne ou la Belgique. Mais pourquoi toujours copier les autres ? Pourquoi ne pas avoir confiance en notre génie national ?

Au moment où les prouesses scientifiques nous permettent de faire naître un enfant-médicament, c'est-à-dire un être humain transformé en instrument pour soigner son frère, nous, Français, nous sommes peut-être le dernier rempart des valeurs humanistes de notre civilisation, menacée par l'hubris de la technique et du marché.

Jeudi 10 février 2011

Vacances en Creuse, vacances heureuses !

Je vais vous parler d'un temps que les moins de vingt ans ne peuvent pas connaître. Alors, les ministres, Premiers ministres et présidents de la République passaient leurs vacances en France. Comme la planète entière, puisque notre pays demeure la première destination touristique du monde. La France, ses paysages et ses climats variés : mer, montagne, campagne, vallées, coteaux, ses villes chargées d'histoire, la France jardin de l'Europe. Je vous épargnerai le dépliant touristique. À l'époque, les ministres n'étaient pas forcément des saints. Il y avait une part d'ostentation dans la mise en scène des vacances en Auvergne, dans la Creuse. Quand Giscard, ministre des Finances, se faisait photographier durant ses vacances, il choisissait Chamalières ou les Alpes, jamais ses périples en Amérique ou ses safaris en Afrique.

Même en France, il y avait des endroits à éviter. Quand Georges Pompidou devint Premier ministre, le général de Gaulle lui lança : « Pompidou, terminé Saint-Tropez. » Et puis, tout le monde voyagea de plus en plus loin, de plus en plus vite : nos éminences découvrirent les destinations prisées des *happy fews*, Marrakech, Taroudant, l'île Maurice... Les politiques rêvaient de devenir des *people* comme les autres. Le corset hexagonal leur parut intolérable. Eux aussi voulaient vivre comme des citoyens du monde. Les vacances à Marrakech étaient, après tout, une preuve d'ouverture d'esprit, de refus de la franchouillardise honnie. Mais la règle demeurait impérieuse, surtout pour les présidents de la République. Ceux-là devaient pouvoir être joints à tout moment. Ils avaient le code nucléaire. Mitterrand a longtemps caché ses voyages à l'Old Cataract, le palace d'Assouan. Chirac faisait semblant de se rendre à la Réunion, avant de bifurquer sur les plages de l'île Maurice.

Les progrès technologiques libérèrent tout ce petit monde. Monde tout petit : ils se retrouvent tous aux mêmes endroits, Tunisie, Maroc, Égypte. Leurs hôtes régalent souvent : hospitalité orientale bien connue. De Gaulle aurait ramené tout ce petit monde dans les froidures de la Lorraine. Mais de Gaulle était mort depuis longtemps. Un peu psychorigide le vieux, non ? Et un peu nationaliste étriqué, quand même !

Nicolas Sarkozy assuma de manière décomplexée ce que cachaient ses prédécesseurs. Il s'en glorifia. On se souvient du yacht de Bolloré au large de l'île de Malte, de Disneyland ou de l'Égypte avec Carla. Avant de mourir, l'ancien président de la Cour des comptes, Philippe Séguin, qui avait lui-même ses habitudes à La Mamounia, tenta d'édicter des règles pour distinguer entre dépenses privées et publiques. Trop peu, trop tard. Et il revient paradoxalement à Nicolas Sarkozy, qui part en week-end à New York pour embrasser son fils, de sonner la retraite vers le cher et vieux pays. Où l'on découvre, mais un peu tard, que les traditions poussiéreuses et encombrantes sont souvent d'anciennes règles dont on a seulement oublié les raisons.

Vendredi 11 février 2011

Le discours de Dakar de Martine Aubry

Martine Aubry était colère. On lui a gâché son effet. Elle avait préparé un grand discours devant les altermondialistes, une sorte d'appel de Dakar. Elle avait travaillé huit jours dessus. Et puis on ne lui a parlé que de l'appel de Washington d'Anne Sinclair, appelant son mari à ne pas se présenter pour un deuxième mandat au FMI. Martine Aubry, c'est la bonne élève laborieuse qui se fait voler la vedette dans la cour de récréation par la jolie fille. On comprend sa rancœur. On a aussi compris qu'elle est faite pour être présidentiable comme je suis fait pour être bonne sœur. Face à une telle agression médiatique, un autre, une autre – au hasard, Ségolène – aurait embroché le taureau, joué les femmes victimes du machisme ordinaire, donné en exemple le matriarcat africain et mis les avocats de Dominique Strauss-Kahn sur la défensive.

Au lieu de cela, après avoir passé sa colère sur les journalistes, elle a déroulé le discours prévu. La messe est dite. Martine Aubry ne sera pas candidate. Ce n'est pas qu'elle en ait vraiment envie, mais elle ne voit pas au nom de quoi elle devrait laisser la place à l'autre. On la comprend. Martine Aubry incarne vraiment la gauche dans ses profondeurs. Il y a dans ce texte sur l'Afrique la quintessence de la bonne conscience de gauche. De la repentance au kilo, avec condamnation solennelle de la colonisation et de l'esclavage, d'autant plus aisée que cette histoire est achevée depuis longtemps et que ce sont les ancêtres républicains de la gauche qui l'avaient conduite. L'histoire de l'humanité est une suite ininterrompue de conquêtes et de colonisations, où tous les peuples furent successivement des victimes et des bourreaux, mais la vulgate socialiste ne connaît qu'une sorte de victime : l'Africain, et qu'une sorte de bourreau : l'homme blanc. Il y a aussi l'inévitable tarte à la crème de la co-gestion de l'immigration entre l'Europe et l'Afrique. Si ça marchait, ça se saurait. Et le lien non moins traditionnel entre baisse de l'immigration et développement économique des pays d'émigration.

Martine Aubry voit la démographie exubérante de l'Afrique comme une chance, et l'urbanisation effrénée qui détruit tous les équilibres sociaux comme la condition du développement. On est dans le rituel, vide de réalité, le compassionnel démagogique qui ne mange pas de pain. Quand Martine Aubry exalte le panafricanisme, elle oublie de citer son grand prêtre : Nkrumah. Il est vrai qu'il a fini sa carrière en dictateur. Mais le Jiminy Cricket du « politiquement correct » veille sur Martine. En fait, la seule nouveauté du discours résidait dans l'offre de grande alliance entre l'Europe, l'Afrique et l'Amérique du Sud. Sans le dire, l'adversaire d'une telle alliance est l'Asie, et en particulier la Chine, qui s'installe partout en Afrique et se comporte en prédateur brutal des matières premières, comme un vulgaire colonisateur. L'idée n'est pas inintéressante, sauf que Nicolas Sarkozy l'a déjà eue et qu'à l'occasion, Dominique Strauss-Kahn l'aura aussi. Martine est rentrée de Dakar déçue. Personne, sauf moi peut-être, n'a retenu son beau discours. La vie est trop injuste.

Lundi 21 février 2011

Du Mexique à la Tunisie, le malaise diplomatique

Les commentateurs de football le disent souvent : « Il y a des jours comme ça où ça ne veut pas rigoler. » La diplomatie française traverse une de ces périodes. De la Tunisie à l'Égypte, en passant par le Mexique ou le G20, elle semble accumuler les mauvais choix, les mauvais réflexes. Prenons le Mexique : cela relève de la médiatisation émotionnelle. Toute libération d'otages ou de prisonniers est soumise à la même mise en scène. Sarkozy n'est pas le premier ni le seul, mais c'est un grand amateur du genre. On se souvient d'Ingrid Betancourt. Mais cette mise en scène est d'habitude l'apothéose publique d'une longue préparation secrète où tractations et pots-de-vin ont permis l'issue heureuse, ce qui a manifestement été raté au Mexique.

La Tunisie et l'Égypte relèvent d'un autre registre : on reproche à la diplomatie française d'avoir soutenu des tyrans. De ne pas avoir une diplomatie conforme à notre tradition des droits de l'homme, de ne pas être fidèle à l'enseignement de la grande Révolution de 1789. Nicolas Sarkozy subit les reproches dont lui-même accablait Jacques Chirac en son temps. Et Jacques Chirac avait lui aussi reproché à François Mitterrand de n'avoir pas compris les révolutions de 1989 en Europe centrale. On pourrait remonter au général de Gaulle, qui faisait ami-ami avec le dictateur roumain Ceausescu. Mais il serait temps de s'en apercevoir.

La France a renoncé à défendre partout les idéaux de la Révolution, puis du Printemps des peuples en 1848, après avoir constaté que cela lui avait valu plus de vingt ans de guerres, de 1792 à 1815, et quelques millions de morts. Le dernier à avoir voulu exporter la liberté dans les pays arabes s'appelait George Bush et fut agoni d'injures par l'intelligentsia française qui reproche aujourd'hui au Président sa pusillanimité conservatrice. Sarkozy a lui-même donné des verges pour se faire battre. En 2007, n'a-t-il pas fait campagne avec des droits-de-l'hommistes patentés tel André Glucksmann ? N'a-t-il pas nommé Bernard Kouchner au Quai d'Orsay, avant que celui-ci ne comprenne que les droits de l'homme et les intérêts de la France étaient souvent contradictoires ? Triste réalité que l'ancienne secrétaire d'État aux Droits de l'homme, Rama Yade, n'a toujours pas comprise.

Depuis, Nicolas Sarkozy est revenu à une *realpolitik* plus classique, reprenant les habiletés habituelles de la diplomatie française qui tente de demeurer une grande puissance, au moins par le verbe, comme on le voit à la réunion du G20. Mais Sarkozy y a ajouté ses propres contradictions. Il reprend nombre des analyses traditionnelles de la diplomatie française tout en méprisant les fonctionnaires du Quai d'Orsay. Son tropisme occidentaliste lui fait toujours voir La Mecque à Washington, mais il n'a aucun atome crochu avec le calife de la Maison Blanche. Et parce qu'il ne veut pas renoncer à l'euro, il doit s'aligner sur le modèle allemand qu'il critiquait il y a peu. Alors, forcément, il y a des jours où tout cela se voit davantage.

Mardi 22 février 2011

A comme Augmentations

Jean-Claude Trichet est comme le *Zangra* de Jacques Brel. Dans sa garnison de Belonzio – Trichet, lui, est à Francfort –, l'officier a longtemps attendu un ennemi qui le fera héros. Trichet, son ennemi farouche, c'est l'inflation. Et puis, alors que *Zangra* est devenu vieux général et que Trichet achèvera bientôt son mandat à la tête de la BCE, l'ennemi est là. Les prix des produits alimentaires galopent, le pétrole aussi, l'inflation pointe son nez. Mais comme *Zangra*, Trichet ne sera pas héros. À vaincre sans péril, on triomphe sans gloire.

C'est la gauche en 1983 qui a brisé la spirale entre prix et salaires, qui permettait aux salaires de se protéger, vaille que vaille, contre la hausse des prix. Une indexation qui, en Europe, n'existe plus qu'en Belgique, et que le récent pacte de compétitivité européen condamne fermement. Depuis cette époque, les salaires français ont très peu augmenté et 80 % des augmentations n'ont concerné que 1 % des plus hauts revenus ; seules les charges sociales ont explosé. Les Allemands, depuis 2007, ont, eux, fait payer une partie de leurs charges sociales par la TVA et imposé des baisses de salaires, provoquant une chute brutale de la consommation, mais favorisant leur magnifique machine exportatrice.

En France, la consommation a tenu, car la mondialisation a permis une baisse continue du prix des produits courants. Le salarié français perdait ainsi son emploi ou voyait son salaire stagner à cause de la concurrence des travailleurs chinois ou indiens, mais le consommateur français, le même en fait, s'y retrouvait, plutôt moins que plus, par la baisse du prix des produits fabriqués par lesdits Chinois et Indiens. Ajoutez-y un peu, beaucoup de dettes et d'assistanat, et la machine avançait poussivement.

Cet équilibre risque justement d'être rompu par les mauvaises récoltes du Brésil et l'explosion démographique de la planète, sans oublier la spéculation internationale sur les matières premières et agricoles, dirait Sarkozy, et puis la hausse du prix du pétrole. La mondialisation, comme le facteur, frappera alors deux fois. Le salarié, qui ne sera toujours pas augmenté, et le consommateur qui verra les prix monter. Trichet n'y est pas pour grand-chose ; seul l'abandon du modèle libre-échangiste mondialisé pourrait être une alternative. Mais pour l'instant, la fameuse déglobalisation n'est qu'un sujet de thèse.

En attendant, le ministre du Budget Baroin ne peut que faire semblant de contredire Trichet. Il ne faut pas désespérer Billancourt. Les salariés français, eux, votent avec leurs pieds. Un récent rapport de la Banque mondiale nous apprend en effet que nous sommes devenus un grand pays d'émigration. Nos travailleurs à l'étranger ont envoyé au pays, en 2009, 12 milliards d'euros. La France se place ainsi juste derrière l'Inde, la Chine, le Mexique et les Philippines… Un classement flatteur ! 320 000 Français se rendent chaque jour, qui au Luxembourg, qui en Suisse, qui à Monaco même, pour trouver les salaires élevés que la France ne leur donne plus. Il faudrait peut-être prévenir les Tunisiens qui se pressent par milliers à Lampedusa en rêvant de l'eldorado français…

Mercredi 23 février 2011

Anne Sinclair, poisson-pilote

Anne Sinclair n'est pas seulement la femme de Dominique Strauss-Kahn. Elle est aussi une ancienne journaliste talentueuse de TF1. Elle est aussi l'héritière d'un des plus grands marchands de tableaux du début du siècle. Elle est aussi l'ancienne dame au pull en mohair, adorée des Français, qui présentait *7 sur 7* sur TF1. Elle est l'animatrice qui se faisait remplacer lorsque la chaîne se devait de recevoir Jean-Marie Le Pen. Elle est l'incarnation de cette gauche bourgeoise des années 80, qui avait renoncé à transformer le capitalisme, s'était soumise au nouvel ordre libéral de la mondialisation – pour son plus grand profit personnel – mais qui, pour garder un supplément d'âme, pour se dire encore de gauche, portait à la boutonnière la petite main de SOS Racisme et combattait le fascisme avec d'autant plus d'ardeur qu'il était introuvable.

Voilà d'où Anne Sinclair parle, comme disaient les marxistes dans les années 60. L'épouse de DSK incarne un univers social, politique, idéologique, une sorte de moment historique. Quand elle dénonce le débat sur l'islam, quand elle accuse Sarkozy de faire le lit de Marine Le Pen, elle semble reprendre cette histoire là où elle s'est arrêtée. Depuis, d'ailleurs, beaucoup de dirigeants socialistes ont analysé de manière critique cette période qui s'est achevée par le Waterloo de Lionel Jospin en 2002. Ils ont cherché à comprendre pourquoi l'électorat populaire les avait abandonnés en masse et n'était jamais vraiment revenu. Pourquoi ils avaient donné l'impression d'avoir laissé choir le peuple et la nation au nom de l'Europe et du marché, de préférer les immigrés aux ouvriers français. D'avoir endossé la tunique rutilante de ce que Jean-Pierre Chevènement a appelé les élites mondialisées qui ne se sentent plus guère d'affection pour leur patrie d'origine.

L'ennui, pour Anne Sinclair, est que Dominique Strauss-Kahn est déjà sensible à ce type de critique. Quand Christian Jacob affirme avec sa fausse rusticité de paysan mal dégrossi qu'il ne ressemble pas au terroir, les amis de DSK font mine d'avoir entendu un insupportable antisémite pétainiste, parce qu'ils savent bien que c'est le talon d'Achille de leur héros. Nicolas Sarkozy a eu d'ailleurs le même type de souci lorsque le PS dénonçait naguère le Français à passeport américain, puis le Président « bling-bling ». Mais il fait tout, depuis, pour se donner une patine de terroir. Il passe ses journées avec les paysans, et même Carla Bruni essaye de faire oublier ses origines patriciennes en chantant *Douce France*...

Anne Sinclair n'essaye même pas de corriger l'image de son mari, elle l'accentue, l'aggrave. Son offensive précipitée oblige ses adversaires à se dévoiler. Benoît Hamon hisse sur le pavois une Martine Aubry pourtant rétive, Jean-Luc Mélenchon ne cogne plus l'affameur des peuples mais rejette avec hauteur la pipolisation de l'avis public. Anne Sinclair voulait occuper le terrain médiatique, elle a réussi. Elle l'a fait trembler sous ses pas.

Jeudi 24 février 2011

L'immigration, arme fatale de Kadhafi

L'ONU condamne, l'Europe condamne, les États-Unis condamnent, la France condamne, l'Allemagne condamne ; même la Ligue arabe condamne. Kadhafi fait l'unanimité contre lui. Il est menacé de sanctions économiques, de boycott. Pour moins que ça, le président Ben Ali est monté dans un avion et même l'Égyptien Moubarak a fini par s'incliner. Mais Kadhafi, lui, n'a toujours pas abandonné le pouvoir – au prix d'une boucherie, menace-t-il, comme les islamistes de Téhéran en 2009, comme les Chinois communistes lors de la révolte de Tian'anmen il y a vingt ans. À la même époque, les régimes communistes européens refusaient, eux, de tirer sur la foule et perdaient le pouvoir. Tirer ou pas sur le peuple ?

Cette question est aussi vieille que la révolution. Déjà, Bonaparte avait traité de couillon Louis XVI qui avait refusé de tirer sur le peuple de Paris. Pour le remercier, Louis XVI fut guillotiné, et Bonaparte, qui n'hésita pas à donner le canon contre les royalistes, devint Premier Consul. En 1848, Louis-Philippe n'osa pas faire feu sur les barricades. Il prit le chemin de l'exil. Quelques mois plus tard, la République, elle, n'hésita pas à liquider dans un bain de sang la révolte des ouvriers parisiens sous les yeux du jeune Karl Marx qui y vit la quintessence de la lutte des classes. De son exil londonien, Louis-Philippe murmura : « La République a bien de la chance, elle peut tirer sur le peuple. » Aujourd'hui, les pouvoirs ont des chars et des avions pour réduire à néant des combattants aux mains nues. Mais ils ont la télévision contre eux. Ils sont invincibles militairement, mais sont menacés médiatiquement.

Face aux menaces de rétorsions économiques, Kadhafi n'est pas démuni. Il tient en effet un pistolet sur la tempe de l'Europe : l'immigration. D'innombrables Libyens ne manqueraient pas de débarquer sur les côtes voisines de l'Italie pour échapper au massacre. Par ailleurs, Kadhafi, respectant des accords signés avec l'Italie de son grand ami Berlusconi, contenait l'immigration venue de toute l'Afrique par des moyens policiers souvent brutaux. Le ministre des Affaires étrangères italien, Franco Frattini, a déjà prévenu qu'en cas de chute de Kadhafi, l'Italie verrait débarquer 200 à 300 000 immigrés, soit dix fois le nombre de réfugiés albanais que nous avons connu dans les années 90. Ce sont des estimations basses, dit-il, ce serait un exode biblique. Qui tient qui ? Qui menace qui ? Qui a les moyens de faire plier qui ? Depuis la chute de Ben Ali, des milliers de Tunisiens ont déjà débarqué en masse sur l'île de Lampedusa, comme un avertissement. Une mise en bouche… Alors, stop ? Ou encore ? Au moment même, Jean Raspail réédite son livre *Le Camp des Saints* qui, paru en 1973, contait le débarquement sur les côtes provençales d'un million d'Indiens miséreux, désarmés et pourtant irrésistibles ; forts de notre faiblesse, les grands écrivains sont toujours des prophètes.

Vendredi 25 février 2011

Des chiffres et des lettres

Des chiffres et des lettres, des chiffres qui éclairent des mots, et des mots qui expliquent des chiffres. Les grands groupes du Cac 40 et leurs sous-traitants s'affrontent dans une guerre asymétrique où le plus fort lamine le plus faible, le pille, le rackette, le fait chanter, le dépèce. C'est une sorte de nouvelle lutte des classes, mais à l'intérieur du patronat. Karl Marx avait expliqué que le patron prenait la plus grosse part de la plus-value fournie par l'ouvrier pour ne lui laisser que le minimum vital. Les grands groupes mondialisés agissent aujourd'hui de même avec leurs sous-traitants. Par tous les moyens légaux, et souvent illégaux, les acheteurs de ces grands groupes, obsédés par la réduction de leurs coûts, assèchent leurs marges bénéficiaires en leur imposant des prix dérisoires, quand ils ne leur volent pas les secrets de leurs innovations. Ainsi la richesse plantureuse du Cac 40 se fait-elle sur le dos des petites entreprises ; elle les empêche aussi de grandir, de se développer, quand elle ne les torpille pas.

Cette loi d'airain de la mondialisation touche particulièrement la France, car notre pays a de nombreuses entreprises de taille mondiale. Plus que l'Allemagne qui a pourtant une puissance industrielle supérieure. C'est un héritage des années Pompidou, quand le successeur du général de Gaulle avait forgé des grands groupes industriels dans de nombreux secteurs. On raconte que le Président réunissait une fois par mois leurs patrons à l'Élysée, pour diriger leurs stratégies et leur recherche-développement, sans oublier leurs relations avec leurs sous-traitants. Mais après que la gauche les eut nationalisés en 1982, la droite les privatisa en 1986 et ces multinationales s'émancipèrent de la tutelle de l'État en venant se financer sur le marché. Aujourd'hui, le Cac 40 français est détenu à 40 % par des actionnaires étrangers. Qui paye commande. Les grands patrons français ont des stratégies mondialisées ; ils sont hantés par les marchés émergents, discourent et pensent en anglais ; ils défendent leurs propres intérêts et leurs stratégies sont indépendantes voire contradictoires avec celles de leur pays d'origine.

En Allemagne, qu'on nous donne toujours en exemple, les groupes ont des relations beaucoup plus loyales avec leurs sous-traitants nationaux. L'industrie allemande n'a pas été épargnée par les délocalisations, surtout dans les pays d'Europe centrale, mais l'assemblage final a été maintenu en Allemagne, pour sauvegarder le savoir-faire des sous-traitants traditionnels. Sans idéaliser ces relations commerciales, il existe outre-Rhin une solidarité nationale plus grande qui permet aux PME allemandes de grossir et de prospérer. Cette solidarité était jadis incarnée et imposée en France par l'État, qui ne remplit plus son rôle, balayé qu'il a été par l'idéologie libérale et le goût de nombreux hauts fonctionnaires français pour le grand large si rémunérateur. Colbert est mort mais n'a été remplacé par rien ni par personne.

Lundi 28 février 2011

Juppé, le retour

C'est le grand retour en majesté du « meilleur d'entre nous ». Jacques Chirac l'avait appelé ainsi, à la veille de la présidentielle de 1995. On ne s'en souvient plus, mais Philippe Séguin, le grand rival générationnel de Juppé, en avait alors pleuré de rage. À l'époque, Alain Juppé était ministre des Affaires étrangères. Justement. Il y affichait une aisance intellectuelle qui bluffait tout le monde, hauts fonctionnaires du Quai d'Orsay, collègues français et étrangers, journalistes, et jusqu'au président Mitterrand. Il est vrai qu'il avait tout pour plaire à tous. Il avait voté « oui » au traité de Maastricht, il était favorable à une intervention militaire contre les Serbes en Bosnie. Il faut prendre la phrase de Chirac au premier degré, le « nous » doit être entendu dans le sens étroit des élites politiques, économiques, médiatiques.

Juppé, c'est un esprit de synthèse hors du commun, mis au service d'un conformisme bien-pensant rarement pris en défaut. On l'a vu quand il a tancé Sarkozy sur l'identité nationale ou sur l'islam, à la grande joie des médias et de la gauche. Ou quand il écrit un livre à quatre mains avec Michel Rocard, dont on ne sait plus qui tient le stylo. Avec le même Rocard, il y a quelques mois, il a tordu le cou du grand emprunt voulu par Henri Guaino, afin qu'il rentre exactement dans l'épure acceptée par la puissante administration des finances. En octobre 95, il avait été le Premier ministre du virage vers la rigueur imposée pour rentrer dans les clous de l'euro. Son plan pour la sécurité sociale fut acclamé debout par les parlementaires de droite, mais aussi par de nombreux députés de gauche.

Aujourd'hui, il défend le retour de la France dans l'Otan, qu'il avait naguère condamné. Alain Juppé fut un très brillant ministre des Affaires étrangères parce qu'il appartenait à un gouvernement de cohabitation, ce qui lui donnait un véritable pouvoir. Quelques années plus tard, Hubert Védrine fut lui aussi remarquable, lors d'une nouvelle période de cohabitation. En fait, on devrait dire l'inverse. Ces brillantes personnalités débarquèrent au Quai à cause de la cohabitation. Parce qu'en période constitutionnelle classique, l'Élysée choisit souvent ses ministres en fonction de leurs limites, voire, depuis quelques années, de leur médiocrité. Juppé avait d'abord refusé le Quai car il savait qu'il ne pourrait supporter la tutelle de l'Élysée, de Claude Guéant à Jean-David Levitte. Mais Claude Guéant quitte l'Élysée pour la place Beauvau car le rapport de force est désormais en faveur de Juppé. Sarkozy est aussi fasciné par son intelligence et sa capacité de synthèse que le fut, en son temps, Chirac. Il le consulte et le consultera bien au-delà de ses compétences internationales. L'ancien mauvais élève devenu Président doit être au fond très fier d'utiliser les services du fort en thème. C'est François Fillon qui est la grande victime de l'opération. Aux temps glorieux de l'hyper-présidence, certains avaient vu en lui une sorte de vice-Président à l'américaine. C'est lui désormais qui a un vice-Premier ministre encombrant.

Mardi 1ᵉʳ mars 2011

De la difficulté d'être un ami en politique

Les amis de Sarkozy devraient fonder une association des victimes du sarkozisme. Ils pourraient parader sur les plateaux de télévision, se plaignant de leur illustre ami. Ils pourraient même l'attaquer en justice pour discrimination. On se souvient de la colère explosive de Christian Estrosi, furieux d'avoir été viré du gouvernement. Et de la colère à peine apaisée désormais de Frédéric Lefebvre, de Thierry Mariani, trop longtemps tenus à l'écart du gouvernement. Tous avaient l'impression d'être pestiférés à cause de leur vieille amitié avec le président de la République. Tous souscrivaient à la si drôle réflexion de Patrick Devedjian, énoncée dès les premières heures du quinquennat : « Je suis pour l'ouverture la plus large, jusqu'aux sarkozistes. » Tous ont eu successivement l'impression qu'il n'y avait de bon bec qu'à gauche puis, quand la mode de l'ouverture fut passée, que les plus intelligents et les plus compétents se situaient dans le camp des anciens ennemis chiraquiens. Ou pire encore, qu'il fallait être l'un des rares proches de Dominique de Villepin pour avoir du prix et mériter d'office un maroquin ministériel. Tous avaient la déplaisante impression d'être dédaignés, mésestimés, méprisés.

Quand Sarkozy avait lui-même été rejeté aux oubliettes par le pouvoir, il reprochait au président Chirac sa vindicte rancunière qui oubliait la vieille loi pacificatrice de la monarchie française : le roi de France oublie les offenses faites au duc d'Orléans. Aujourd'hui, les amis de Sarkozy ont parfois l'impression que le Président a retourné l'antique formule : le roi de France oublie les amis du duc d'Orléans. Le pire est que personne dans l'opinion ne lui sait gré de cette ingratitude royale. Sarkozy a toujours pris soin de ne pas être accusé, à l'instar d'un Chirac par Mitterrand jadis, de réflexe de clan, de bande. Mais quand il nomme des ministres de gauche, les socialistes dénoncent un « débauchage » ; quand il se réconcilie avec ses anciens rivaux chiraquiens, les centristes l'accusent de reconstituer l'État RPR.

Il est vrai que Nicolas Sarkozy est moins désinvolte à l'égard de ses amis de la sphère économique. Il s'est montré très attentif depuis trois ans à installer ses proches à la tête des grandes entreprises. On devine où se situe, à ses yeux, la réalité du pouvoir. Mais Brice Hortefeux ne fera pas d'esclandre. Il ne se plaindra pas de son « ami de trente ans ». En tout cas, pas en public. Il saura cacher son amertume. Après tout, il comprend fort bien que cette épée de Damoclès judiciaire, toujours au-dessus de sa tête, aurait pu finir par gêner son ami Président. Il songera qu'à l'origine de ses malheurs il y a le renvoi, sans ménagement, de Michèle Alliot-Marie qui, elle, n'est vraiment pas une amie de Nicolas Sarkozy. Bien au contraire. Comme quoi, il ne suffit pas d'exaspérer le Président, et depuis des années, pour rester à son poste. On se console comme on peut.

Vendredi 4 mars 2011

Racines chrétiennes et stratégie présidentielle

La ficelle est grosse. Les arrière-pensées tactiques de Nicolas Sarkozy sont transparentes. Il s'agit d'incarner la France éternelle, de se poser en protecteur d'une identité millénaire menacée. Il s'agit surtout, et ça marche, de mettre à la torture ces adversaires socialistes qui ne pourront s'empêcher de dénoncer avec outrance Sarkozy le réactionnaire, Sarkozy l'ennemi de la laïcité, Sarkozy le pétainiste et Sarkozy l'antimusulman. Les racines chrétiennes, c'est l'autre versant du débat sur l'islam. Il s'agit pour le Président de marquer son futur adversaire, Dominique Strauss-Kahn, du sceau des élites mondialisées, du cosmopolitisme de Marrakech. Mais ne voir que la ficelle, ne voir que les arrière-pensées tactiques serait aussi trompeur que ne pas les voir. En exaltant les racines chrétiennes de la France, Sarkozy ne se comporte pas en réactionnaire, mais au contraire en postmoderne. Depuis plus de vingt ans, tout le monde en France exalte ses racines. Jusqu'aux plus exotiques. La différence minoritaire se porte à la boutonnière.

Or après deux siècles de déchristianisation et quarante ans d'immigration musulmane massive, les catholiques pratiquants sont devenus minoritaires et se vivent ainsi. Une minorité comme une autre, qui a des réflexes identitaires que lui ont enseignés les autres.

Déjà, en 2007, Sarkozy avait joué sur cette corde identitaire en faisant l'éloge de Jean-Paul II. Il prenait ainsi le contrepied de Chirac et de Jospin qui avaient, en leur temps, refusé que l'Europe évoquât dans son projet de traité constitutionnel ses racines chrétiennes. Les deux hommes étaient, eux, dans l'ancien schéma historique d'une nation tellement chrétienne qu'elle pouvait se rebeller contre sa mère. L'ancienne « fille aînée de l'Église » pouvait se payer le luxe de poser à l'adolescente prodigue. Chirac estimait de surcroît que les racines de la France et de l'Europe étaient autant musulmanes que chrétiennes. C'est la définition même de ce multiculturalisme qu'a rejeté avec véhémence Sarkozy, après Angela Merkel et David Cameron. Un multiculturalisme non juridique, comme dans les pays anglo-saxons, mais idéologique. Qui a dominé la société française depuis des décennies et nous a poussés à ne voir sur le sol français que des cultures différentes mais égales, qui devaient négocier des compromis au nom du « vivre ensemble ».

En évoquant de manière ostentatoire nos racines chrétiennes, Sarkozy a rétabli une sorte de hiérarchie culturelle, mais non cultuelle. Le grand retour au principe de l'assimilation, qui veut que les Français doivent s'assimiler, donc faire leurs une culture, une histoire forgées par le christianisme, et ce, quelles que soient leurs origines et leurs croyances religieuses. Mais dans le même temps, François Fillon explique que les règles de la laïcité à la française devront évoluer pour tenir compte des spécificités de l'islam, devenu deuxième religion de France. Une posture négociatrice exactement à l'inverse du discours du Président sur les racines chrétiennes de la France. Entre les deux, il faudra choisir.

Lundi 7 mars 2011

L'Europe, le PS et l'héritage Delors

Martine Aubry a pu visiter Athènes, l'Acropole, son port racheté par les Chinois, sa pollution, et ses baisses de salaires pour les fonctionnaires. Martine Aubry était heureuse parmi les socialistes européens. Au dîner, on a longuement parlé de son père, le contraire eût été injuste. Avec son Acte unique de 1986, Jacques Delors est en effet le véritable père de l'Europe contemporaine. C'est lui qui en a fait ce continent ouvert aux quatre vents de la mondialisation, où la politique industrielle est ostracisée, mais où l'on privatise des services publics et où les États se font une concurrence fiscale effrénée. C'est lorsque les gouvernements socialistes étaient majoritaires en Europe que ce plan a été appliqué avec le plus d'allégresse.

Depuis lors, Delors se lamente : on ne l'a pas écouté, il y avait un second volet social à son projet. Sauf que le social devient très hypothétique dans le contexte de déflation salariale entraînée par la globalisation. Cet Acte unique a entraîné – imposé, devrais-je dire – la création de l'euro. C'était le but du jeu. Un marché unique appelait une monnaie unique pour le couronner. Jacques Delors a confié à sa fille que le récent pacte de compétitivité Merkel-Sarkozy était le plus rétrograde que l'Europe ait connu. Delors père et fille sont ingrats. C'est en effet pour sauver l'œuvre de Jacques Delors que ce plan a été élaboré. Pour rétablir les finances publiques mais aussi la compétitivité de nombreux pays européens au bord du gouffre, Grèce,

Irlande, Espagne, Portugal, mais aussi France et Italie, il n'y a que trois solutions : la dévaluation de la monnaie ; l'instauration de taxes aux frontières ; un plan de rigueur draconien. Les deux premières solutions étant interdites par l'héritage Delors, il ne reste que la troisième.

Martine Aubry est la fille biologique de Jacques Delors, mais ses enfants idéologiques sont légion. Parmi les candidats à la primaire, ils sont même dominants : François Hollande, un ancien des clubs deloriens au PS, avec Ségolène Royal ; Dominique Strauss-Kahn, ministre des Finances de Lionel Jospin, qui privatisa plus que le gouvernement d'Alain Juppé. Tous des enfants Delors. C'est leur cohérence secrète qui limite et civilise leurs affrontements. C'est aussi leur faiblesse, car aucun d'entre eux ne peut rompre ce pacte, non pas de Marrakech, mais de Bruxelles, qui leur interdit, en réalité, de faire une politique économique très différente de celle de Nicolas Sarkozy. Le directeur du FMI a approuvé toutes les réformes réalisées en France depuis la crise de 2008. Martine Aubry a contesté du bout des lèvres celle des retraites, mais a approuvé les plans pour sauver la Grèce et l'Irlande. François Hollande ne se distingue que par des hausses d'impôts pour réaliser plus vite l'objectif commun à tous de réduction des déficits budgétaires. En 1995, Jacques Delors n'a pas osé soumettre son bilan au suffrage universel. Le 21 avril 2002, Lionel Jospin a payé pour lui. Et depuis, les socialistes n'ont toujours pas gagné la présidentielle.

Mardi 8 mars 2011

Les cantonales, élections au parfum suranné

Les cantonales, c'est l'élection phare de la IIIe République. Quand les voyages se faisaient à cheval, quand les Français étaient majoritairement des ruraux, quand le Sénat était le cœur de la République radicale. Depuis des décennies, on annonce la mort des cantonales et du département. Les modernes de droite comme de gauche ont annoncé cent fois son remplacement par la région, plus adaptée aux transports en voiture et surtout plus conforme aux exigences européennes. Mais le département résiste à toutes les réformes, à toutes les prophéties. À tous les mépris aussi, des technocrates qui dirigent les ministères ou des médias qui ignorent superbement les élections cantonales.

C'est la région qu'on a richement dotée, lui donnant le développement économique, quand on laissait les services sociaux au département. Le département, c'est l'assistante sociale de la mondialisation. C'est la bonne sœur à cornette des vieux films de guerre, qui ramasse les morts et les blessés après le bombardement des délocalisations industrielles, des friches agricoles, de la fermeture des tribunaux, hôpitaux et autres bureaux de poste... Puis qui distribue RMI, allocations diverses et fait construire un nouveau rond-point, aussi inutile que les autres, si ce n'est pour la petite entreprise survivante du coin. Le département, c'est le degré zéro de la politique, mais c'est tout ce qui restait à la politique.

C'est pour cette raison que le département résiste, quand la puissance inouïe des grands groupes mondialisés transforme les présidents de région et même les maires des grandes villes en solliciteurs empressés ; quand Bruxelles transforme notre Assemblée nationale en traducteur en langue française de ses innombrables directives, et demain lui dictera les éléments essentiels du budget de la France, le conseil général conserve l'obscure utilité de celui qui aide un aveugle à traverser la rue. De toutes les collectivités locales, c'est le département qui a gardé la caisse. La caisse sociale.

C'est pour cette raison que le Parti socialiste y domine outrageusement. Au fil des ans, le PS d'Épinay a remis les chaussons de la vieille SFIO. Le clientélisme associatif est aussi naturel aux élus socialistes que les bons sentiments, dans un mélange tranquille de cynisme électoral et d'humanisme sincère. L'assistanat, qui donne souvent mauvaise conscience aux élus de droite, ne les gêne pas. Ils s'en font un titre de gloire. La perspective de détenir, pour la première fois dans l'histoire de la Ve, la majorité au Sénat les motivera.

Écartés du pouvoir central depuis quinze ans, les socialistes ont trouvé dans les départements, plus encore que dans les villes et les régions, l'agence de placement pour leurs hommes et leurs affidés. C'est leur force et c'est aussi leur faiblesse. Entre le niveau cantonal de leur terrain de jeu politicien et l'internationalisme grandiose de leurs grandes idées, ils ne savent plus trop ce qu'est la nation.

Mercredi 9 mars 2011

Journée de la femme et de la désinformation

La journée des femmes est tombée à la fin du carême et au début du carnaval. Le carême, c'était pour faire pénitence ; le carnaval, c'est pour marquer une renaissance, une nouvelle ère, une nouvelle humanité. Le philosophe Hegel disait que le journal du matin était pour l'homme moderne l'équivalent de la prière des chrétiens. Hier, dans la presse, il y avait largement de quoi faire les cinq prières exigées du musulman pieux. D'abord on a fait monter en chaire les grandes prêtresses, Gisèle Halimi ou Simone Veil, pour rappeler le dogme. Puis la presse économique nous a enseigné que les banques les plus rentables étaient celles qui employaient le plus de femmes parmi leurs cadres dirigeants. Puis on découvrait que c'était tout simplement parce qu'elles leur distribuaient des salaires inférieurs. Une autre proclamait que les entreprises dirigées par des femmes étaient plus performantes que les autres ; on avait comparé deux sociétés à 31 649 dirigées par les hommes. On n'était pas dans la science mais dans l'acte de foi.

Une docte professeure de Sciences-Po sommait le gouvernement d'imposer par quota la parité parmi les hauts dirigeants de la fonction publique. Pourtant le même journal du soir nous rappelait que la hiérarchie de la fonction publique dépendait exclusivement du classement de sortie à l'ENA. Mais la méritocratie n'a pas d'importance au regard du dogme paritaire. Une autre professeure suggérait d'interdire les réunions après 18 heures. Déjà qu'on reproche aux fonctionnaires de ne pas travailler... *L'Humanité* proposait qu'on abolisse la règle grammaticale qui veut que le masculin l'emporte sur le féminin. On n'avait pas remarqué que les règles orthographiques étaient encore enseignées. Les jeunes filles étaient exhortées à sortir de leur coquille de douceur et de tendresse, à accepter les dures lois de l'ambition, de la compétition scolaire et professionnelle, à devenir des guerriers comme les autres. Mais on vous rassure : c'était pour la victoire des valeurs féminines, l'égalité, la paix, la liberté, le respect, la convivialité... Les religions nous ont habitués à massacrer les fidèles pour sauver leur âme.

Dans *Le Parisien,* trois générations de femmes content les formidables conquêtes du passé. Mais une ravissante Alexandra de vingt-six ans – dont la grand-mère et la mère sont si fières d'avoir divorcé – gâche un peu l'ambiance en réclamant d'une voix qu'on imagine gênée « que les hommes recommencent à les séduire, elle et toutes les femmes de sa génération, car ils ne les draguent plus ». Un ange passe au milieu des prêches... Mais il n'ose évoquer les rapports forts subtils et forts archaïques entre désir et inégalité, entre séduction et différence, et s'enfuit de peur d'être pris pour le diable. Un sociologue en vogue conclut ainsi dans *Libé* sa longue oraison : « Il y aura effectivement une égalité homme-femme dans la vie intime quand les hommes transporteront eux aussi les goûters des enfants et qu'ils auront des biscuits écrasés dans leur besace... » Ah ! quand les pères seront devenus des mères comme les autres, nous irons tous au paradis. Je vous avoue qu'hier, j'ai regardé le match de football Barcelone-Arsenal avec le plaisir intense du type qui s'encanaille au bordel, sans le dire à sa femme, ni à monsieur le curé. C'est bon, le péché quand même !

Jeudi 10 mars 2011

Le nombre de fonctionnaires à géométrie variable

Il est fier, Baroin. On le comprend. 100 000 emplois publics en moins en trois ans, ce n'est pas un mince exploit. Nicolas Sarkozy pourra légitimement dire qu'il a tenu une de ses promesses de campagne électorale : ramener les effectifs de la fonction publique à leur niveau de 1990. « Sous François Mitterrand, disait-il avec ironie, la France n'était pas sous-administrée. » Nous sommes revenus à l'étiage de 1990. Les querelles sur les économies générées ne vont pas cesser. 2,7 milliards dont 1,4 milliard versé aux fonctionnaires eux-mêmes paraissent dérisoires. Mais il faut voir plus loin : un emploi public est à la charge de l'État pendant plus d'un demi-siècle, y compris avec la retraite du fonctionnaire.

La puissance de l'État n'a rien à voir avec le nombre de fonctionnaires. On parle toujours de tradition colbertiste française ; en oubliant que Colbert avait à sa disposition une administration étique et que Bonaparte, autre saint patron laïc de l'État, épuisait littéralement les fonctionnaires à la tâche. Depuis la monarchie, l'État en France a une fonction protectrice. Depuis trente ans, on avait réduit cette tradition à l'embauche des fonctionnaires. La gauche le trompétait fièrement, la droite le faisait honteusement. Sarkozy a, pour une fois, assumé une vraie rupture, même si la courbe avait déjà été infléchie à partir du second mandat de Jacques Chirac. Tout cela, bien sûr, au nom du poids, devenu insupportable, de la dette et des impôts.

Le paradoxe français est qu'il n'y a jamais eu autant de fonctionnaires qu'aujourd'hui. Plus de 5 millions. 20 % de l'emploi total. 650 000 emplois publics de plus qu'il y a dix ans. Cherchez l'erreur... Elle s'appelle « collectivités locales ». Pendant que l'État s'achetait une petite vertu, les régions et communes recrutaient à tout-va. L'un faisait carême, et pour les autres, c'était la grande bouffe. On connaît l'argument des élus locaux : l'État nous a transféré des compétences, nous devons les assumer. Et il n'est pas tout à fait faux. Mais il ne justifie pas tout. Les emplois d'animateurs culturels ou sociaux ont explosé. Les dépenses de communication aussi. La création des communautés de communes a été l'occasion pour celles-ci d'embaucher en double ce que les communes avaient déjà en stock.

La France est devenue le pays des doublons. Tout a explosé avec la seconde loi de décentralisation de 2003, portée par Jean-Pierre Raffarin. En trente ans, nos élites technocratiques, de gauche comme de droite, se sont ainsi donné la main pour tenter de concrétiser leur rêve d'État fédéral à l'allemande, mais l'évolution est inachevée. L'État a transféré sa traditionnelle fonction de protection aux collectivités locales, et la gauche, qui domine dans toutes les collectivités locales, en a fait un outil clientéliste. Nous évoluons ainsi entre deux mondes. Entre notre État jacobin qui n'est plus et le système fédéral de Länder à l'allemande qui n'est pas encore. Pour l'instant, nous cumulons les inconvénients des deux époques et des deux modèles.

Lundi 14 mars 2011

L'Europe après le sommet de Bruxelles

Il paraît que ce fut un succès. Il paraît que Nicolas Sarkozy en sortit content. Il paraît que les transactions financières internationales seront désormais taxées selon le vœu de la France. Il paraît même que les bases d'un gouvernement économique de l'euro ont été posées. Tout va pour le mieux dans le meilleur des mondes d'une Europe française. Il paraît...

Mais derrière les apparences, la réalité est plus austère. La taxe sur les transactions financières est uniquement mise à l'étude par les 17 pays de la zone euro. Pas décidée. On sait que Bruxelles est le royaume des études qui s'éternisent. Le gouvernement économique européen est le grand projet français. Les Allemands le refusent obstinément. Contrairement aux apparences, ils ne l'ont pas accepté. Ils ont simplement obtenu que le gouvernement économique de la zone euro soit dirigé par l'Allemagne, sur les principes allemands. La France y est soumise pour pouvoir continuer à parler de couple franco-allemand. Pour pouvoir donner l'impression de diriger l'Europe à deux. On se souvient de la célèbre phrase du général de Gaulle qui disait fièrement que la France serait le jockey et l'Allemagne le cheval. Aujourd'hui, les rôles sont inversés...

Après avoir beaucoup hésité, les Allemands ont décidé de sauver l'euro. Ils veulent pouvoir continuer à exporter sur tout le continent sans qu'on puisse dévaluer notre monnaie pour résister à leur magnifique machine industrielle, et même, désormais, agricole.

Mais ils ne veulent pas devoir payer pour tous les pays surendettés dont la compétitivité économique, en dépit de tous leurs efforts, ne parviendra jamais au niveau exigé par l'euro fort. Ce choix est parfois difficile à tenir. Il oblige à des concessions. Ainsi, lors de cette réunion du week-end dernier, les Irlandais ont réussi à sauver leur taux d'impôt sur les sociétés à 12,5 %. Les Français avaient en tête de les appâter. Les Irlandais auraient pu renégocier à la baisse les taux qu'ils paient sur leurs emprunts s'ils acceptaient de remonter leur impôt sur les sociétés. Les Allemands avaient prêté main-forte aux Français. Mais le fameux couple franco-allemand a fait chou blanc. Il faut comprendre les Irlandais. Leur économie n'est pas compétitive. Leur seul atout, qui attire toutes les multinationales américaines à Dublin, est cette fiscalité extrêmement modeste. Pour les Irlandais, il fallait sauver leurs 12,5 % fétiches, ou revenir aux famines du XIXe siècle. On exagère à peine.

Pour l'Europe, cela signifie que rien n'a changé. Le dumping fiscal continuera de fausser les relations économiques au sein du continent, et les Irlandais profitent de la solidarité européenne mais s'assoient dessus au nom de leurs intérêts nationaux. L'Allemagne cède parce qu'elle veut sauver ses banques qui ont beaucoup prêté à Dublin. La France cède parce que Sarkozy a prévenu qu'il était prêt à tout pour sauver l'euro. Un tout qui a un prix de plus en plus élevé.

Mardi 15 mars 2011

Nucléaire ? Oui, merci…

L'occasion était trop belle, il fallait la saisir par les cheveux. C'est l'art de la politique et les Verts ne sont pas, comme on le croit, des amoureux éthérés de la nature, mais des politiciens redoutables, rodés depuis leur jeunesse militante aux pratiques groupusculaires de l'extrême gauche. Seules la naïveté et l'inexpérience politique ont pu faire croire à la ministre, Nathalie Kosciusko-Morizet, que les écolos qu'elle embrassait ostensiblement comme du bon pain respecteraient l'accord tacite du Grenelle de l'environnement, qui avait vu le gouvernement échanger la lutte contre le réchauffement climatique contre le silence des associations sur le nucléaire. Les trêves sont faites pour être rompues. Les écologistes se battent depuis plus de quarante ans contre le nucléaire, ils ne veulent pas perdre cette légitimité. Le drame du Japon leur permet de réinstaller dans l'inconscient collectif le lien originel entre le nucléaire et la guerre. Entre notre interrupteur électrique et Hiroshima. Lien que toutes les campagnes de com d'Areva ne parviendront jamais à effacer…

Historiquement, toute énergie devient très vite un enjeu. Le charbon est l'une des causes majeures des guerres franco-allemandes du XXe siècle, et le pétrole est l'une des clés de la plupart des interventions militaires américaines depuis 1945. Le choix nucléaire de Georges Pompidou fut sans doute le dernier héritage du XIXe siècle, quand confiance dans le progrès scientifique et volontarisme politique se tenaient la main. Depuis, les deux se sont délités au profit d'un retour de peurs millénaristes et de la domination du marché. Pourtant, le résultat n'est pas méprisable. 85 % de notre consommation d'électricité vient de nos centrales nucléaires.

Le choix nucléaire de Pompidou nous a valu depuis quarante ans une indépendance énergétique que nous ont longtemps enviée nos voisins, même si nos mines d'uranium au Niger ont fini par susciter la malveillance terroriste. La cause principale de l'augmentation récente de nos factures d'électricité n'est pas à chercher dans la réfection de nos vieilles centrales, mais plutôt dans la politique de concurrence obsessionnellement poursuivie par la Commission de Bruxelles. D'ailleurs, le choc pétrolier qui s'annonce avec les révolutions arabes devrait redonner des vertus au choix pompidolien. Et le drame japonais pourrait même se révéler la chance de l'industrie nucléaire française qui, avec l'EPR, a justement fait le choix de la plus grande sécurisation possible. C'est pour cette raison que ce produit français coûte plus cher que ses rivaux, moins sophistiqués.

On a cru revivre le syndrome du Concorde lorsqu'on a vu, en 2009, Abu Dhabi préférer une centrale coréenne moins chère mais moins sûre et l'Afrique du Sud être tentée par un concurrent chinois de l'EPR. Il est vrai que les retards des chantiers d'Areva en Finlande et le surcoût de celui d'EDF à Flamanville affaiblissent le poids de l'expertise nucléaire française, comme dit François Fillon. Comme si la réponse aux écologistes était bien davantage dans les mains de nos ingénieurs que dans celles de nos ministres.

Jeudi 17 mars 2011

Le mirage des révolutions arabes

Les cycles révolutionnaires se ressemblent beaucoup. Depuis le début de l'insurrection en Tunisie, les révolutions arabes rappellent le Printemps des peuples que connut l'Europe en 1848. Tout commence par surprise, à Paris jadis et à Tunis hier. La révolution est contagieuse, toutes les capitales voisines sont touchées. Les mêmes mots d'ordre, les mêmes espoirs de liberté. Les premiers pouvoirs touchés par la vague font leurs bagages, Louis-Philippe à Paris, Ben Ali à Tunis. Les foules galvanisées semblent partout l'emporter, les dirigeants cacochymes quittent la scène, affolés. En 1848, le vieux chancelier autrichien Metternich fuyait Vienne dans un panier de lingère. Moubarak quitte Le Caire dans un avion militaire. Et puis, vient le temps des désordres, des réactions, des massacres. Quelques mois après la révolution de Paris, en 1848, dans toute l'Europe, les armées des monarques répriment les peuples révoltés. L'ordre règne à Varsovie sous la botte russe, sans que la République française du poète romantique Lamartine intervienne. Aujourd'hui, les mercenaires africains de Kadhafi rétablissent la situation dans un bain de sang ; les troupes d'Arabie Saoudite entrent à Bahreïn pour imposer à la révolte chiite la répression sunnite, sous l'œil courroucé des chiites iraniens.

En 1848, toutes les monarchies étaient hostiles aux révolutions et aidaient au rétablissement de l'ordre. Aujourd'hui, la plupart des grands pays sont démocratiques et soutiennent les peuples révoltés. Mais quand la France – qui a été le plus loin dans le soutien des dictateurs chassés par leurs peuples au nom de la politique arabe de la France et de la lutte contre l'islamisme – veut se refaire une virginité démocratique en soutenant les rebelles libyens, les autres puissances refusent d'intervenir militairement. Sarkozy se retrouve isolé ; les Américains d'Obama ne disent pas oui et les Allemands de Merkel disent carrément non. Le principe du respect absolu des souverainetés nationales, cher à la diplomatie française, de Richelieu à de Gaulle, a passé le Rhin. Les révolutions arabes risquent de poursuivre leur chemin écrit en 1848. Comme à l'époque, ce sont des révolutions bourgeoises qui ont éclaté dans un continent en pleine explosion démographique, au milieu d'un chômage de masse et de la hausse vertigineuse des inégalités sociales. Le combat fut long et féroce. Un siècle de révolutions et deux guerres mondiales.

Aujourd'hui, l'ordre règne à Benghazi et à Bahreïn ; l'armée égyptienne a conservé le pouvoir en se débarrassant de Moubarak, qui rêvait de lui imposer son fils, et la Tunisie ne sait toujours pas dans quel état elle va sortir de sa révolution du jasmin. Les querelles franco-françaises sur la politique arabe de la France et les enthousiasmes révolutionnaires par procuration s'envoleront bientôt dans le vent du désert. Il ne restera à Sarkozy que le soutien de Bernard-Henri Lévy en poète officiel des droits de l'homme. On a le Lamartine qu'on peut.

Lundi 21 mars 2011

L'abstention qui change tout

Et de trois ! Après les régionales de 2010 et les européennes de 2009, ces cantonales sont, elles aussi, atteintes par un taux d'abstention énorme : plus de 50 %. Un électeur sur deux ne s'est même pas déplacé. On croyait naguère ces chiffres réservés aux scrutins américains. Longtemps, les cantonales ont résisté vaille que vaille, grâce à l'ancienneté historique du département et à la destination sociale des prestations qu'il sert. À son tour, ce scrutin a suivi le destin commun des élections dédaignées. Comme si la présidentielle demeurait la seule échéance qui intéresse encore les Français. Comme si, à un peu plus d'un an, ils renonçaient à influer sur le cours des choses et se réservaient pour la mère des batailles électorales. Mais cette abstention massive fausse toute analyse politique et fait de ces cantonales un réservoir de fausses informations et d'analyses erronées.

La gauche peut être satisfaite. On la comprend. Toutes tendances confondues, elle dépasse les 50 % des suffrages exprimés. Elle retrouve pour l'occasion son étiage le plus élevé, celui des cantonales de 1976 et 1979, qui avait précédé sa glorieuse victoire du 10 mai 1981 à la présidentielle. Elle ne devrait pourtant pas tirer des plans sur la comète. Sa victoire incontestable prouve seulement qu'elle a beaucoup d'élus locaux de qualité ; ce qui sauve le Parti communiste ; et qu'elle est dominatrice dans un électorat de fonctionnaires et de gens âgés, dernier carré qui vote en toutes circonstances. Elle confirme le paradoxe selon lequel la gauche est bien plus à l'aise quand le peuple – ouvriers, employés, chômeurs – reste à la maison. L'UMP, elle, ne peut même pas se bercer d'illusions. Son résultat est d'une rare médiocrité. Une UMP à 16 % talonnée par un FN à 14 %, le symbole est cruel et ressemble à celui des européennes, quand les Verts avaient fait jeu égal avec le PS. Cela sent son basculement historique, son changement d'époque.

Ce Waterloo électoral accuse encore les risques du parti unique. Quand on est seul mais fort, on agrège au second tour, selon la dynamique exemplaire de Nicolas Sarkozy au soir du premier tour de la présidentielle. Quand on est seul et faible, on se désagrège. Les centristes considéreront que l'entrée dans l'UMP leur a fait perdre des positions locales séculaires ; c'est leur domination sur le Sénat qui est en danger. Ils seront encouragés à repartir sous leurs propres couleurs à la présidentielle. Les élus de la Droite populaire – et leurs électeurs – refuseront de cautionner les fronts républicains que la pression médiatique et parisienne essaiera de leur imposer.

Les résultats du FN sont encore inférieurs aux scores promis par les sondages à Marine Le Pen. Mais les élections cantonales ont toujours été difficiles pour le parti de son père. On sait par ailleurs qu'une forte abstention le pénalise, car beaucoup d'électeurs, dits protestataires, substituent aisément l'abstention au vote pour le FN. La question du Front national, que Sarkozy croyait avoir réglée en 2007, lui revient comme un boomerang.

Mardi 22 mars 2011

La drôle de guerre en Libye

La guerre est toujours fraîche et joyeuse. Au début. Ce n'est qu'après qu'elle devient sale. C'est toujours l'union sacrée. Au début. Ce n'est qu'après que les désaccords se multiplient, que les paradoxes initiaux deviennent des fossés. Cette guerre en Libye n'en manque pas. Une guerre humanitaire pour éviter un massacre, nous dit-on. On fait du Kouchner sans Kouchner. Pourquoi l'avoir viré ? C'est au contraire à un gaulliste rompu aux subtilités de la *realpolitik* qu'il appartient de mettre en œuvre la politique de Kouchner et de BHL. On doit d'ailleurs aux réflexes gaullistes de Juppé le refus véhément de la France de couvrir cette opération militaire du seul blanc manteau de l'Otan. Cette obstination gauloise a beaucoup agacé Anglais et Américains. Pourquoi alors être revenus dans l'Alliance intégrée ? Quand on consulte la liste des pays embarqués dans l'aventure, on retrouve la Norvège, le Canada, la Belgique, les Pays-Bas. L'Atlantique, nous voilà ! Si la guerre dure, la main reviendra de toutes les manières à l'Otan, seule structure capable de conduire une opération multinationale.

Juppé a tenu aussi à embarquer les pays arabes. Mais seul le petit Qatar suit et paie. Le patron de la Ligue arabe s'est déjà horrifié des bombardements de populations. Même la Tunisie et l'Égypte n'ont pas bougé. Encore moins l'Arabie Saoudite qui réprime elle-même une révolution à Bahreïn. Sarkozy comme Juppé, comme la droite et la gauche françaises, sont de chauds partisans de l'Europe de la Défense. Une fois de plus aux abonnés absents. À quoi sert lady Ashton ? Il est piquant de constater que si l'Europe de la Défense avait existé, si la défense avait suivi l'exemple de l'agriculture, des négociations commerciales, ou de la monnaie, l'initiative du président Sarkozy, lancée sur le perron de l'Élysée, n'aurait pu avoir lieu. Paradoxe que les européistes occultent en approuvant l'initiative du Président français au nom des valeurs européennes.

Ils en profitent pour dénoncer l'immaturité de l'Allemagne qui n'assume pas ses responsabilités de grande puissance, disent-ils. S'ingérer dans les affaires d'un État souverain est donc la signature d'une grande puissance ? L'Allemagne n'a pourtant pas été la seule à refuser de voter la résolution 1973 : la Russie, la Chine, la Turquie, l'Inde, le Brésil, l'Afrique du Sud. Aucune grande puissance ? L'intervention militaire franco-anglaise a arrêté les blindés de Kadhafi, qui s'apprêtaient à reconquérir la Cyrénaïque dissidente qui, à l'est du pays, regorge de réserves de pétrole. Un hasard ? La région restée fidèle à Kadhafi, à l'ouest, la Tripolitaine, est, elle, riche en gaz. Comme si se profilait une partition du pays. Sarkozy et Cameron renoueraient ainsi curieusement avec un plan anglo-italien de 1949 que l'ONU avait alors refusé. Au final, on tuera des civils en Tripolitaine pour sauver des civils en Cyrénaïque. Drôle de résumé d'une drôle de guerre.

Mercredi 23 mars 2011

Le PS et le FN, comme un boomerang

C'est l'affaire de la droite, le monstre sorti de la droite. La question morale posée à la droite. Les alliances interdites à la droite. Longtemps, la gauche a joué sur du velours dès qu'il s'agissait du Front national. Entre moralisme et cynisme électoral, on se souvient de cette phrase de Pierre Bérégovoy après la triomphale réélection de François Mitterrand en 1988 : « Le Front national est la chance historique de la gauche. » Diviser l'adversaire et diaboliser une partie de ses électeurs, c'était magnifique.

Avec le front républicain, la gauche ressuscitait les temps glorieux de la IIIe République, lorsqu'il s'agissait de défendre la république menacée par les monarchistes, les bonapartistes ou ceux qu'elle a vite appelés par réflexe les fascistes. La droite était sommée de choisir entre la République et le fascisme. On a connu des choix moins manichéens. Quand Valérie Pécresse dit aujourd'hui que le PS, ce ne sont pas ses idées, mais que le Front national, ce ne sont pas ses valeurs, elle montre qu'elle a parfaitement intériorisé le discours de la gauche. En 1986, les programmes sur l'immigration du RPR et du FN étaient pourtant frères jumeaux. C'est ce que rappelait encore Alain Peyrefitte, très proche du général de Gaulle, à la tribune du mouvement gaulliste en 1997, après la fameuse défaite aux législatives.

Mais le jouet Front national s'est cassé pour la gauche, en trois temps. D'abord en 2002, quand Jospin est arrivé troisième, l'arme du front républicain s'est retournée en faveur de la droite. La gauche a dû voter pour Jacques Chirac. Ensuite, on s'est aperçu que les ouvriers avaient voté massivement pour Le Pen. Le FN devenait le premier parti ouvrier de France. La lutte des classes tournait cul par-dessus tête. Le troisième temps, c'est aujourd'hui. Celui de Marine Le Pen, qui a transformé le programme du parti en une dénonciation acerbe de la mondialisation libérale. Oubliés les accents reaganiens de son père : elle est revenue à l'État colbertiste et protecteur. Elle exalte la République, la laïcité, elle a même refusé la réforme des retraites et écrit aux fonctionnaires. Son seul rival, finalement, est Jean-Luc Mélenchon, mais lui se refuse à parler d'immigration. Le modèle de Mélenchon, Georges Marchais, n'hésitait pourtant pas à réclamer, en 1980, l'arrêt de toute immigration. Ouvriers, chômeurs, employés et même petite classe moyenne prolétarisée : le FN ratisse large.

Le PS est supplanté dans ce qu'il a de plus cher, sa capacité historique à être le porte-parole de ceux qui expriment une souffrance sociale. Le résultat le plus symbolique de ces cantonales se trouve dans le fief de Martine Aubry avec trois duels entre le PS et le FN sur les quatre cantons renouvelables. Pourtant, contrairement aux socialistes qui ont souvent des élus locaux de qualité, rompus, de plus, aux pratiques clientélistes, les candidats du FN sont souvent inconnus. L'appareil du Front national ne s'est jamais remis de la scission mégrétiste d'il y a plus de dix ans. C'est donc un vote purement politique. C'en est d'autant plus inquiétant pour la gauche. La chance historique est en train de se transformer en catastrophe historique.

Jeudi 24 mars 2011

Paris-Rome, la guerre du lait

Les Français ont toujours aimé partir à la conquête de l'Italie, de François Ier à Bonaparte, sans oublier Charles VIII ou Louis XII. Aujourd'hui, ce sont nos grands groupes qui remplacent nos anciens souverains : après le rachat de Bulgari par LVMH, l'attaque d'Edison par EDF, le gouvernement italien fait tout pour empêcher le rachat du groupe agroalimentaire Parmalat par le tricolore Lactalis. On comprend les Italiens. Les Français n'ont pas apprécié la récente vente de Yoplait aux Américains. Des années après, nous n'avons pas digéré l'absorption-disparition de fleurons industriels comme Pechiney.

On ne peut pas se contenter du fatalisme libéral de la Commission européenne qui prétend qu'au sein du grand marché continental – et même mondial –, peu importe la couleur du chat – ou sa nationalité – pourvu qu'il attrape la souris. De peur d'être accusés de protectionnisme, les Italiens ne réclament officiellement que la réciprocité. Mais elle est difficile à établir. Les deux pays s'opposent presque parfaitement. La France est le pays des grands groupes mondiaux et du désert de PME autour. Des grands groupes qui nous donnent l'illusion de la puissance industrielle. Des grands groupes façonnés par de Gaulle et Pompidou, que l'État a protégés, soutenus, avant de les lâcher dans la guerre de la mondialisation. Des groupes à qui notre pays a beaucoup sacrifié – fiscalité mise à leur service et sous-traitants corvéables à merci.

L'Italie, c'est tout l'inverse. Peu de grands groupes de taille mondiale, mais une myriade de PME nombreuses et actives, groupées autour de familles, de clans, de villes. Un capitalisme inventif et travailleur qui remonte presque au Moyen Âge, concentré en Italie du Nord. C'est le modèle colbertiste contre le modèle toscan. Dans un marché ouvert aux quatre vents de la mondialisation comme l'est l'Europe, à une époque où des fonds colossaux se baladent à travers la planète à la recherche de placements fructueux, les PME italiennes sont des proies faciles et tentantes. Les grands groupes français ont la puissance des prédateurs. Mais sont-ils encore français ? Le Cac 40 est détenu à 40 % par des actionnaires étrangers. La plupart des groupes de ce Cac 40 réalisent, comme on l'a vu encore cette année, des profits colossaux. Mais qu'ils doivent avant tout aux marchés émergents. Ils ne créent quasiment plus d'usines en France, mais investissent dans ces pays-là. Pour être au plus près des consommateurs, disent-ils la bouche en cœur. En vérité, pour payer moins cher leurs salariés. Nos chers grands groupes suivent leurs stratégies en fonction de leurs intérêts, qui sont indépendants voire contradictoires avec ceux de la mère patrie. Ils sont français seulement pour les étrangers. Entre la France et l'Italie, c'est un choc entre deux modèles également affaiblis. Les PME italiennes n'ont pas la taille mondiale ; les grands groupes français n'ont plus la tête nationale.

Vendredi 25 mars 2011

D'accord avec Claude Guéant !

Les grands inquisiteurs du politiquement correct ont trouvé une nouvelle proie : Claude Guéant. Proie de choix, il est le nouveau ministre de l'Intérieur et surtout l'ancien patron de l'Élysée. Inquisition, car, comme au temps du redouté Torquemada, on décortique les mots, mais derrière les mots, les pensées, et derrière les pensées, les arrière-pensées, le non-dit, et même le non-pensé, pour condamner le présumé coupable de sacrilège – aujourd'hui, on dit dérapage.

Si Claude Guéant a employé le mot croisade, c'est qu'il veut ressusciter Godefroy de Bouillon et passer tous les Infidèles au fil de l'épée ; et tant pis si les avions français sauvent des vies arabes en Libye. Si Claude Guéant affirme que, dans certains quartiers, les Français ne se sentent plus en France, c'est qu'il est raciste et qu'il a une vision fixiste de l'identité française ; et tant pis s'il ne fait que reprendre les propos exaspérés de Français qui fuient des banlieues que leur départ transforme en ghettos ethniques, au grand dam de nos imprécateurs bien-pensants. Si Claude Guéant demande aux usagers des services publics d'adopter des tenues sans signes religieux, c'est qu'il veut stigmatiser les musulmans.

Pourtant, il fut un temps pas si lointain où la question ne se posait même pas. « À Rome, fais comme les Romains », c'était l'adage. Dans la culture arabo-musulmane, empreinte d'un grand sens de l'honneur et du respect, on dit de même : « Mange comme il te plaît, mais habille-toi comme il plaît aux autres. » La laïcité à la française, c'était la discrétion des religions. Non par crainte, mais pour ne pas offusquer l'autre. Pour ne pas prendre en otage l'espace public, qui appartient à tous et donc à personne. Les guerres de Religion nous ont appris où l'affirmation échevelée et arrogante de ses croyances pouvait mener. Mais cette mémoire-là a été perdue et abandonnée. On a privilégié les droits de l'individu sur les devoirs du citoyen ; on a exalté les racines et les identités au détriment de la culture française. Les plus radicaux de chacune des religions se sont engouffrés dans cette brèche libérale pour affirmer leur force dans la rue.

Si Claude Guéant peut être condamné pour ces quelques phrases, c'est à l'inverse de ce que croient nos Torquemada de bac à sable. Ses mots sont un terrible constat d'échec pour la classe politique française dans son ensemble, et pour son propre patron, Nicolas Sarkozy, ministre de l'Intérieur puis Président depuis près de cinq ans. L'immigration régulière atteint 200 000 entrées par an, principalement au titre du regroupement familial et des mariages avec des étrangers. Sans compter les 50 000 clandestins au minimum, qu'on ne parvient pas à renvoyer. Ce flot ininterrompu aggrave sans fin les tourments d'une société pervertie par le relativisme différentialiste de ses élites, et mine les efforts valeureux de certains enfants de l'immigration qui voient encore la différence comme un piège et la culture française comme le plus magnifique instrument d'émancipation.

Lundi 28 mars 2011

Londres, les raisons de la colère

Cent, trois cent ou cinq cent mille manifestants, peu importe. On connaît nous aussi ces querelles de chiffres ridicules. Les quais de la Tamise à Londres n'avaient pas vu pareille foule depuis la guerre en Irak et surtout depuis les mouvements contre Margaret Thatcher, il y a trente ans ! Il a fallu attendre près d'un an pour que les Britanniques protestent contre le plan de rigueur décidé par le Premier ministre conservateur James Cameron. Comme s'ils voulaient être sûrs des dégâts causés – hausses d'impôts et baisses d'allocations sociales. Comme s'ils voulaient être fidèles à leur légendaire réputation de pragmatisme.

À l'autre extrémité de l'Europe, le Portugal n'a plus de gouvernement. Le Premier ministre socialiste José Socrates a refusé l'aide de l'Europe et le plan de rigueur qui allait avec. « Parce que je sais ce que cela a signifié pour l'Irlande et la Grèce, et que je ne souhaite pas la même chose pour mon pays. » Partout, en Europe, ça grogne, ça rogne, parfois même ça cogne. Les Portugais refusent d'avaler une purge préparée par les docteurs de l'euro ; mais les Anglais n'ont pas l'euro ; et ils ont la purge quand même.

Toute l'Europe est mise à la diète. Pour de bonnes et de moins bonnes raisons. Les Anglais paient leurs folies passées, quand ils misaient tout sur la City qui jonglait avec les fortunes de ses golden boys, tandis que le reste de la population s'endettait massivement pour maintenir vaille que vaille son pouvoir d'achat. Ce système faisait alors l'admiration avouée de la droite française et la fascination secrète de la gauche française. Mais la finance a explosé et le modèle anglais avec. Il faut désormais rembourser des montagnes de dettes. Pour le Portugal, comme pour les autres pays de la zone euro, c'est une autre histoire : leur économie n'a pas la compétitivité de celle de l'Allemagne, mais ils ont la monnaie de l'Allemagne. Les marchés ont fini par s'en rendre compte. Les Anglais n'ont pas ce problème. Ils ont dévalué leur livre sterling de 30 %. Très utile pour relancer leur compétitivité. Mais leur reste-t-il une industrie pour profiter de cet appel d'air salutaire ?

L'Europe paie une échéance qu'elle a réussi à reculer depuis des années. Lancés dans le grand bain de la mondialisation, nos pays sont en concurrence avec des pays beaucoup plus pauvres, qui tirent vers le bas les salaires des pays riches. Pendant des années, ce système a tenu grâce à l'endettement – endettement privé chez les uns, endettement de l'État en France. Seule la finance, qui prêtait à tous, en a profité grassement. Aujourd'hui, nous réglons les comptes. L'Europe exécute dans l'urgence et la douleur ce que seule l'Allemagne avait réalisé à froid, il y a dix ans : une baisse du pouvoir d'achat pour tenter de sauver sa compétitivité. Le risque est que toute l'Europe devienne une vaste zone de déflation, où la consommation recule, et où la croissance ne parvient pas à repartir. Un contexte qui sera au cœur de la présidentielle française.

Mardi 29 mars 2011

Ce que s'abstenir veut dire

Laurent Fabius devrait se méfier. Sa proposition de rendre le vote obligatoire et de comptabiliser les votes blancs pourrait se retourner contre la gauche en général, et le Parti socialiste en particulier. À chaque fois que l'abstention a dépassé les 50 % ces dernières années – élections européennes, régionales, cantonales –, les élus du PS l'ont emporté. Quand la participation a été beaucoup plus importante – la présidentielle –, le champion de la gauche a mordu la poussière. Les sondages qui portent sur le pavois Dominique Strauss-Kahn sont biaisés de la même façon. 30 % des personnes contactées refusent de répondre aux sondeurs et 20 % refusent de choisir.

DSK comme ses collègues, élus locaux socialistes, est le champion d'un suffrage censitaire puisqu'il est acquis que l'abstention touche massivement les classes les moins aisées de la société. Les incantations d'entre deux tours en faveur du front républicain ne les ont pas ramenées aux urnes. Contrairement à ce qui s'était passé après le 21 avril 2002, le taux d'abstention a été identique au premier et au second tour. Certains se souvenaient peut-être que ceux qui, à l'UMP ou au PS, les appelaient au vote républicain, n'avaient pas eu beaucoup d'égards républicains pour leur suffrage lors de l'adoption à l'Assemblée, par les députés de droite comme de gauche, du traité de Lisbonne qui y niait pourtant formellement le non au référendum de 2005. Une abstention à près de 60 % est un vote. Un vote protestataire. Un vote qui s'ajoute et parfois se substitue à celui pour le Front national.

La montée en puissance du FN dans l'électorat populaire devrait inquiéter l'UMP et surtout le PS. C'est la France active, la France qui se lève tôt, qui s'abstient ou vote FN. Nous sommes revenus, en pire, à la situation qui prévalait à la veille de la présidentielle de 2002. Un Président sortant rejeté, mais pas d'appétence pour la gauche. Au moins, à l'époque, le PS assumait avec Lionel Jospin les responsabilités gouvernementales et l'impopularité qui allait forcément avec. On ne devrait pas s'en étonner. Au PS, tiennent la corde pour la présidentielle : Martine Aubry, Dominique Strauss-Kahn et François Hollande. Les deux premiers furent les principaux ministres de la fameuse *dream team* de l'époque et le troisième avait reçu du Premier ministre socialiste les rênes de Solferino.

Même retour en arrière à droite. L'ancien candidat de la rupture avec Chirac achève son mandat avec un gouvernement chiraco-villepiniste. À côté du professionnalisme bienvenu de certains, tous ont vite retrouvé les réflexes politiquement corrects qui avaient asséché le second mandat de Chirac. À entendre certains ministres ces jours-ci, on aurait parfois cru que Claude Chirac était revenue à l'Élysée verrouiller la communication de son père. Une abstention à près de 60 % est un vote politique de défiance à l'égard des grands partis de gouvernement. Imposer par la loi le vote obligatoire, c'est refuser de le voir et de l'entendre. Mais c'est peut-être le but de Laurent Fabius.

Mercredi 30 mars 2011

Le Vert allemand contiendrait des conservateurs

La bagnole est l'avenir des Verts. Qui l'eût cru ? C'est dans le fief industriel de Daimler et de Porsche, ce fameux Land de Bade-Wurtemberg, que les Verts allemands vont pour la première fois prendre le volant. Jusqu'à présent, ils avaient l'habitude, à l'instar de leurs amis français, d'être confinés sur la banquette arrière, souvent sur le siège enfant : indispensables pour donner un peu de fraîcheur juvénile, mais qui devaient se taire dès que les grandes personnes parlaient.

On imagine toujours les Verts en pataugas et pull-over en grosse laine, cheveux longs et fumeurs de pétards. Une caricature qui date en effet de leur jeunesse post-soixante-huitarde, mais qui ne correspond pas vraiment au profil de Winfried Kretschmann, le nouveau président vert du Land qui ressemble davantage à l'ancien ministre des Finances de Giscard dans les années 70, Jean-Pierre Fourcade, symbole du technocrate de l'époque, surnommé « balai-brosse » par les caricaturistes. Même les babyboomers vieillissent. Leur génération est à l'âge où on devient responsable et pontifiant, bref ennuyeux. Notre Kretschmann ne cache pas une foi catholique vibrante et se déclare sans fard conservateur. On est loin, très loin, du mariage homosexuel cher à Noël Mamère et du combat pour les sans-papiers cher à Dominique Voynet. Au-delà des causes conjoncturelles de cette campagne électorale – accident nucléaire japonais ou lutte contre la construction d'une grande gare à Stuttgart –, les Verts allemands n'ont gagné la bataille politique que parce qu'ils ont renoncé à leur anticapitalisme des origines et à leurs combats sociétaux les plus subversifs. Paradoxalement, les Verts allemands reviennent aux sources de l'écologie qui naquit d'abord sur les rives idéologiques d'une droite réactionnaire qui refusait depuis le XIXe les certitudes progressistes et scientistes de la gauche de l'époque.

Les Verts, en France comme en Allemagne, sont les nouveaux bourgeois de l'époque. Ils s'allient aux grands patrons de l'automobile pour inventer le fameux *green New Deal* qu'attend le capitalisme occidental pour sa survie face à la concurrence des pays émergents. En France, les Verts font encore semblant d'être du côté des rebelles ; en Allemagne, ils acceptent leur réalité de meilleurs défenseurs du système capitaliste mondialisé. Ils ont toutes les qualités pour remplacer, dans ce rôle-là, les sociaux-démocrates, affaiblis par le recul des syndicats et la désagrégation de la classe ouvrière. Les Verts allemands sont en train de réaliser le rêve des Verts français : remplacer les socialistes. Ils accomplissent la mission que leur a assignée ici un Daniel Cohn-Bendit : devenir le grand parti réformiste, libéral de gauche, avec, bien sûr, une forte dose environnementale, que le système capitaliste globalisé attend. Les Français tergiversent encore devant cette apostasie historique qui leur ouvrira les portes du pouvoir. Ils y viendront.

Jeudi 31 mars 2011

Prostitution : Bachelot et le modèle suédois

Le regretté Philippe Muray avait une fois encore été prophétique : « Dans notre société, l'envie de pénal a remplacé l'envie de pénis. » Roselyne Bachelot nous somme d'imiter la Suède. On n'ose lui rappeler que ce sont les sociaux-démocrates qui ont instauré cette mesure. Elle nous expliquera aux prochaines élections que la droite et la gauche, ce n'est pas la même chose. Une autre leçon du modèle suédois est que la prostitution a disparu de la rue, mais qu'elle a été transférée sur les réseaux internet. Roselyne Bachelot, c'est Tartuffette : « cachez-moi ce sein que je ne saurais voir ! »

C'est l'alliance d'un féminisme moderne qui voit partout des femmes victimes de méchants prédateurs virils et d'un très archaïque puritanisme de bigotes, qui trouvent que monsieur le curé est trop bon avec les créatures. Notre ministre dénonce non sans raison les réseaux internationaux de proxénétisme qui détruisent largement l'argumentaire de certaines féministes célèbres justifiant la prostitution au nom de la liberté absolue du corps.

Mais Roselyne Bachelot ne doit pas s'arrêter en si bon chemin. Il faut punir les acheteurs de tennis et de tee-shirts car ils sont fabriqués par des enfants chinois honteusement martyrisés. Il faut punir les clients des grands restaurants parisiens, car ils sont servis par des travailleurs clandestins scandaleusement exploités par leurs passeurs et leurs employeurs. Face à ses juges qui lui reprochaient, à la Libération, d'avoir couché avec un officier allemand, Arletty avait rétorqué : « Fallait pas les laisser entrer ! » Les clients des prostituées pourraient faire la même réponse à Roselyne Bachelot : fallait pas ratifier les accords de Schengen, qui ont transféré nos frontières nationales aux limites de l'Union européenne !

Roselyne Bachelot aurait embastillé Casanova qui aurait pu rédiger un guide Michelin des bordels d'Europe ; Flaubert qui allait jusqu'au Caire pour découvrir les prostituées égyptiennes ; Stendhal qui conseillait d'aller voir une « fille de rien » avant de rendre visite à la femme aimée ; Maupassant ou Victor Hugo qui notaient les performances des unes et des autres, mélangeant allégrement conquêtes et filles vénales. Longtemps, la prostitution fut un rite d'initiation virile ; le père y conduisait son fils, ou l'armée le faisait pour lui. Sans l'idéaliser ni la glorifier, ni même l'encourager, la prostitution n'est peut-être pas le plus vieux métier du monde, mais est aussi vieille que les relations entre désir et argent. Des relations complexes entre domination et soumission, où la victime n'est pas toujours celle que l'on croit. Une sexualité qui utilise l'argent pour mettre le sentiment à distance. Une sexualité fonctionnelle, essentiellement virile ; c'est même pour cette raison qu'elle est vilipendée.

Vendredi 1er avril 2011

Devedjian, Balkany : la zizanie en Sarkozie

Isabelle Balkany s'est demandé un instant si elle était morte. Non, elle était bien vivante et pourtant elle entendait le président du conseil général des Hauts-de-Seine, Patrick Devedjian, lui rendre un hommage appuyé. L'hommage du vainqueur au vaincu. À la fin du célèbre roman d'Alexandre Dumas, Monte-Cristo, après avoir tué tous ceux qui avaient causé son injuste emprisonnement, graciait le dernier condamné, pris d'un soudain accès de mansuétude. Devedjian, c'est Monte-Cristo. Il fait assaut d'amabilités avec les conseillers généraux qui l'ont réélu, mais tous savent très bien que son caractère impérieux reprendra vite le dessus. On annonçait sa mort politique. Il était mis en quarantaine par Sarkozy. Le fils du Président, Jean, rêvait déjà de le remplacer à la tête des Hauts-de-Seine. Il a dû, toute honte bue, adouber son vieux rival. Devedjian exaspérait depuis longtemps les Balkany qui lui savonnaient la planche ; c'est Isabelle qui a mordu la poussière.

Devedjian, c'est aussi *Le Cave se rebiffe.* On se souvient qu'en 2007, furieux que le Président lui ait préféré Rachida Dati au ministère de la Justice dont cet avocat brillant rêvait comme d'un bâton de maréchal, il avait eu cette réplique de cinéma : « Je suis pour l'ouverture, jusqu'aux sarkozistes. » Il était de notoriété publique que le Président ne le supportait plus et n'attendait qu'une occasion pour se débarrasser de lui à la tête de ces Hauts-de-Seine qu'il n'a jamais cessé de considérer comme son fief. C'est justement cet ostracisme élyséen qui a sauvé Devedjian. C'est parce qu'il a osé critiquer les manières du Président, dire tout le mal qu'il pensait du débat sur la laïcité, que les électeurs l'ont plébiscité.

Ces cantonales ont consacré un antisarkozisme de droite assez puissant localement pour abattre les amis du Président et porter sur le pavois ceux qui ne l'étaient plus. Un antisarkozisme paré de l'étiquette flatteuse mais obscure de divers droite, aux contours idéologiques flous, qui joue, comme toujours en politique, sur le renouvellement des générations et le rejet des partis. Et la détestation du Président sortant, son style plus encore que sa politique : une droite qui ne lui a pas pardonné les débuts tonitruants de son mandat, la soirée au Fouquet's et le yacht de Bolloré. Une droite très typée de la bourgeoisie française qui a de tout temps traqué la vulgarité du parvenu à l'égal du péché.

Dans les années 70, le RPR de Jacques Chirac avait canalisé, organisé, idéologisé, instrumentalisé une révolte similaire contre Giscard. Cette fois-ci, l'UMP empêche une rébellion partisane contre le Président, mais n'a pu éviter une dissidence diffuse et sournoise. C'est un des paradoxes de ces cantonales : alors que le score officiel du parti du Président est calamiteux, le succès des divers droite permet au camp du Président de tenir la dragée haute à l'opposition socialiste. Mais on n'est pas du tout sûr que ce soit le camp du Président.

Lundi 4 avril 2011

Côte d'Ivoire ou Libye : services compris !

C'est l'heure de gloire des services secrets. Des discrets, des inconnus, des mystérieux. Du MI6 britannique, de la CIA américaine, de la DGSE française. On les croyait définitivement rangés des voitures, convertis aux délices et poisons de l'espionnage industriel. On se grattait encore la tête pour comprendre qui avait piégé Renault, pourquoi et au profit de qui, et on se retrouvait soudain plongé dans de vraies guerres. Comme au bon vieux temps, aurait-on dit dans les films de Lautner et Audiard.

En Côte d'Ivoire comme en Libye, les mouvements guerriers ne sont en effet que la partie émergée de l'iceberg. Ce n'est pas l'offensive éclair des troupes de Ouattara qui explique l'effondrement soudain du président ivoirien Laurent Gbagbo, mais une longue préparation qui a combiné étranglement financier par les banques occidentales, embargo sur la récolte de cacao, retournement des officiers proches de Gbagbo et formation des soldats de Ouattara. Les grandes puissances occidentales n'ont pas complètement perdu la main. Même si la France n'ose plus envoyer ses armées en Afrique, ses services demeurent efficaces. Au nom de la démocratie bien sûr, même si, en vérité, au Nord comme au

Sud, chez Ouattara comme chez Gbagbo, les fraudes ont été nombreuses, et les pressions sur les électeurs parfois menaçantes.

Les James Bond sont aussi à la manœuvre dans le désert libyen. Pour guider les avions qui bombardent les chars de Kadhafi. Et pour former les forces rebelles. Il suffisait de voir les magnifiques photographies publiées par *Le Figaro Magazine* pour comprendre que la tâche est ardue. Mêmes armés, les rebelles ressemblent davantage à des héros de *L'Aventure c'est l'aventure*, ou de *Cent mille dollars au soleil*. Les soldats de l'an II étaient désorganisés et souvent sans chaussures, mais leur fureur quand ils entonnaient *La Marseillaise* les rendait redoutables. Les révolutionnaires libyens sont plus risibles que redoutables. On comprend mieux, à les voir, pourquoi, dès que les avions américains et français cessent leurs bombardements, les mercenaires tchadiens de Kadhafi les retournent comme des crêpes. L'action des services secrets n'est pas simple, elle doit être à la fois discrète et efficace, car les pays arabes, qui soutiennent du bout des lèvres la coalition, mais aussi les Russes et les Chinois qui n'ont pas opposé leur veto à la résolution de l'ONU, refusent impérativement toute intervention au sol des forces de l'Otan.

Nos services hésitent aussi à fournir des armes à nos pieds-nickelés libyens, car de nombreux combattants d'Al Qaïda les ont rejoints. Depuis le premier jour, Kadhafi avait dénoncé leur intervention, dans l'incrédulité générale. Les services secrets américains n'ont pas envie de revivre le cauchemar afghan, lorsqu'ils avaient équipé les talibans qui luttaient contre l'occupation de l'Union soviétique, avant que, quelques années plus tard, leurs magnifiques missiles ne détruisent les avions américains. Même James Bond est devenu méfiant.

Mardi 5 avril 2011

Le PS, tout un programme

Dessine-moi un programme. C'est l'exercice difficile auquel se sont attelés les socialistes. Un programme avant d'avoir un candidat. Un programme suffisamment attractif pour ne pas paraître vain. Un programme assez fou pour ne heurter aucun des principaux candidats. Une quadrature du cercle. Si se différencier du programme relève de la posture, à quoi servent les primaires ? Qu'est-ce qui différenciera les candidats ? Les sondages ? Leur physique ? Leur tour de taille ? Leur régime alimentaire ? Leur QI ? Leurs diplômes ? Mais si les primaires sont vraiment l'exercice démocratique de l'avenir qui départagera des candidats selon leurs projets de société et leur vision du pays, forcément différents, à quoi sert le programme ?

Aux États-Unis, pays de naissance des primaires, chaque candidat a son programme, et le vainqueur des primaires impose ses idées et son projet de société au parti – démocrate ou républicain – dont il défendra les couleurs. Le Parti socialiste français, lui, a conservé la vieille tradition de la gauche qui privilégie le contrôle du parti sur les élus. Il a toujours du mal à intégrer la logique bonapartiste de la Ve République qui cherche quel homme incarnera le destin national. Quand il n'oublie pas qu'il y a un destin national s'inscrivant dans un roman national, obnubilé qu'il est par sa tradition internationaliste et son rêve européen.

La plume de ce projet, le brillant et juvénile Guillaume Bachelay, évite soigneusement cet écueil. Lui au moins ne reprendrait pas à son compte la célèbre formule de François Mitterrand : « La France est notre patrie, l'Europe est notre avenir. » Comme si la France n'avait pas d'avenir. Mais Bachelay, qui a voté non aux deux référendums européens de 1992 et 2005, se heurte alors aux choix contraires de la majorité de son parti, de sa patronne, Martine Aubry, et des principaux candidats, DSK et Hollande. D'où sa timidité sur la régulation de la finance pour ne pas gêner le patron du FMI. D'où son système d'écluses aux frontières, expression pudique pour ne pas avouer clairement un protectionnisme existant à gauche comme à droite, mais diabolisé par la majorité au sein du PS et par la social-démocratie européenne, quoique Martine Aubry dise le contraire.

François Hollande n'a pas tort quand il refuse l'allocation autonomie aux jeunes au nom des contraintes budgétaires. En clair, au nom des réductions de déficits exigées par les plans européens et la gestion de l'euro. Déjà, le grand retour des emplois-jeunes et les embauches de policiers et de profs ne seront pas indolores pour le budget et la dette. À moins d'une forte – très forte – hausse des impôts sur la classe moyenne, la seule dont les revenus sont encore susceptibles d'être atteints par la machine fiscale française. La hausse massive d'impôts ne serait-elle pas finalement le point commun à tous les candidats socialistes ? Le véritable imam caché du PS ?

Mercredi 6 avril 2011

Nicolas, Eva, Cécile, Daniel et les autres

Un animateur de TF1 ou un juge célèbre ? Une vedette de la télé et des sondages ou une héroïne de film ? Un truc de communicant ou... un truc de communicant ? Les Verts sont formidables. Ils donnent des leçons de vertu à toute la classe politique sur le cumul des mandats, la parité ou la démocratie interne, et ils sont les meilleurs élèves des *spin doctors* du marketing politique. Ils ne respectent même pas la tradition de la gauche qui privilégie le chef de parti. Nicolas Hulot pas plus qu'Eva Joly ne sont des militants blanchis sous le harnais, ni des élus locaux ayant œuvré au service de leurs concitoyens. Ils sont l'un et l'autre de pures inventions médiatiques et « sondagières ». La fureur dissimulée d'Eva Joly de voir débarquer dans sa cour Nicolas Hulot n'est que l'habituelle farce de l'arroseur arrosé, de la vedette médiatique qui trouve sur son chemin plus médiatique qu'elle.

La fureur non dissimulée de Nicolas Hulot devant la limitation arbitraire du corps électoral de la primaire prouve que les apparatchiks des Verts sont prêts à tous les coups tordus pour se débarrasser de lui. Du côté d'Eva Joly, on a déjà compris que les règles du jeu recentraient la bataille de la primaire autour des soutiens traditionnels des Verts, et éloignaient le grand public de TF1. D'où l'interview très habile accordée hier par l'ancienne magistrate au journal *La Croix*, profitant du débat sur la laïcité de l'UMP pour défendre des positions multiculturalistes très en vogue chez les bobos parisiens et les militants associatifs, mais qui horrifient l'électorat populaire français.

Les Verts se moquent de l'élection présidentielle comme de leur première éolienne. La présidentielle n'est donc vue qu'à travers la nécessité impérieuse de pérenniser leur appareil et d'engranger des députés aux législatives afin d'alimenter les caisses du parti. D'où leur va-et-vient épuisant entre les querelles mesquines d'appareil et les grandes fresques planétaires et millénaristes. Les électeurs le sentent et leurs candidats font souvent de piètres scores à la présidentielle. En 2007, Dominique Voynet avait obtenu 1,57 %.

Seul le citoyen allemand Daniel Cohn-Bendit pourrait paradoxalement incarner un destin français, fondé sur son passé mythique de héros générationnel de Mai 68 et ses positions politiques d'aujourd'hui, libérales, européistes et multiculturalistes. Dans cette mouvance écologiste, Cohn-Bendit n'est pas le meilleur mais le seul. Mais il refuse d'incarner le père, même indigne, de la nation.

Jeudi 7 avril 2011

Les guerres de Nicolas Sarkozy

Même Louis XIV ou Napoléon n'avaient pas osé : trois guerres à la fois, c'est une première sans doute dans l'histoire de France. Il est vrai que la campagne de Russie et la guérilla en Espagne n'avaient rien à voir avec les interventions d'aujourd'hui. Celles-ci sont des opérations de police internationale ; celles-là étaient de vraies guerres, féroces et cruelles. Autrefois, nos troupes étaient engagées par la décision souveraine de notre chef de l'État pour défendre les intérêts de la nation. Désormais, elles sont envoyées, au nom de l'ONU, pour éviter des massacres de civils. C'est la revanche de l'ingérence humanitaire sur la *realpolitik*. La revanche posthume de Kouchner, viré du Quai d'Orsay il y a quelques mois. La revanche de BHL sur Mitterrand et Juppé, qui lui avaient résisté dans l'affaire de la Bosnie il y a quinze ans.

Sarkozy s'engagerait, dit-on, dans ces conflits pour redorer son blason sondagier, en prévision de la présidentielle. Certes, la guerre peut lui donner enfin cette aura présidentielle après laquelle il court en vain depuis quatre ans. Mais jamais une présidentielle ne s'est jouée sur la politique étrangère. Sans remonter à Churchill, ses succès dans la première guerre du Golfe en 1990 n'avaient pas empêché Bush père d'être laminé par Bill Clinton au cri de : « L'économie, imbécile ! » L'intervention libyenne a été décidée pour rattraper les retards à l'allumage de la diplomatie française dans les révolutions tunisienne et égyptienne, et pour effacer l'image malséante de la France, patrie des droits de l'homme, acoquinée avec des dictateurs prévaricateurs. La Libye, c'est vraiment la guerre de Sarkozy. Les deux autres, il en a hérité. Il avait d'abord refusé l'héritage, puis s'est ravisé. Mais dans les trois cas, la France a rejoint les Anglo-Saxons alors qu'elle leur était traditionnellement opposée.

En Libye comme en Afghanistan, l'armée française montre sa dépendance envers la machine de l'Otan. La défense européenne au nom de laquelle Sarkozy avait ramené la France dans l'Alliance intégrée se révèle une chimère. Au nom de la démocratie et des droits de l'homme, la France plonge dans des guêpiers tribaux et ethniques inextricables. En Afghanistan, « notre » président Karzaï négocie avec les talibans en fonction de ses solidarités tribales. En Libye, nous soutenons un pseudo-comité du peuple libyen, qui est avant tout le syndicat des tribus de la Cyrénaïque dont les Américains savent qu'elle fut l'un des principaux foyers de recrutement des islamistes engagés en Irak.

En Côte d'Ivoire, nos médias annoncent l'avènement du vainqueur des urnes, mais beaucoup d'Ivoiriens qui ont voté Gbagbo estiment au contraire que l'aide des États-Unis et de la France permettra au monde musulman venu du nord de reprendre son expansion vers le sud de l'Afrique, qui avait été arrêtée par la parenthèse de la colonisation française. Enfin, toutes ces guerres ont un coût. Élevé. Inconnu. Et pendant ce temps-là, François Baroin fait la chasse aux économies budgétaires.

Vendredi 8 avril 2011

L'espace Schengen à l'épreuve des faits

Schengen se meurt. Schengen est mort. On devrait le dire en italien. L'oraison funèbre paraîtrait plus gaie. Déjà 1 348 Tunisiens ont été arrêtés par la police des Alpes-Maritimes en mars. Renvoyés à Vintimille ou en Tunisie. Dans le strict respect des accords de Schengen, affirment les autorités françaises. Or, sur les 22 000 migrants à qui Berlusconi a accordé le permis de séjour italien, la plupart ne rêvent que de la France. À combien de milliers d'arrestations par la police française les accords de Schengen seront-ils déclarés caducs ?

Vingt-cinq ans, c'est jeune pour mourir. En 1985, la France, l'Allemagne et les trois pays du Benelux avaient pourtant instauré un espace sans frontières dans l'enthousiasme général. Les plus lettrés évoquaient l'Europe de Voltaire ou de Stefan Zweig qui se baladaient sans passeport. Les jeunes gens regardaient disparaître sans nostalgie les guérites des postes frontières et les douaniers aux mines revêches et obtuses. Les pays signataires rassurèrent les inquiets : la disparition des frontières internes devait s'accompagner d'un renforcement de la frontière externe de l'Europe devenue commune à tous. Promesse qui n'est jamais vraiment devenue réalité. Plus l'espace Schengen grossissait, plus ses frontières reculaient, et plus elles devenaient poreuses. L'espace Schengen compte désormais 25 États membres et rassemble 400 millions d'âmes. Mais la forteresse Schengen a des trous si grands qu'elle ressemble à un énorme fromage. Un sacré fromage pour les trafiquants de drogue et de prostituées, les mafieux internationaux, les passeurs de clandestins.

Jamais Bruxelles n'a forgé une police européenne des frontières. Jamais les États européens n'ont bien coordonné leurs actions, en dépit des efforts louables de certains d'entre eux. La tâche était ardue. Au temps du Blocus continental, les gabelous de Napoléon eux-mêmes n'avaient pas réussi à tenir toutes les frontières européennes. Aujourd'hui, chaque État, toujours souverain, collabore. Ou ne collabore pas. Certaines frontières sont réputées être des passoires. La Grèce est l'exemple le plus connu. Depuis le 21 janvier dernier, la Cour européenne des droits de l'homme a interdit aux autres États de renvoyer en Grèce les clandestins arrivés par la Turquie. La Grèce est donc exemptée de tenir sa part de frontière commune. Une bonne nouvelle pour tous les clandestins venus d'Irak, d'Afghanistan ou du Pakistan qui, passés par la Turquie puis la Thrace, peuvent tranquillement gagner le nord de l'Europe, la France, l'Allemagne, ou la Belgique. Ils ne risquent plus rien.

Le geste de Berlusconi est le second coup porté à Schengen. Un coup sans doute mortel. Les Italiens se plaignent que les autres pays ne soient pas venus à leur secours. Que la Tunisie refuse de reprendre ses migrants. Les Italiens ont ramené la frontière européenne à Menton. Entre les engagements européens de la France et ses déclarations musclées sur l'immigration, Claude Guéant devra choisir.

Mardi 12 avril 2011

Hollande : s'il n'en reste qu'un, ce sera lui

Longtemps, François Hollande a été le chéri des journalistes. Son humour ravageur, sa joviale bonhomie, son talent rare pour décrypter les situations politiques les plus embrouillées : il faisait la moitié du travail.

Aujourd'hui, Hollande touche son retour sur investissement. Les journalistes l'ont maintenu à flot médiatique quand il avait disparu des radars politiques. Ils ont parlé de son régime alimentaire quand il n'avait pas de programme ; ils ont vanté son esprit de sérieux seulement parce qu'il osait annoncer qu'il augmenterait massivement les impôts. Leur complicité va au-delà des sympathies personnelles. Hollande est le produit le plus abouti d'un certain consensus médiatique : très attentif au déficit budgétaire et à la dette, il ne rompt jamais le politiquement correct sur l'immigration et l'islam ; d'une orthodoxie parfaite sur l'Europe, mais aussi sur la mondialisation. Avec lui, les audaces timidement protectionnistes du programme socialiste resteraient lettre morte. Hollande est le meilleur élève de la classe Delors et Jospin. Bien que n'ayant jamais été ministre, il est le pur produit de la gauche de gouvernement. C'est pendant qu'il était premier secrétaire – un long règne de dix ans – que le PS est redevenu ce parti de notables locaux qu'il était à l'époque de la SFIO de Guy Mollet. La référence vient naturellement à l'esprit. Roi du compromis, des tractations de couloirs, des motions « nègre-blanc » et des coups tordus à trois bandes, Hollande avait même le physique rondouillard des habitués des banquets républicains d'antan. Hollande aurait fait un magnifique président du Conseil de la IVe République, mais il n'y avait plus de IVe République et plus de président du Conseil.

Son régime alimentaire draconien prouve qu'il a compris qu'on avait changé d'époque : le gros n'est plus le symbole du bourgeois rassurant, mais l'incarnation du prolétaire qui s'alimente mal dans les hard-discounts. Hollande veut rester le candidat des élites, l'incarnation de ce cercle de la raison dont parlait jadis Alain Minc pour glorifier Balladur. Il a retenu de Mitterrand que le drame des socialistes d'aujourd'hui était de ne jamais parler de la France, de ne jamais s'inscrire dans ce roman national que les élites bien-pensantes vouent aux gémonies.

Voyant enfin le danger, craignant que les militants n'aient gardé une affection pour leur ancien secrétaire, comprenant que la droite a misé sur lui pour diviser le PS, ses amis politiques, de Fabius à Aubry en passant par Delanoë, tentent de l'ensevelir sous un tombereau de mépris. Mais n'est-ce pas déjà trop tard ?

Mercredi 13 avril 2011

Le syndrome Dupont Lajoie

Il vaut mieux en rire avant que d'en pleurer. Cette étude officielle dément avec une rare cruauté la thèse imposée et enseignée sans relâche depuis des années dans les écoles comme dans les médias : la fameuse discrimination. Les patrons mettraient au panier les CV arborant un nom à consonance étrangère. Il suffirait donc de les empêcher de deviner l'identité du candidat pour que leur sournoise partialité s'évanouisse et que le sur-chômage – des garçons avant tout, résidant dans les banlieues – se réduise. Cette thèse repose sur le présupposé d'une France raciste, xénophobe à tout le moins, qui refuse obstinément de s'ouvrir à la salvatrice différence. Le syndrome Dupont Lajoie.

Cette étude est un pied de nez formidable à cette accusation lancinante. Les recruteurs se révèlent plus généreux, plus indulgents que ne le prétend la soupçonneuse idéologie antiraciste. Comme le dit le responsable de l'étude, « les recruteurs pardonnent plus de trous dans les CV ou de fautes d'orthographe quand ils connaissent les origines sociales ». Certains pourraient même les accuser, à l'inverse, de discrimination positive. De rupture de l'égalité au détriment des Français de souche. Retournement de la machine du soupçon qui prouve que l'on n'a pas pris la question du bon côté.

La France est le pays d'Europe qui a élaboré, depuis cent cinquante ans, la plus ancienne et la plus efficace machine à intégrer les étrangers. D'un côté, le droit du sol, mais de l'autre, l'assimilation, qui repose sur l'acquisition des codes culturels et sociaux ancestraux du pays. Le nom et le prénom étaient des symboles de cette assimilation. Un équilibre fragile avait été trouvé au fil des décennies entre le nom de famille, que l'immigrant conservait le plus souvent – même s'il lui arrivait de le franciser – car il marquait ses origines, et le prénom donné à ses enfants, qui montrait la volonté de s'intégrer dans sa société d'accueil. Adjani se prénommait Isabelle ; Platini, Michel. Jusqu'aux années 60, des lois légitimaient le préfet à exiger des prénoms choisis dans le calendrier chrétien. Ces lois ont été dénoncées comme un reliquat de la période coloniale. Elles sont tombées en désuétude. Abrogées. Désormais, on se plaint des effets dont on chérit les causes.

Comme souvent en économie, la confiance serait préférable au soupçon. Le choix de collaborateurs relève de critères complexes. Il y a rarement des grands blonds scandinaves dans les kebabs et des serveurs noirs dans les restaurants chinois. Les résultats de cette étude conforteront le gouvernement à qui on reprochait de n'avoir jamais pris le décret d'application de cette mesure qui figurait dans la loi sur l'égalité des chances votée en 2006, après les grandes émeutes de l'automne 2005. Dans leur programme, les socialistes prévoient pourtant toujours de généraliser ce CV anonyme. Et le commissaire à la Diversité, Yazid Sabeg, préfère contester l'étude. La réalité est déplaisante, mais elle est irrémédiable.

Mercredi 13 avril 2011

Le centre des Bermudes

Le centre est à la fois une Terre promise et un triangle des Bermudes. On en rêve et on s'y perd. Quand on croit l'atteindre, il disparaît. En 2007, François Bayrou a cru toucher au but. Quatre ans plus tard, Jean-Louis Borloo en est le nouveau prophète. Mais Dominique de Villepin a le gaullisme centriste ; Hulot, l'écologie centriste ; DSK et Hollande, le socialisme centriste. Tous républicains, tous sociaux, tous écologistes. Tous guignent un électorat volatil, urbain, diplômé, féminin, plutôt favorisé, qui ne rejette ni l'Europe ni la mondialisation, exalte la « diversité » et vit à l'abri dans des centres villes embourgeoisés.

Cet électorat se décide au dernier moment, sur une impulsion, une impression. Un style. Celui de l'avocat d'affaires Jean-Louis Borloo est en réalité plus proche de Sarkozy, voire de DSK, que de Bayrou, qui se donne un mal de chien pour glorifier ses racines paysannes tout en reniant sa tradition barrésienne. La ductilité politique de Borloo rappelle que son père en politique fut Edgar Faure, l'homme qui parlait à l'oreille des girouettes ; et la raideur de Bayrou, refusant de choisir entre droite et gauche, l'a poussé aux pires erreurs tactiques, et à une cruelle solitude.

Le centre était à gauche en 1945 ; à droite dans les années 70. Giscard fonda alors l'UDF sur une cible sociologique, cette vaste classe moyenne uniformisée par les Trente Glorieuses, où le fringant Président espérait rassembler « deux Français sur trois ». Mais des décennies de mondialisation ont détruit le monde de Giscard. Des pans entiers de la classe moyenne, furieux de leur prolétarisation, abandonnent les rivages centristes pour des destinations plus droitières. Au moment même où les candidats se pressent en nombre, les électeurs se raréfient. Le centre, combien de divisions ?

Jeudi 14 avril 2011

L'hypoprésident

Mais où est donc passé notre hyperprésident ? Sarkozy se promettait de transformer la France de fond en comble. Il a dû renoncer à la plupart des mesures de son fameux paquet fiscal de l'été 2007. Le Président, décrit par ses adversaires les plus acharnés comme concentrant à l'excès tous les pouvoirs, ne peut même pas décider la suppression de l'ISF. Sa majorité parlementaire ne l'aurait pas accepté. Michel Debré doit se retourner dans sa tombe, lui qui a justement rédigé la Constitution de la Ve République pour permettre à l'exécutif de tordre le bras à des Assemblées rétives. Les outils sont intacts mais Sarkozy n'ose s'en servir, comme s'il ne s'en sentait ni la force ni la légitimité, affaibli qu'il est par la médiocrité de ses sondages, les divisions au sein du parti majoritaire, et les calculs électoralistes en prévision de 2012. Déjà, on s'était aperçu de sa faiblesse nouvelle lorsqu'il n'avait pas réussi à imposer comme Premier ministre Jean-Louis Borloo à un groupe UMP qui ne jurait alors que par Fillon. Le quinquennat produit là ses effets délétères, qui transforme le monarque républicain de jadis en un président américain privé de toute latitude, plus d'un an avant son hypothétique réélection.

Mais le mal qui ronge le sarkozisme est encore plus profond. L'hyperprésidence était un mythe médiatique, mais il arrangeait Sarkozy qui avait séduit les Français avec le retour annoncé du politique. Entre les prérogatives de l'Europe, et la puissance planétaire de la finance internationale et des grands groupes mondialisés, Sarkozy est, par rapport à ses prédécesseurs, davantage un hypoprésident qu'un hyperprésident. À son arrivée à l'Élysée, il avait cru relancer la croissance française en adoptant le modèle américain fondé sur l'endettement. Public mais aussi privé. C'était le temps du « travailler plus pour gagner plus ». Sarkozy avait même envisagé un temps d'adopter le système des subprimes. Qui devait faire exploser la machine américaine en 2008. Après deux ans de tâtonnements, Sarkozy a trouvé en Allemagne sa nouvelle Terre promise, bâtie sur la modération salariale, la rigueur budgétaire et la compétitivité économique. L'Allemagne où n'existe plus l'ISF depuis des années. Mais nous n'avons pas la puissance de feu des PME exportatrices germaniques et nos seules machines compétitives sont nos grands groupes qui n'investissent ni n'embauchent plus guère en France, comme l'atteste l'exemple caricatural de Renault.

Depuis trente ans, l'histoire se répète : en 1983, Mitterrand renonce à la relance de 1981. En octobre 1995, Chirac enterre la lutte contre la fracture sociale. Sarkozy plie deux fois en moins de quatre ans. Nos présidents, pourtant légitimes sur le plan politique, ne parviennent plus à imposer leurs visions économiques. On peut accuser leur incompétence ou leur cynisme électoraliste qui leur fait promettre n'importe quoi. Ou la mondialisation, ou l'euro. Ou tout cela à la fois. Mais cela rend soudain nos idéaux démocratiques vides de toute substance.

Vendredi 15 avril 2011

Désaccord entre Sarkozy et les patrons

Irritation, mécontentement, désaccord. C'est la nouvelle trilogie entre le patronat et Nicolas Sarkozy. Il paraît loin, le temps de l'idylle, de la communion, du soutien. Loin, le temps de la nuit du Fouquet's. Loin, le temps où Sarkozy s'invitait à l'université d'été du Medef, embrassait Laurence Parisot, qu'il avait connue sur les bancs de Sciences-Po, où elle fut une bien meilleure élève que lui. Sarkozy était le candidat idéal du patronat, il comprenait, lui, les logiques économiques de la mondialisation ; cet ancien avocat d'affaires n'avait pas les réflexes colbertistes d'un technocrate comme Chirac.

Désormais, les thèmes de discorde se multiplient. Le patron rejette le projet prime contre dividende. Mais Laurence Parisot – et Christine Lagarde – montent aussi au créneau lorsque Claude Guéant se propose de réduire l'immigration légale. Les mêmes patrons ne cachent pas leur déception quand Sarkozy supprime le bouclier fiscal sans abattre l'ISF. Ces conflits successifs sont logiques. Cohérents même. Ils sont le produit des contradictions nées de la mondialisation.

Les actionnaires des entreprises du Cac 40 se partageront cette année 41 milliards d'euros. Colossal gâteau. D'autant plus appétissant que les salariés se serrent la ceinture depuis des années. Et voient leur pouvoir d'achat baisser à cause de la hausse des produits alimentaires, de l'essence et de l'immobilier. Mais l'essentiel des bénéfices des entreprises du Cac 40 provient de leurs activités dans les pays émergents. Où les salaires sont bien inférieurs à ceux des Français. Ces mêmes entreprises n'ont aucune envie de donner plus d'argent à des salariés français qui, à leurs yeux, coûtent déjà trop cher, comparés à leurs homologues turcs ou chinois. Mais ces derniers ne votent pas pour la présidentielle de 2012. Même chose pour l'immigration. Les 200 000 entrées légales chaque année se retrouvent ensuite sur le marché de l'emploi. Beaucoup deviennent des chômeurs ou acceptent des postes mal payés. Ce flux permanent – auquel il faut ajouter les clandestins – permet au patronat de ne pas augmenter les salaires dans les secteurs économiques où on manque de main-d'œuvre. De maintenir les profits à flot. C'est l'armée de réserve du capitalisme, disait Marx. Mais l'électorat populaire exige de Sarkozy qu'il ferme les robinets de l'immigration.

Enfin, l'ISF, qui n'existe plus dans la plupart des pays européens. La libération des mouvements de capitaux en Europe et dans le monde a permis à beaucoup de grands patrons – dont les revenus ont décuplé, à l'exemple de leurs homologues américains – de mettre leur fortune à l'abri du fisc français. Voir un Président de droite, leur ami personnel parfois, inventer une *exit tax* qui touche justement ceux qui transfèrent leurs fonds à l'étranger les exaspère. Pour beaucoup d'entre eux, le sort en est jeté : ils soutiendront – discrètement – Dominique Strauss-Kahn. Le capitalisme était si beau sous la gauche.

Lundi 18 avril 2011

La garde à vue réformée

Le gouvernement des juges. On croyait cette expression réservée aux livres d'histoire et aux effets de tribune. Alors, quand on le voit en action, en *direct live*, comme disent les animateurs de télévision, on se frotte les yeux pour être sûr qu'on n'a rien raté du spectacle. Dans cette réforme de la garde à la vue, le gouvernement français n'aura rien décidé. Il n'aura été qu'un exécutant.

Vilipendé, méprisé, bousculé. Humilié. Le Conseil constitutionnel lui avait déjà imposé le contenu de la loi qu'il préparait. La Cour de cassation lui a imposé son tempo. Le tout, au nom du maître, du vrai souverain : la jurisprudence de la Cour européenne des droits de l'homme. Les pères de la République, tant invoqués aujourd'hui à tout propos, doivent se retourner dans leur tombe : des juges étrangers dictent sa conduite au gouvernement démocratiquement élu par le peuple français, sans que celui-ci n'ait pu à aucun moment intervenir. Circulez, il n'y a rien à voir. Le sujet n'est pourtant pas mineur. La réforme de la garde à vue, imposée dans la précipitation, provoquera désordres et troubles dans les commissariats. Mais ce n'est qu'un hors-d'œuvre. C'est l'ensemble du système judiciaire français qui est dans le collimateur du juge européen, comme l'a montré son offensive contre le procureur.

Un système français qui avait depuis longtemps trouvé un équilibre, avec ses qualités et ses défauts, adapté à l'esprit et à l'histoire du pays, où les droits de l'État sont protégés, parfois au détriment des droits de la personne, mais aussi au profit de l'efficacité des enquêtes et des victimes, comme on le voit avec éclat dans les affaires de terrorisme. Un système dont les grandes lignes remontent à la Révolution française et à Napoléon. Il est clair, désormais, que les juges européens veulent nous imposer le système anglo-saxon. Légitimement réputé depuis des siècles pour le soin mis à protéger les personnes. Mais non moins connu pour favoriser les riches, puisque les avocats, maîtres du jeu du début à la fin, font payer cher leurs services. On comprend que les avocats français soient en pointe dans ce combat mené au nom des droits de la défense.

Ces réformes à la hussarde n'auront pas que des inconvénients. La présence de l'avocat dans les commissariats évitera peut-être aux policiers nombre d'erreurs de procédure qui faisaient annuler leur travail par un juge des libertés sourcilleux. Mais il ne faut pas s'arrêter en si bon chemin. Les cours anglaises et américaines ont la main beaucoup plus lourde que leurs homologues françaises. Le nombre des places de prison y est bien plus important qu'en France. Les réductions de peine sont moins inquiétantes pour les victimes quand les condamnés purgent des peines spectaculaires de plusieurs centaines d'années. L'extrême sévérité est le pendant naturel de la protection des droits. C'est loin d'être le cas en France.

Mercredi 20 avril 2011

Le gel des salaires de fonctionnaires

Faites ce que je dis, pas ce que je fais. Cette formule lapidaire du bon sens populaire résume parfaitement l'impression que donne le pouvoir sarkoziste. Augmentez les salaires, commande le Président au privé, pendant qu'il gèle une année supplémentaire ceux des fonctionnaires. On ne peut même pas lui reprocher un manque de logique : les salaires des fonctionnaires pèsent sur les déficits budgétaires et la dette publique qu'il doit impérativement réduire ; les entreprises du Cac 40 distribueront 41 milliards d'euros à leurs actionnaires, pendant que leurs salariés les regardent la langue pendante. Mais la politique qui globalise, schématise, synthétise, n'a que faire de ces logiques séparées. Les Français, dont on sait depuis Chateaubriand que l'égalité est leur seule passion, ne supportent pas ce deux poids deux mesures.

Sarkozy est dans une nasse. Il veut tenir ses promesses de campagne de 2007 sur le pouvoir d'achat d'autant plus qu'une autre campagne présidentielle s'annonce déjà. Mais il doit respecter ses engagements européens de rigueur, de peur de perdre son précieux triple A des agences de notation. Il a cru, au début de son mandat, s'en sortir par un surcroît d'activité et un surcroît d'endettement. La crise a tué l'activité ; et elle a rendu l'endettement insupportable. L'euro, qui se renchérit jour après jour, étouffe à petit feu une croissance française déjà poussive ; l'exubérance de l'économie chinoise, les succès germaniques, les révolutions arabes, la baisse orchestrée du dollar poussent les prix des matières premières à la hausse : l'inflation menace de toutes parts, rognant les faibles hausses de revenus.

Social, social, social... les cabris sont de retour. Cela fait vingt ans que la France compense vaille que vaille les effets déflationnistes de la mondialisation sur les salaires par le social. Toujours plus d'allocations, toujours plus d'assistanat. Du social payé par la dette de l'État. Du social qui smicardise une part toujours croissante des travailleurs. Du social qui réduit sans cesse la différence entre les revenus de l'assistanat et ceux du travail. Du social qui exaspère les couches moyennes, toujours trop riches pour avoir droit à quelque chose. Sarkozy n'a guère de leviers. Il ne peut pas dévaluer sa monnaie puisqu'il a fait de la défense de l'euro une affaire identitaire, existentielle, au-delà du bien et du mal. Il n'ose pas mettre le fer dans la plaie de l'assistanat pour ne pas réveiller sa caricature de président des riches. Pour sauver de la ruine notre industrie qui a déjà perdu des millions d'emplois, détruits par les délocalisations et la concurrence déloyale des Chinois, il avait un moment envisagé un protectionnisme intelligent, qui mettrait à l'index le dumping social et écologique ; mais l'Allemagne, Bruxelles et l'OMC lui ont fait les gros yeux. Ça faisait beaucoup pour un seul homme, même président de la République française. La nasse.

Vendredi 22 avril 2011

La primaire à droite, une idée qui fait son chemin

L'Amérique nous fascine et nous habite. Les blue-jeans, le Coca-Cola, les McDo, *Dr House* et les *Desperate Housewives* ; Sarkozy se voit en Kennedy qui aurait enfin trouvé celle qui serait sa Jackie et sa Marilyn à la fois. Pour la classe politique française, ce rêve américain a pris le nom de primaires. Le fantasme touche désormais l'UMP. Pour lutter contre la division annoncée du parti, la multiplication des candidatures, la dispersion des voix, le risque d'un 21 avril à l'envers, qui verrait le Président sortant arriver bon troisième au soir du premier tour. L'objectif est de protéger Nicolas Sarkozy du syndrome Jospin.

La droite reprend curieusement l'argumentaire de Lionel Jospin, qui a toujours affirmé que sa défaite en 2002 provenait mécaniquement de la division des voix entre plusieurs candidats. C'est croire que la présidentielle est réductible à un cartel électoral de partis. C'est ignorer la dynamique propre à cette élection, qui agrège des électorats disparates autour d'un candidat qui, à un moment précis, incarne le pays dans ses contradictions. Ce ne sont pas Chevènement et Taubira qui ont éliminé Jospin, c'est Jospin qui s'est désintégré. Invoquer cette référence historique, c'est une façon alambiquée de dire que le Président n'est pas le meilleur candidat de la droite. Qu'il doit être remplacé. Doit renoncer. Laisser la place. Que d'autres, Juppé, Fillon, doivent se préparer. C'est une première dans l'histoire de la Ve République. En 1965, Pompidou a attendu silencieusement que de Gaulle se décide ; en 1988, Rocard s'est retiré devant Mitterrand ; en 1981, Chirac a combattu Giscard, mais ne lui a jamais dénié le droit de se représenter. Dans la logique de la Ve, le Président sortant est le leader naturel.

Les socialistes organisent des primaires parce que, depuis la mort de Mitterrand et l'échec de Jospin, aucun patron n'a émergé. Ils demandent au peuple de gauche de faire le travail à leur place. Ils appellent cette infirmité progrès démocratique. Ils veulent croire que le vainqueur de la primaire sortira renforcé de la légitimité démocratique ; ils oublient que les limites de Ségolène Royal apparurent au grand jour dès qu'elle fut désignée candidate : on ne la regardait plus de la même façon.

Il y a vingt ans, Charles Pasqua avait déjà lancé cette idée de primaires. À l'époque, le RPR de Jacques Chirac faisait monter ses gros bataillons pour bloquer l'ambition du revenant Giscard. Pasqua, très populaire auprès des militants RPR, montrait aussi le bout de son ambition élyséenne, sans l'assumer vraiment. Ce pastis versé dans le Coca-Cola n'a jamais trouvé buveur.

La présidentielle américaine est une élection à un tour, avec un mode de scrutin indirect. La longueur du processus de sélection oblige à des dépenses mirifiques, qui mettent le futur président dans la main de ses généreux donateurs. Notre fascination énamourée pour l'Amérique et notre mauvaise connaissance de l'anglais nous trompent : en français, primaire se traduit tout simplement par premier tour.

Mercredi 27 avril 2011

La tentation du gaz de schiste

D'abord, on ne comprend rien. On refait ingénument le lapsus de François Fillon sur le gaz de shit ! Et puis, on creuse. La question, pas le sol. La géologie, en 4e, nous rebutait déjà. Mais le gaz de schiste, c'est sérieux. Déjà 20 % des dépenses énergétiques des États-Unis. En France, selon certains experts, les réserves pourraient fournir au moins dix ans de notre consommation de gaz. On se libérerait de la dépendance de nos fournisseurs algériens et russes. On rejouerait le bon coup des années 60 avec le gaz de Lacq. En France, on n'a pas d'idées, mais on a du gaz.

Emprisonné depuis des millénaires dans les roches sous le sol, repéré par les scientifiques depuis des décennies ; mais trop cher tant que le pétrole était abondant et bon marché. Avec un baril à 100 dollars, la prospection devient rentable. Les Américains ont sauté sur l'occasion. Comme le savent tous les lecteurs de *Lucky Lucke,* le propriétaire du sol est là-bas aussi celui du sous-sol. L'initiative privée est reine. La liberté. Et le n'importe quoi. De multiples compagnies se sont jetées sur cette nouvelle manne. Chacun y est allé de son pompage, quitte à piquer le gaz du voisin. D'où cette image d'un film américain montrant du gaz sortant d'un robinet de cuisine.

Pour sortir le gaz de sa prison naturelle, on fracture la roche puis on injecte de l'eau. Beaucoup d'eau. Beaucoup trop. Et des détergents. Par centaines. On devine la suite : pollution des nappes phréatiques, hurlements légitimes des écologistes. En France, Total a eu la bonne idée de commencer ses prospections à quelques encablures de la maison de José Bové. Tous les Français s'identifient à Bové, même les propriétaires des champs sous lesquels on pourrait trouver le miraculeux gaz. En France, depuis le code Napoléon, les fruits du sous-sol reviennent à l'État. Et rien pour le propriétaire.

La guerre éclair des écolos fut efficace. Le gouvernement a capitulé en rase campagne. Fillon a annulé toutes les autorisations de prospection signées par l'ancien ministre de l'Environnement, Jean-Louis Borloo, hypothétique candidat à la présidentielle. Un hasard sans doute. À l'époque, sa secrétaire d'État s'appelait Nathalie Kosciusko-Morizet, qui l'a depuis remplacé. À droite, comme à gauche, on fourbit déjà des propositions de lois qui interdisent toute recherche sur les gaz de schiste. La France rejoue l'affaire des OGM. Le principe de précaution tourne au refus de la science. Le rapport de l'inspection a essayé de ménager la chèvre de la précaution et le chou de la recherche. Mais les écologistes ont gagné la bataille idéologique. C'est l'idée même du progrès qui est rejetée, la science ostracisée. On ne se dit pas qu'elle peut encore améliorer ses méthodes, trouver un moyen ingénieux de pomper sans polluer. On préfère lui couper les ailes avant même qu'elle ne prenne son envol.

La France fut jadis ce pays de la raison qui adulait Pasteur et Marie Curie, et avait inventé la montgolfière, l'avion et l'automobile. C'était il y a longtemps.

Jeudi 28 avril 2011

La disgrâce de Rama Yade

Son rire charmant d'enfant espiègle habille sa trahison d'un halo d'innocence. L'affection qu'elle affirme conserver pour le Président est comme un ruban rose noué autour du couteau planté dans son dos. Elle lui doit tout ? Justement. Labiche avait déjà tout dit dans *Le Voyage de Monsieur Perrichon* : on aime celui qui nous doit quelque chose ; on déteste celui à qui on doit la vie. Après tout, Sarkozy n'a que ce qu'il mérite, s'étant couvert du ridicule d'une admiration que rien ne justifiait, la comparant à la grande Américaine Condoleezza Rice, ou supportant ses foucades et rébellions. Jean-Pierre Chevènement l'avait dit : « Un ministre, ça ferme sa gueule ou ça démissionne » ; Rama Yade avait une excuse : elle n'a jamais été vraiment ministre.

En suivant Jean-Louis Borloo, Rama Yade accélère la décomposition annoncée de l'UMP et la constitution d'un bloc des droites qu'elle prétend justement conjurer. En créant son club dédié à la jeunesse un 21 avril, elle reprend les mythes et les peurs de la gauche. Mais la cohérence politique n'est pas son affaire. Rama Yade est l'une de ces inventions médiatiques qui se gausse de la futilité médiatique. Une de ces créatures du roi qui se retourne contre le monarque qui l'a faite reine. Elle n'est pas la première, ne sera pas la dernière.

Le modèle a vu le jour dans les années 70. Giscard l'a inventé, Mitterrand l'a perfectionné, Chirac l'a galvaudé, Jospin l'a institutionnalisé. Sarkozy l'a américanisé en y ajoutant la fameuse et bien-pensante « diversité ».

Les sondages portent ces femmes sur le pavois ; en général, le peuple les en fait descendre brutalement. Le suffrage universel est leur talon d'Achille. Des hommes aussi se retrouvent dans ce club très sélect : Bernard Kouchner en fut l'archétype flamboyant, qui continuait une tradition remontant à Jean-Jacques Servan-Schreiber et Françoise Giroud. Le centre est leur terre d'élection. Ils sont tous libéraux et sociaux, démocrates et républicains, progressistes et modernes. Ils peuvent gouverner également avec la gauche et la droite.

Rama Yade devrait se méfier. Déjà, elle devrait bientôt perdre sa confortable sinécure à l'Unesco, pour non-respect du devoir de réserve qui s'impose à tout représentant de la France dans les instances internationales. Elle n'a pas de circonscription ni de fief local où se replier ; le parti radical n'est plus rien sur l'échiquier politique. Son parcours politique ressemble de plus en plus au destin inaccompli de Michèle Barzach. Séduisante mais éphémère ministre de la Santé dans le gouvernement Chirac de 1986, elle affola un moment lucarnes et landerneaux politiques. En 1989, elle trahit Jacques Chirac pour suivre Michel Noir qui défiait le maire de Paris. L'aventure tourna court, lorsque le futur président de la République la démit de tous ses mandats obtenus uniquement grâce à sa bienveillante protection. La fringante rebelle sortit de la vie politique comme elle y était entrée, en un éclair.

Vendredi 29 avril 2011

Du Zambèze à la Corrèze

Bernadette Chirac n'avait jamais été à pareille fête. Autour d'elle, Nicolas Sarkozy et François Hollande faisaient assaut de séduction. Chacun des deux enjôleurs vantait son mari que l'un et l'autre avaient combattu férocement quand il était à l'Élysée. Mais Bernadette et même Jacques Chirac n'étaient pas les véritables objets de la passion de Hollande et Sarkozy. Ils brûlaient d'amour pour la Corrèze. La Corrèze, symbole de la France profonde, de la France éternelle. La Corrèze, brevet de terroir et d'authenticité. La Corrèze qui, elle, ne ment pas. La Corrèze, une terre et des morts.

« La Corrèze, fabrique de présidents », a dit Hollande sous l'approbation de Sarkozy. C'est une règle, que l'on a longtemps crue d'airain, sous la Ve République. Chaque président devait posséder sous ses pieds son terroir d'origine. Pompidou et Giscard avaient l'Auvergne, Mitterrand la Charente, Chirac la Corrèze. Pour incarner la France, un candidat devait offrir la figure, devenue à la fois commune et légende littéraire au XIXe siècle, du petit provincial humilié, sensible, mûr pour l'ambition, qui connaîtra dans la capitale son éducation sentimentale et y enterrera ses illusions perdues.

Sarkozy a retourné l'antique malédiction. L'élu de Neuilly, qui ne connaît rien aux provinces françaises, s'était présenté en 2007 comme un Français de sang mêlé. La trouvaille d'Henri Guaino avait touché juste dans un pays dont l'immigration et l'urbanisation depuis plus d'un siècle ont bouleversé la démographie et le rapport aux origines et à la terre. Alors, Ségolène Royal, fille d'officier à l'ancienne, affichait ses quartiers de terroir. Les socialistes dénonçaient « Sarko l'Américain ». Le Pen brocardait « le Hongrois ».

Mais pour 2012, Sarkozy a trouvé plus cosmopolite, plus américain, plus proche des élites mondialisées que lui : Dominique Strauss-Kahn. Il a donc décidé d'accuser le contraste. Il sera le candidat de l'identité contre celui de la mondialisation ; du peuple, contre les élites. Il essaye de faire oublier ses amitiés avec les patrons du Cac 40 : ses conflits récents avec le patronat sont inespérés, ça passe ou ça casse. Mais DSK est aussi le non-dit de Hollande. L'ancien secrétaire du PS n'a pas de divergences idéologiques notables avec son camarade socialiste. Ils sont tous les deux pour l'Europe, la mondialisation, ils sont tous les deux des enfants de Delors et de Jospin. Alors, pour se différencier, tandis que les sondages de premier tour sont encore faiblards, Hollande tente, lui aussi, de faire de ses faiblesses une force. Il n'a pas un charisme tonitruant, il rajoute un peu de glaise sur ses mains d'énarque et fait sa plus belle tête d'électeur. Il n'est pas, lui, directeur du FMI, il n'a pas de riad à Marrakech, il n'est pas corrézien, mais il y est élu depuis trente ans. Personne n'est dupe, ni eux ni les Français, mais chacun joue consciencieusement son rôle. Blaise Pascal n'a-t-il pas dit : « Agenouillez-vous et vous croirez » ?

Lundi 2 mai 2011

Ben Laden est mort, pas le terrorisme

La mort d'Oussama Ben Laden est d'abord un symbole pour les Américains, qui attendaient cela depuis dix ans ; sa mort prouve qu'on ne les attaque pas en toute impunité. Que leurs services secrets ne sont pas aussi mauvais qu'on le dit, que les méchants sont, comme dans les films d'Hollywood, toujours punis. Les attentats du 11 septembre avaient été pour les Américains une horreur avec ces milliers de morts, mais surtout la marque d'un certain abaissement. L'effondrement des deux tours symbolisant en quelque sorte un déclin américain qui s'annonçait.

Le grand historien Fernand Braudel expliquait que la puissance dominante du moment n'est jamais touchée par les armées ennemies. La Hollande au XVIIe siècle ne fut pas atteinte par les troupes de Louis XIV, et Napoléon ne parvint jamais à envahir les Îles britanniques. Durant les deux guerres mondiales, le sol américain ne fut jamais menacé ni par les soldats allemands ni par les Japonais. Les terroristes de Ben

Laden réussirent donc « cet exploit » il y a dix ans. C'est parce qu'ils touchaient le sol de l'hyperpuissance que cet attentat fut considéré comme un tournant dans l'histoire du monde, le vrai début du XXIe siècle, alors que le XXe siècle s'était achevé en 1989 avec la chute du mur de Berlin. La joie collective qui s'est répandue à New York est une sorte de soulagement spontané d'une foule qui voudrait effacer cet affront historique.

Il y a belle lurette pourtant que les spécialistes nous ont expliqué qu'Al Qaïda n'était pas une organisation hiérarchisée, mais une nébuleuse avec des groupuscules autonomes qui reprennent la marque Al Qaïda comme une sorte de franchise mais sans en référer à la maison mère. La mort de Ben Laden ne change donc rien à cela. Ce n'est pas la mort du terrorisme. Dans le Sahel, l'Aqmi continuera à sévir contre les Français au Niger ou ailleurs. Enfin, sa mort, au Pakistan, est la confirmation du double jeu pakistanais en Afghanistan. Une partie de l'appareil d'État pakistanais cachait donc Ben Laden et joue avec les talibans et Al Qaïda contre les Américains, officiellement leurs alliés. Les Américains d'ailleurs le savent, tout le monde le sait. La mort de Ben Laden ne change rien à cela ; l'intervention occidentale en Afghanistan avait été d'abord une expédition destinée à chasser, traquer Ben Laden ; il n'est pas sûr que sa mort interrompe l'intervention américaine et renvoie les troupes occidentales d'Afghanistan.

Mardi 3 mai 2011

Il y a quotas et quotas !

Peu avant sa mort, le grand intellectuel Jean Baudrillard disait en plaisantant que « SOS Baleines voulait sauver les baleines, comme SOS Racisme voulait sauver les racistes ». Le dernier scandale autour des révélations mises en scène par Mediapart et l'émoi inconsidéré qu'il suscite, jusque chez la ministre des Sports, prouvent que suivant l'intuition rigolarde de Baudrillard, l'antiracisme militant est devenu la quête perpétuelle et obsessionnelle du racisme, même et surtout s'il est imaginaire.

Laurent Blanc ne peut être que soupçonné de racisme, lui qui a fait toute sa carrière de joueur dans l'équipe de France aux côtés de Zidane et de Thuram ; lui qui, en tant que sélectionneur, a désigné Samir Nasri, d'origine maghrébine, capitaine de l'équipe de France. Mais la réalité n'intéresse pas nos maîtres censeurs. Elle est pourtant simple. Blanc et les techniciens de la Fédération française de football essaient de revenir sur le choix fait dans les années 90 de privilégier, dans les centres de formation, les atouts physiques au détriment des qualités techniques. La France, qui avait été longtemps le paradis des petits dribleurs inspirés, de Kopa à Giresse, aspire à le redevenir. Et ne plus être la terre d'élection des seuls grands, costauds, puissants. Mais comme le dit Laurent Blanc avec une désarmante sincérité : « Qu'est-ce qu'il y a actuellement comme grands, costauds, puissants ? Les blacks. » Un stéréotype n'est pas forcément faux, même s'il est simplificateur.

Les mêmes techniciens s'inquiètent de la proportion de jeunes formés dans les clubs français, mais qui choisissent finalement de jouer dans les équipes nationales des pays d'où viennent leurs parents. Est-ce un crime de s'inquiéter de l'efficacité de la dépense publique ? Un quota de 30 % de joueurs binationaux a donc été imaginé. « Quota raciste », crient les moralistes en chœur.

Les quotas sont en effet contraires à l'esprit universaliste de la République française. Mais il y a quotas et quotas. Les interdits et les autorisés. Les diabolisés et les plébiscités. Quand Martine Aubry exige 20 % de socialistes venus de la « diversité » à la direction du parti. Quand Sciences-Po réserve des places à des jeunes venus de banlieue qui entrent sans concours. Quand la présidente d'Areva, Anne Lauvergeon, promet qu'elle n'embauchera plus dans son état-major des « mâles blancs ». Quand la présidente du Medef, Laurence Parisot, fait campagne pour les quotas de femmes dans les conseils d'administration. Quand le CRAN (Conseil représentatif des associations noires) réclame à cor et à cri plus de « diversité » à la télévision.

Des quotas ? Quel vilain mot ! Non, de la discrimination positive. Qu'en termes galants cela est dit. Comme pour le racisme dans le football. Quand Vikash Dhorasoo, l'ancien joueur talentueux du PSG, confie à la télévision que de nombreux jeunes joueurs blancs abandonnent le football parce que, en minorité dans les centres de formation, ils subissent la moquerie voire l'hostilité de leurs camarades d'origine africaine ou arabe, son aveu n'est ni repris ni commenté. Ni même démenti.

Vendredi 6 mai 2011

Nouvelle polémique sur le collège unique

C'est la pensée réflexe. Qui dit évaluation dit orientation dit sélection dit voie de garage dit mort du collège unique dit régression dit élitisme dit réactionnaire dit fasciste. C'est le marabout-bout de ficelle de la rue de Grenelle. Les syndicats d'enseignants de gauche en sont les champions. Leurs relais médiatiques sont très efficaces, terrorisant des ministres de l'Éducation, les ministres de droite étant les plus faciles à terroriser.

La réalité est beaucoup plus prosaïque. Le socle de compétences instauré il y a quelques années était évalué à la fin du CM2 et à la fin de la 3e. Entre les deux, rien. On y glisse donc la fin de la 5e. Le socle de compétences, c'est le smic du collégien, un savoir-être davantage que des savoirs, où il est plus important de montrer sa capacité à travailler en équipe ou à lire un document que de connaître Austerlitz ou Blaise Pascal. Un minimum qu'on transforme petit à petit en un maximum. Faudrait pas tomber dans l'élitisme.

On ne risque rien. Les professionnels de la pensée réflexe font le lien avec l'annonce, par le ministère, d'une 3e « prépa professionnelle », pour diversifier les parcours au collège. Une alternance qui serait avancée en fin de 5e pour ceux qui ne réussiraient pas leur évaluation. La suite est connue : évaluation-orientation-régression-élitisme-fascisme. C'est faire trop d'honneur à Luc Chatel que de lui prêter des intentions machiavéliques. Malheureusement. La nuit du 4 août du collège unique n'est pas pour le 6 mai. Ni pour le 7. Rien avant la présidentielle de 2012. Et sans doute rien après.

Le collège unique est pourtant l'une des plus grandes catastrophes françaises. Ou plutôt l'un de ses plus grands succès, tout dépend pour qui. Le collège unique est le produit de l'alliance, dans les années 70, du giscardisme libéral et de l'égalitarisme syndical. Du capitalisme qui voulait des consommateurs incultes et une extrême gauche postsoixante-huitarde qui voyait dans la révolution la destruction de la culture bourgeoise. Le collège est devenu la machine à rattraper les carences du primaire, quand le lycée passe son temps à enseigner vaille que vaille ce qu'on aurait dû faire au collège. Les profs le savent mieux que personne, qui n'ont jamais accepté cette baisse violente de niveau.

Les patrons et les politiques n'ignorent pas, eux, les 400 000 offres d'emplois non pourvus. Depuis quarante ans, des campagnes sont lancées pour la revalorisation du travail manuel. On nous donne en exemple le modèle allemand, médiocre pour l'élite intellectuelle, mais excellent pour les ouvriers et les ingénieurs. À la base de la puissance industrielle du *made in Germany*. Tous, profs, patrons, politiques, souhaiteraient cette fameuse orientation en fin de 5e. Ils savent tous, eux, qu'elle est indispensable, mais tous se taisent. Peur des représailles. Peur d'être épinglés. Peur de la pensée réflexe : Élitistes. Réactionnaires. Fascistes.

Lundi 9 mai 2011

En 2012, Besancenot aux abonnés absents

Olivier Besancenot est un jeune homme de son temps. Les considérations personnelles qui fondent son renoncement sont tout à fait respectables, mais relèvent davantage des valeurs intimistes exaltées par la presse féminine que des valeurs sacrificielles de la mythologie révolutionnaire. Imagine-t-on un Lénine ou un Trotski renoncer à la révolution parce que leur épouse ou leurs enfants souffrent de leur absence ? Jacques Chirac ou François Mitterrand n'ont jamais hésité à sacrifier leur famille sur l'autel de leurs ambitions.

Mais l'équation personnelle et générationnelle de Besancenot s'inscrit dans le cadre plus large de l'échec politique du NPA. Quand la Ligue communiste révolutionnaire est devenue le Nouveau Parti anticapitaliste, il était d'abord le parti d'Olivier. Choisissant les douceurs ouatées de la médiatisation, le nouveau parti remisait au placard de l'Histoire les violences sanguinaires de la tradition trotskiste qui faisaient tache à la télé sur le canapé rouge de Michel Drucker. Mais le NPA ne devenait pas pour autant un allié électoral des socialistes au sein d'une majorité parlementaire. Le parti d'extrême gauche voulait conserver sa pureté dans un isolement hautain et la dénonciation du reste de la gauche. Il refusait de se poser la question du pouvoir. La question devint celle de l'utilité du NPA. Il rêvait d'attirer les jeunes banlieusards issus de l'immigration, nouveau peuple révolutionnaire cher à l'extrême gauche. Besancenot alla jusqu'à défiler aux côtés d'islamistes contre Israël. Fit semblant de ne pas entendre les cris de « Mort aux juifs ! ». Le choc fut violent entre les jeunes arrivants qui vantaient les beautés de l'islam et les vieux militants élevés dans la culture laïcarde et athée du marxisme. L'affaire de la candidate voilée d'Avignon ulcéra les féministes. La greffe fut violemment rejetée.

Les échecs électoraux s'accumulèrent : européennes, régionales, cantonales. Besancenot se mit à dos les syndicats traditionnels en appelant à la grève générale contre la réforme des retraites. La mort de son mentor, Daniel Bensaïd, accusa son désarroi. Les militants sont partis, écœurés. Les anciens et les jeunes, pour une fois d'accord. Le remplaçant de Besancenot à la présidentielle a peu de chances d'obtenir les cinq cents parrainages nécessaires. Déjà, en 2007, la droite avait donné à Besancenot les trois cents signatures qui lui manquaient. Et en 2002, c'était le Parti socialiste qui avait cru intelligent de faire l'appoint. Alors, Besancenot tenait le discours radical qu'une jeunesse diplômée et idéaliste se désolait de ne pas entendre chez Lionel Jospin.

Après la défection de Besancenot, le NPA avait le choix entre déserter la prochaine présidentielle ou rallier le front de gauche, derrière les communistes et Mélenchon. Le choix entre la peste et le choléra. Entre mourir et mourir.

Mardi 10 mai 2011

Du RSA à l'assistanat

Laurent, pourquoi viens-tu si tard ? Si tard, à un an de la présidentielle, tout est interprété à l'aune d'arrière-pensées électoralistes. Si tard, après que Nicolas Sarkozy, de la nuit du Fouquet's au yacht de Bolloré, se fut laissé complaisamment enfermer dans l'imagerie du président des riches, que même la suppression du bouclier fiscal – il est vrai compensée par l'allègement de l'ISF – ne peut effacer. Si tard et si confusément, puisque Roselyne Bachelot, la protégée de François Fillon, s'est empressée d'éteindre le feu, en faisant mine de croire que son jeune collègue Laurent Wauquiez avait eu la bêtise de prétendre qu'un titulaire du revenu de solidarité active (RSA) gagnait plus qu'un smicard.

La guerre des deux droites est relancée. Et l'idée de Wauquiez et de ses amis de la Droite populaire déjà enterrée. Cette question intéresse les classes populaires ; elle n'avait donc aucune chance d'être retenue par l'oligarchie médiatique et politique. Tous les candidats en campagne ont pourtant entendu la fureur de ces couples de smicards qui n'ont droit à aucune aide, quand leurs voisins, chômeurs, bénéficient de prestations sociales innombrables. Quand le voisin est étranger, la colère devient fureur xénophobe. C'est la conjonction de plusieurs phénomènes : la smicardisation d'une partie croissante du salariat français ; l'incapacité des politiques français à distinguer dans notre système social entre assurance et solidarité. Les caisses d'allocations familiales constatent une sous-utilisation du RSA en milieu rural, comme si ces gens modestes refusaient l'assistance accordée aux plus pauvres par dignité et surtout pour maintenir l'illusion de leur appartenance à la classe moyenne.

Pour corriger ces effets pervers, Wauquiez propose de remettre une double distance, entre les minimas sociaux et le Smic, mais aussi entre citoyens français et étrangers, en exigeant cinq ans de travail en France avant d'avoir accès aux prestations sociales. Le RSA n'a jamais été accepté par une partie de la droite, qui a du mal, au nom de la valeur travail, avec le concept de revenu minimum. Le RSA de Martin Hirsch est le fils du RMI de Rocard. Forgé en 1988, il fut le prix à payer pour la désindustrialisation de notre pays, les déménagements d'usines et des emplois peu qualifiés. Un processus accepté et même favorisé par nos élites, qui y trouvaient leur compte. Les vainqueurs de la mondialisation heureuse ont en quelque sorte versé un dédommagement à ses nombreuses victimes. Le RSA est l'aide phare au milieu d'un bouquet d'autres allocations. La paix sociale est, paraît-il, à ce prix. Mais la France a financé sa générosité sociale à crédit. La France est sous la surveillance des agences de notation.

Il faudra sortir de cette impasse. La gauche veut augmenter les impôts sans remettre en cause l'assistanat. La droite veut réduire l'assistanat sans augmenter les impôts. On aura sans doute les deux. Mais après 2012.

Mercredi 11 mai 2011

Mitterrand, trente ans après

« Après moi, il n'y aura plus de grand président. » François Mitterrand l'avait lui-même annoncé. Ce n'était ni une galéjade ni de la prétention. Un fait sans forfanterie. Déjà, Chirac n'était plus qu'un grand frère sympathique. Et Sarkozy ne parvient toujours pas, en dépit de ses louables efforts, à endosser les habits de roi à la française, impérieux et lettré, hautain et mystérieux. Mitterrand fut tout cela, le dernier père de la nation, même si, avec une fausse simplicité charmante, il se laissait appeler Tonton. C'est ce grand homme que la gauche célèbre, elle qui déteste et craint plus que tout les hommes providentiels.

Mais l'idolâtrie mitterrandienne n'en est pas à un paradoxe près. Brillant pourfendeur du coup d'État permanent, il exige, dès son arrivée à l'Élysée, que tout soit fait pour lui comme pour de Gaulle. Vainqueur de Giscard, Mitterrand ne met pas deux années à accomplir le programme de son prédécesseur. Pur produit de la France terrienne et étatiste, il est l'homme de sa liquidation au profit d'une France libérale et européenne. Ses nationalisations sont désuètes, mais elles sauvent des grandes entreprises françaises qui ont presque toutes disparu depuis qu'elles ont été privatisées.

Partagé entre deux ambitions, celle de la construction de l'Europe et celle de la justice sociale, il sacrifie la seconde à la première. Orateur plus que talentueux, héritier de Lamartine et de Jaurès, c'est sous son règne que prospère le jargon des experts et la novlangue des communicants. Porte-drapeau du peuple de gauche, c'est sous son mandat que le peuple disparaît des discours, des romans, des films, des imaginaires. Les flonflons du Front populaire s'achèvent dans le « popu sublimé » des publicitaires à la Jean-Paul Goude. La gauche prétend incarner le progrès et l'avenir, et on ne cessa de parler de Pétain et de Bousquet.

Renouant avec les traditions catholiques de son enfance, il avait dénoncé « l'argent qui corrompt, qui achète, qui écrase, qui tue, qui ruine et qui pourrit jusqu'à la conscience » ; avec lui, la Bourse exulta, Tapie s'éclata ; la révolution libérale engagée par les Anglo-Saxons creusa les inégalités sociales au moment même où la gauche abandonnait la lutte des classes et criait avec Yves Montand : « Vive la crise ! » Après avoir fui devant des chars russes qui n'arrivèrent jamais, les riches prirent leur bien en patience.

Mitterrand fut l'homme des virages qu'on prend sous des contraintes, des parenthèses qui ne se referment jamais, des faux choix entre l'Allemagne et l'Albanie, entre la faillite en solitaire et le sauvetage par l'intégration européenne. Entre être Lénine et être Guy Mollet. Entre la moraline antiraciste et un fascisme de carton-pâte. Sous Mitterrand, on exalta la diversité, tandis que s'imposait la pensée unique. Ses héritiers fêtent le trentième anniversaire du 10 mai par un grand concert à la Bastille, organisé par un banquier reconverti dans la presse pour bobos branchés. C'est le temps de la Porsche tranquille.

Jeudi 12 mai 2011

Un sale compte à rebours pour la Grèce

Combien de temps la Grèce tiendra-t-elle, prise entre le marteau du FMI et de l'Europe, et l'enclume de la fureur populaire ? Combien de temps le gouvernement socialiste d'Athènes tiendra-t-il ? Alors que les salaires ont déjà baissé en moyenne de 20 %, le président de la Commission européenne annonce un nouvel ajustement structurel. C'est-à-dire de nouvelles baisses de salaires et de prestations sociales, sans oublier des privatisations en nombre. Oui, combien de temps ? Pour l'instant, le temps manque sur les marchés : plus personne ne croit en la capacité de la Grèce de rembourser sa dette. Les taux demandés sont à près de 25 %. Un vrai taux revolving. L'Europe s'apprête donc à lui accorder une nouvelle aide conséquente. L'objectif est justement de gagner du temps. Mais combien de temps ?

Les Allemands se sont résignés et proposent de restructurer la dette grecque à hauteur de 40 %. Restructurer, c'est le mot poli pour dire que la Grèce ne paiera pas ses créanciers. Les Français ne veulent pas renoncer et arguent que la Grèce n'a besoin, finalement, que d'une somme raisonnable : de 20 à 25 milliards d'euros. Une grosse somme pour elle, mais une petite pour les pays riches. En clair, les contribuables allemands et français. Merci pour eux. Il est vrai que les banques françaises mais aussi allemandes, qui ont beaucoup prêté à la Grèce, perdraient beaucoup en cas de restructuration. Les banques, pas folles, ont déjà commencé à provisionner leurs pertes, il faut seulement leur donner le temps de se retourner. Combien de temps ?

L'austérité ne sauve pas la Grèce mais la tue. La croissance, qui reposait sur la consommation, est étranglée. L'économie grecque n'est pas compétitive ; c'est une économie fondée sur le tourisme et l'huile d'olive, et de faibles salaires. Ce fut pure folie que de lui donner la même monnaie que celle des Allemands qui fabriquent les meilleures voitures du monde et des machines-outils pour la planète. Une folie qui a permis à la Grèce de se goinfrer de subventions européennes pendant des années, de faire de la fraude fiscale un sport national. Mais la cigale, ayant chanté tout l'été, se trouva fort dépourvue quand la bise fut venue.

Aux États-Unis, l'État fédéral subventionne les États du centre du pays les plus déshérités. En France, l'État fait la même chose avec la Corrèze ou les Dom-Tom. On peut même penser que les grands européens, Giscard, Mitterrand, Delors, ont fait exprès de créer une monnaie unique pour contraindre les États européens à fédéraliser aussi le budget communautaire. Mais voilà, il y a un hic. Rien d'important. Les peuples. La fourmi allemande n'est pas prêteuse. La hollandaise et la finlandaise non plus. Les solidarités européennes se révèlent peu évidentes.

La question n'est pas de savoir si la Grèce quittera l'euro, mais quand. Pour avoir annoncé cette nouvelle la semaine dernière, un grand journal allemand s'est fait taper sur les doigts. « Impossible », « Impensable », ont dit les éminences européennes dans toutes les langues. Combien de temps ?

Vendredi 13 mai 2011

UDF, le retour

Union pour la démocratie française. UDF. Plus personne ne sait pourquoi ce parti s'appelait ainsi. On fait de l'archéologie politique : c'était le titre d'un livre de Giscard. Quand il était à l'Élysée. Dans les années 70. À l'époque, on portait les cheveux longs et des pantalons pattes d'éléphant ; le footballeur Dominique Rocheteau était surnommé l'Ange vert. Giscard avait l'ambition de rassembler « deux Français sur trois ». Il tirait la leçon sociologique de trente ans de développement économique et de réduction des inégalités sociales. On a appelé cette période les Trente Glorieuses. Une énorme classe moyenne en était née, aux revenus et aux modes de vie très proches. Giscard avait eu l'intuition géniale d'en faire un parti politique. Il l'appelait l'UDF. Un parti qui serait libéral, européen, décentralisateur. À droite sur l'économie, et à gauche sur les mœurs. L'exact opposé du gaullisme qui avait été étatiste, colbertiste et national. À gauche sur l'économie et conservateur sur les mœurs.

Giscard fut battu en 1981, mais l'UDF a gagné. Le RPR est devenu libéral, européen, décentralisateur.

Moderne. Tout comme le Parti socialiste. Une victoire totale dont l'UDF est morte. Un jour, François Bayrou qui, seul, résista courageusement à la naissance du parti unique de la droite, l'UMP, proclama fièrement : « Quand on pense tous la même chose, c'est qu'on ne pense plus rien. » Il ne savait pas qu'il condamnait ainsi sa propre famille politique. Jean-Louis Borloo veut ressusciter le mort. Et Morin, et Arthuis et les autres. Ils ne seront pas de trop. Leur argument semble imparable : l'UMP sarkoziste se droitise, il faut réinventer le centre. C'est une illusion d'optique. L'UMP de Sarkozy et de Copé revient seulement aux sources du RPR d'antan, quand son programme était, sur les questions d'immigration et de sécurité, le frère jumeau de celui du Front national.

Sarkozy pourrait être tenté de laisser faire. À deux, on ratisse plus large. Le râteau est plus grand. Borloo peut gêner Bayrou. Ou encore DSK. Les amis de Borloo, au contraire, se flattent de résister aux pressions de l'Élysée. Tout cela n'est que jeux d'apparence et calculs d'apothicaire. Jean-Louis Borloo a insuffisamment appliqué les leçons sociologiques du maître Giscard. Après les Trente Glorieuses, il y eut les trente piteuses. Croissance molle et aggravation des inégalités. La classe moyenne est morcelée aux deux bouts, avec un petit extrême qui s'est agrégé aux classes dirigeantes, et un gros bout qui s'est prolétarisé ; au milieu, une masse, hantée par la crainte du déclassement. Déclassement social mais aussi national. Les espoirs de la modernité radieuse sont devenus les causes d'une angoisse existentielle.

Où sont les électeurs de l'UDF ressuscitée ? Disséminés entre le Parti socialiste, les Verts, le centre-droit. Un électorat diplômé, urbain, plutôt féminin, qui peut passer, en un débat télévisé, de Bayrou à Cohn-Bendit, sur une impression, une colère, un coup de cœur. Un électorat qui s'est dispersé tout en réduisant à la cuisson. Au mieux, une force d'appoint.

Lundi 16 mai 2011

Le cauchemar américain

« Le pervers. » « L'argent sale. » Les premiers titres de la presse américaine ne font pas dans la dentelle. Les réactions françaises insistent plutôt sur la présomption d'innocence. On répète que Dominique Strauss-Kahn plaide non coupable. Vérité en deçà de l'Atlantique, erreur au-delà. On connaît les différences ancestrales entre Français et Américains. Pour ceux-ci, le sexe est le grand tabou ; c'est l'argent pour les Français. Les Américains livrent facilement leurs revenus, que les Français taisent avec un soin jaloux ; mais ces derniers déballent, hâbleurs, leurs conquêtes, quand les Américains font l'éloge hypocrite de la fidélité. On a reproché à Bill Clinton les douceurs de sa stagiaire Monica ; Sarkozy est épinglé pour le Fouquet's et le yacht de Bolloré.

En une semaine, Dominique Strauss-Kahn a transgressé les tabous des deux sociétés dans lesquelles il évolue : il est monté dans une Porsche Panamera en sortant d'un appartement de la place des Vosges ; et il s'est fait arrêter par la police américaine pour tentative de viol d'une femme de ménage commis dans une suite à 3 000 dollars d'un hôtel de luxe où il a ses habitudes quand il se rend à New York. L'argent et le sexe, les deux moteurs des hommes, et en particulier des hommes de pouvoir.

Mais la police américaine a poursuivi le patron du FMI jusque dans son avion, lui reprochant sans ménagement de fuir. On sait depuis Tocqueville que la société américaine est régie par un égalitarisme démocratique sourcilleux auquel notre époque a ajouté un féminisme suspicieux et la religion de la transparence. Il n'est pas certain que la police française aurait arrêté l'ancien ministre des Finances socialiste. Héritage monarchique et ancienne mansuétude pour les amours ancillaires de nos grands hommes. Il n'est pas sûr non plus que la police française aurait accordé du crédit au témoignage de la femme de ménage. Pourtant, il y a belle lurette que le landerneau médiatico-politique hexagonal se repaît des rumeurs insistantes autour des habitudes sexuelles de Dominique Strauss-Kahn, parfois fort impérieuses. Mais la loi du silence avait résisté. Pour combien de temps désormais ?

Les aventures galantes de Strauss-Kahn avec l'épouse d'un membre étranger du FMI avaient déjà scandalisé le board de l'institution internationale, mais amusé les Français. Les succès du *French lover* flattaient notre ego national. Cette fois, notre patriotisme se retourne contre DSK, qu'on accuse d'abîmer l'image de la France. Comme un vulgaire footballeur. Mais en Amérique, souvent, des femmes utilisent le sexe pour faire de l'argent. Beaucoup d'argent. Provocations, dénonciations, chantages. Hollywood en a tiré cent films. Des esprits français suspicieux en déduisent que le patron du FMI a été victime d'un traquenard, monté par on ne sait qui. Ce réflexe complotiste, habituellement reproché par la gauche française à l'extrême droite, est cette fois-ci agité en sous-main par les communicants strauss-kahniens en plein désarroi. L'aura de DSK, en particulier auprès des classes supérieures, tenait beaucoup au fait qu'il avait été adoubé par la grande institution financière mondiale sous imperium américain. Le rêve américain s'est transformé en cauchemar.

Mardi 17 mai 2011

La face cachée de DSK

Il a des poches énormes sous les yeux. Les caméras s'attardent complaisamment sur elles, comme si elles symbolisaient ses crimes, ses péchés. Il sort du commissariat, menotté comme un vulgaire trafiquant de drogue, le regard sombre, absent. Au tribunal, dans une veste froissée, col ouvert, négligé, il tourne un regard morne vers son avocat qui plaide sans discontinuer. En vain. Une fois ou deux, sa barbe de deux jours s'éclaire d'un triste sourire. La juge américaine a la voix coupante et le visage en lame de couteau. On est sans cesse ballotté entre *Les Experts* et *Desperate Housewives.*

Depuis deux jours, ces images féroces, implacables, en effacent d'autres. Celles du brillant ministre de Lionel Jospin, de l'inventeur désinvolte des 35 heures, du directeur général affairé du FMI, négociant avec le Chinois et l'Indien, avec Obama et Merkel. Du cosmopolite polyglotte, qui vient convaincre les députés allemands de la nécessité du prêt à la Grèce dans la langue de Goethe. Tellement français en même temps, jusqu'au dédain qu'affichent désormais les élites françaises pour ce pays, comme ils disent. Brillant jusqu'à l'arrogance. Séducteur jusqu'à l'obsession. C'est Dr Jekill et Mr Hyde. Dr Strauss et Mr Kahn.

Deux personnalités, deux cerveaux, deux vies. Comme indépendantes l'une de l'autre. Mieux : deux personnes en une qui s'affrontent dans un combat à mort, jusqu'à ce que la plus ancienne, celle du cerveau archaïque, celle des pulsions primaires, l'emporte par KO. Depuis un siècle, la psychanalyse nous a habitués à cette dichotomie qui scandalisait nos ancêtres. Et pourtant, quand on la prend en pleine figure, le scandale demeure intact. On ne s'y fait pas, on ne s'y résout pas. On se dit : un gars si intelligent, aux portes de l'Élysée. Quand même.

Pourtant, DSK n'est ni le premier ni le seul. Les Mémoires de l'ancien patron du FBI, le sulfureux Edgar Hoover, nous ont appris qu'il y avait un service spécial et secret à la Maison Blanche pour gérer les pulsions quotidiennes du président Kennedy. Qui rameutait les filles, réglait le ballet des portes dérobées quand Jackie Kennedy débarquait, étouffait les scandales, payait les récalcitrantes. En France, aussi, on a eu un président de la République mort dans les bras d'une créature, qui avait voulu « être César et était mort Pompée ». Et un roi à qui un réseau de rabatteurs amenait des filles dans son parc aux cerfs. Gaudriole, plaident les Français. Viol, rappellent les Américains.

DSK a un choix cornélien devant lui. S'il continue à plaider non coupable devant la justice américaine, il risque jusqu'à soixante-dix ans de prison. Et les États-Unis ne sont pas la France, le royaume des remises de peine. Mais ainsi, il sauve ce qui peut encore l'être de son avenir en France. Ou il refuse de passer le reste de sa vie en prison, et plaide coupable pour réduire sa peine, paye une énorme indemnité à la victime. Pour en finir. Mais il tire un trait sur sa carrière nationale et internationale. Dr Strauss et Mr Kahn ne peuvent pas, ne peuvent plus être réconciliés.

Mercredi 18 mai 2011

Les avocats de DSK qu'on n'attendait pas !

La gauche française est formidable. Elle est même émouvante. Elle est prête à tout pour défendre l'un des siens. À piétiner tous les principes qu'elle défend la main sur le cœur, toutes les leçons de morale qu'elle assène. Les principes et la morale, c'est pour les autres. Imaginons un instant un Nicolas Sarkozy dans la même situation ; on décréterait que le patron des riches n'a décidément aucun respect pour les classes populaires en général et les femmes de ménage en particulier. Imaginons – encore plus amusant – un Jean-Marie Le Pen accusé ; on y verrait la preuve patente de son racisme effréné, puisque la jeune femme est africaine.

Dominique Strauss-Kahn échappe bien heureusement à ces procès dans le procès. Mais certains de ses amis vont plus loin. Depuis des décennies, Jack Lang est le chantre d'un féminisme militant, exaltant la dignité de la femme, l'égalité stricte entre les sexes ; il nous chante sur tous les tons que la femme est l'avenir de l'homme, et devant une accusation de viol, il nous explique benoîtement qu'« il n'y a pas mort d'homme ». Robert Badinter nous a vanté avec des trémolos dans la voix l'admirable berceau américain des libertés, les beautés de sa procédure accusatoire, où l'avocat a autant de pouvoirs que le procureur, où l'accusé a des droits imprescriptibles dont celui de ne pas répondre aux questions de la police. D'ailleurs, le juge européen nous somme d'adopter ce bienfaisant système, sous les applaudissements des Américains.

Tous n'ont pas de mots assez durs, assez cruels, pour dénigrer le machisme français, archaïque et inégalitaire, pour vitupérer la tradition judiciaire française, héritée du tyran Napoléon. Et voilà que les mêmes découvrent les splendeurs de la justice française et les horreurs du modèle américain qui offre en pâture un accusé, mains menottées dans le dos et barbe de deux jours. Il est vrai que madame Eva Joly n'a pas offert en pâture aux journalistes ses victimes célèbres. Alain Carignon ou Loïk Le Floch-Prigent, ou Gérard Longuet, ou Michel Roussin, que les policiers ont arrêté à la sortie de son ministère, n'ont pas été humiliés ni maltraités. Et Éric Woerth a bénéficié de la présomption d'innocence.

On ne comprend plus. Ou on comprend trop bien. Les prétendus dérapages verbaux sont farouchement criminalisés, la police de la pensée fait régner l'ordre des mots et des idées, tandis qu'elle absout généreusement les actes vraiment délictueux. On peut avoir légitimement de la compassion pour un destin brisé, la peine de sa femme, de ses enfants. On peut s'émouvoir de l'humiliation d'un homme par la machine médiatico-judiciaire. Notre narcissisme patriotique peut être chatouillé par la rudesse d'une Amérique volontiers moralisatrice. Mais certains avocats de DSK desservent la cause qu'ils prétendent servir, en montrant surtout un réflexe de caste arrogante qui refuse que l'un des siens soit soumis à la règle commune. Ils avaient déjà commis la même erreur avec Roman Polanski ou Frédéric Mitterrand. D'ailleurs, ce sont souvent les mêmes. Avec des amis comme ça, Dominique Strauss-Kahn n'a pas besoin d'ennemis.

Mercredi 18 mai 2011

Martine qui pleure, François qui rit

Martine qui pleure sur le sort de son ami Dominique, mais aussi sur elle-même, contrainte désormais à une candidature présidentielle dont elle ne voulait pas. François qui rit, tortue débarrassée par miracle de son lièvre, qui s'est pris pour un lapin ; mais François qui rit jaune. Trop tôt, trop vite. Pas prêt. La tortue avait encore besoin du lièvre en point de mire.

L'émotion au PS prouve bien qu'en dépit des dénégations et des déclarations vertueuses sur la démocratie des primaires, tous les hiérarques socialistes – même la gauche du parti – avaient intériorisé l'irrésistible couronnement de l'homme de Washington. C'est la malédiction de Solferino. Après Rocard et Jospin, DSK. À chaque fois, un champion crédible, chéri des élites et des médias, mord la poussière avec une rare brutalité. Malédiction de cette « gauche américaine », comme l'avait appelée naguère Jean-Pierre Chevènement, qui se targue depuis vingt ans d'ajuster le socialisme français aux patrons idéologiques de la social-démocratie occidentale. Au moment même où le centre de réflexion de la « gauche moderne », Terra Nova, encourageait le PS à troquer la base ouvrière traditionnelle de la gauche, coupable d'avoir conservé des valeurs traditionnelles de « droite », pour un nouveau peuple de jeunes, femmes et enfants d'immigrés, le champion incontesté de cette mue sociologique et historique se retrouve menottes aux poignets entre deux flics de New York.

Le remplaçant idéal serait François Hollande, lui aussi enfant (politique) de Delors, européiste sans état d'âme, hostile à tout protectionnisme et à toute fermeture à l'immigration, mais l'appareil socialiste, groupé autour d'Aubry, de Fabius et des strauss-kahniens le hait. Le méprise. Le vomit. Ce rejet viscéral rappelle celui qu'avait subi la précédente candidate du parti, Ségolène Royal, lors de la campagne de 2007. La malédiction de Solferino.

Jeudi 19 mai 2011

Le haut fonctionnaire français est un produit de luxe

On n'est pas près de revoir un Français à la tête du FMI. Les Américains en ont soupé, et les grands pays émergents d'Asie veulent y installer un de chez eux pour s'occuper un peu plus de leurs problèmes et un peu moins de ceux de l'Europe. Les défenseurs de l'euro s'en lamentent. D'autant plus, se plaignent-ils, que Jean-Claude Trichet quittera, lui aussi, la direction de la Banque centrale européenne. Mais uniquement parce que c'est la fin de son mandat. Encore un Français. On pourrait y ajouter Pascal Lamy, qui accomplit son dernier mandat à la tête de l'Organisation mondiale du commerce.

Les Allemands exportent des machines-outils et des belles voitures ; les Français, des produits de luxe et des hauts fonctionnaires. De là à se dire que le haut fonctionnaire français est un produit de luxe... Au début du XXe siècle, les grands pays émergents de l'époque, Turquie ou Russie, faisaient déjà appel à des Français pour organiser leur administration, quand ils mettaient des Allemands à la tête de leurs armées. La prédominance des Français a sans doute de multiples causes : la qualité de notre système de formation des élites, l'ancienneté de notre État, longtemps révéré comme un dieu tutélaire ; la clarté de pensée et d'expression de la langue française ; notre passion pour la politique ; notre universalisme, issu du catholicisme et des Lumières.

Depuis le siècle dernier et les deux guerres mondiales, s'ajoute, chez les élites françaises, le sentiment de plus en plus répandu que la France n'a plus la taille adéquate dans ce monde de géants, et que toutes les grandes questions – économiques, financières, écologiques, démographiques, sécuritaires – n'ont de solutions que mondiales. Cette conviction des élites françaises, qui se retrouve dans les thèses en faveur d'un gouvernement mondial d'un Jacques Attali, n'a pas d'égale dans les autres pays ; il est le point de jonction idéal entre l'universalisme français et l'internationalisme de la gauche. Pas étonnant que les sociaux-démocrates y soient comme des poissons dans l'eau. Mais nos brillants esprits font semblant de ne pas voir que cet idéal correspond aussi aux intérêts des grandes entreprises globalisées, qui ont imposé la loi du marché, sous la férule discrète mais jamais prise en défaut de la puissance dominante. Le FMI est à Washington, et tout le talent de DSK n'a jamais pu empêcher que les véritables patrons de l'institution qu'il dirigeait sont restés les États-Unis.

L'intérêt général mondial est une utopie. Un mythe. Les égoïsmes nationaux, comme on dit, sont les intérêts des peuples, les seuls soumis à la démocratie. Doit-on se plaindre ou se réjouir du départ des Français ? Un grand diplomate anglais, ancien commissaire européen, a donné un jour la réponse : « Il faut toujours mettre un Français à la tête d'une institution internationale, car c'est le seul à ne pas défendre les intérêts de son pays. » Il faut sans doute nous détester autant que les Anglais et depuis aussi longtemps pour nous connaître aussi bien.

Vendredi 20 mai 2011

La révolte anti-radars

Les réunions du groupe UMP deviennent plus agitées que les séances dans l'hémicycle. Pendant que les députés socialistes sont occupés à défendre l'honneur perdu de Dominique Strauss-Kahn, leurs collègues de l'UMP jouent le rôle d'opposition de Sa Majesté. Les godillots se lèvent souvent du pied gauche. Déjà ils sifflaient, la semaine dernière, Roselyne Bachelot venue défendre le RSA. Cette fois, ils chahutent le Premier ministre lui-même au sujet des radars. Démagogie, rétorquent avec mépris Fillon et Bachelot, enfermés dans leurs certitudes technocratiques. C'est un classique. Au bout de quelques années, les gouvernants ne font plus confiance qu'à leurs cabinets ministériels. Déconnectés du fameux terrain, où ils ne vont plus guère, ils appellent démagogie tout ce qui vient d'en bas, intérêt général tout ce qui vient d'en haut. Les députés, eux, reviennent dans leurs circonscriptions chaque week-end, où ils se font houspiller par leurs électeurs. La *vox populi* n'est pas forcément la *vox dei* ; mais pourquoi ce mépris ?

On se souvient de la polémique sur les chiffres de l'inflation. Pendant des années, les calculs de l'Insee annonçaient une inflation au plus bas, quand les consommateurs se plaignaient de la hausse massive des prix des produits alimentaires. Les statisticiens ont fini par reconnaître que la baisse des prix des produits de haute technologie – téléphones, ordinateurs, etc. – avait faussé leurs calculs. Même chose pour les radars. Les panneaux d'avertissement avaient été posés à des endroits particulièrement dangereux. Leur présence obligeait les voitures à ralentir. Ils ont donc, en effet, réduit les accidents. Certes, les automobilistes appuyaient sur le champignon aussitôt la menace du radar éloignée. Et alors ? L'endroit dangereux était passé.

Ôter les panneaux d'avertissement poussera les conducteurs à ralentir tout le temps, assure le gouvernement. Ou à ne ralentir nulle part. Et à avoir plus d'accidents. Mais à payer plus d'amendes. Quand Jean-Pierre Raffarin avait mis en place les radars automatiques, il avait présenté ces panneaux comme la preuve de sa bonne foi. Il ne voulait pas réduire les déficits sur le dos des automobilistes, seulement sauver des vies. La décision de François Fillon lui donne un air de mauvaise foi. Les automobilistes sont des cibles toujours commodes, toujours dociles, toujours solvables, toujours cochons de payants. Mais cochons d'électeurs, crient les députés UMP qui ont une réélection à préparer dans un an.

François Fillon ne craint rien. Ses mesures seront adoptées. La Constitution de la Ve République est faite pour mater un cheval parlementaire qui regimbe. Mais il devrait se méfier. C'est le groupe UMP qui lui a conservé son poste à Matignon, quand Sarkozy voulait le remplacer par Jean-Louis Borloo. L'irritation devient désamour, qui s'installe sur fond de conflit politique entre une droite populaire qui prend confiance en elle, et des centristes qui sont tentés de sauter dans la barque que leur tend Jean-Louis Borloo. Comme si François Fillon subissait les premiers craquements de la fin annoncée de l'UMP.

Mardi 24 mai 2011

Le faux-vrai retour de la Françafrique

La Françafrique, c'est fini ! Sarkozy avait tout pour rompre avec cette tradition gaullienne postcoloniale : la volonté d'abord, clamée et répétée ; son ignorance crasse des affaires africaines, son désintérêt pour ce continent ; le scandale des bien-pensants autour de sa désormais fameuse phrase sur les Africains « entrés tardivement dans l'Histoire » ; le désir de Sarkozy d'être un bon soldat de l'Occident et de l'Amérique, qui l'a poussé à rester en Afghanistan et à installer l'armée française à Abu Dhabi nez à nez avec le diable iranien ; et, *last but not least*, les soucis d'économies budgétaires qui lui ont fait fermer des bases militaires en Afrique, qu'il jugeait désuètes et coûteuses.

Tout ça pour ça ! Pour envoyer l'armée française tirer comme un lapin le Président sortant Gbagbo. Sarkozy fut le seul chef d'État européen à assister à la cérémonie d'investiture du nouveau chef d'État, Alassane Ouattara, bien que le Quai d'Orsay le lui ait déconseillé. Il a été acclamé par des foules qui criaient : « Merci ! merci ! Chirac est de retour ! » Sarkozy a assuré le nouveau régime de la protection française. Un colonel français a été désigné conseiller du nouveau Président pour réorganiser et former une armée ivoirienne détruite par la guerre civile, et composée de soldats de fortune et d'anciens rebelles qui ont probablement quelques massacres sur la conscience. C'est aujourd'hui l'armée française qui assure la sécurité du pays et celle de son Président. On se croirait revenu à la grande époque de Foccart et de « Mon Général » !

Les affaires reprennent. Bouygues est un ami personnel de Ouattara. Bolloré était un ami personnel de Gbagbo, mais est aussi un ami de Sarkozy. Il a donc tout pour devenir un grand ami de Ouattara. Tout cela se fait au nom du droit. Ouattara est le vainqueur légitime des élections. L'armée française a agi au nom de l'ONU. Sarkozy a répété que nos soldats n'avaient plus vocation à être la garde prétorienne des régimes. Que la France ne devait plus s'ingérer dans les affaires africaines.

Mais l'armée française restera en Côte d'Ivoire pour la protection de nos ressortissants. Le droit, c'est bien, mais la force, c'est mieux. La Côte d'Ivoire fut le symbole et la perle de la Françafrique de papa. Sarkozy y ramène une France qui n'en était jamais totalement partie. Tout l'y conduit. La défense des intérêts économiques hexagonaux et la concurrence effrénée de la Chine que les Français accusaient de draguer Gbagbo ; les Américains qui se désintéressent de l'Afrique, comme Sarkozy a pu le constater dans l'affaire libyenne, et pressent les Européens de s'occuper de leur zone d'influence ; les chefs d'État africains eux-mêmes, qui ne veulent pas qu'on les laisse seuls et désarmés face à l'avancée menaçante des terroristes d'Al Quaïda qui ne s'arrête pas au Niger, et à la persistance des tensions tribales au sein de tous ces pays.

Sarkozy, l'homme de la rupture, est donc l'homme du retour de la Françafrique. La politique étrangère des nations a des constantes qui s'imposent aux chefs d'État eux-mêmes.

Jeudi 26 mai 2011

Le déclin de l'Occident

Des policiers par milliers. Des manifestants par milliers. Des experts par milliers. Des communicants par milliers. Le G8 est d'abord un symbole de la démesure contemporaine. Démesure médiatique, sécuritaire, budgétaire. On se pince quand on entend Valéry Giscard d'Estaing expliquer qu'il avait eu l'idée de rencontres informelles au coin du feu. En 1975, un G5 rassemble les États-Unis, l'Allemagne, le Royaume-Uni, le Japon et la France, et l'image de Giscard et du président américain Gerald Ford devisant en maillot de bain dans une piscine fit le tour du monde.

Derrière la fausse simplicité affectée de Giscard, il y avait sûrement la nostalgie de l'équilibre européen du XIXe siècle qui rassemblait périodiquement les principaux monarques du continent. Il y avait aussi le fantasme de directoire mondial, alors qu'après guerre, le Conseil de sécurité de l'ONU était bloqué par la guerre froide avec l'URSS. Sans oublier l'obsession française, depuis la défaite de 1940, de rester dans le club huppé des grandes puissances.

Les membres du G5, vite devenu G7, représentaient alors près de 70 % de la richesse mondiale. Aujourd'hui, même après avoir intégré la Russie à leur club, les vieilles nations industrielles atteignent péniblement les 40 %. Les pays émergents, Chine, Inde, Brésil, et les autres, transformés par les grandes entreprises occidentales en porte-avions industriels, sont devenus les concurrents redoutables de nos pays.

Le déclin de l'Occident hante ses élites et ses peuples. Le lointain successeur de Giscard, Nicolas Sarkozy, a donc eu l'idée d'élargir le G8. Les Français, qui avaient théorisé le monde multipolaire, ne pouvaient pas rater ça. Mais le G13 devint vite un G20 car il fallut caser les alliés de l'Amérique, Arabie Saoudite, Turquie ou Australie. Et le G20 devint rapidement un vaste forum bavard et vain où les intérêts nationaux s'affrontent durement, où les Occidentaux sont mis en accusation pour avoir pollué la planète et être responsables de la crise financière qui a failli faire exploser l'économie mondiale. Ils sont devenus des débiteurs impécunieux mais arrogants qui ont le culot de faire la morale à leurs créanciers chinois ou arabes.

On comprend que les Occidentaux aient préféré rentrer à la maison du G8. Retour dans la famille occidentale, comme dirait Sarkozy. Mais la famille se retrouve avec un père prodigue. Obama n'aime ni le G8 ni Sarkozy. Il n'a annoncé sa venue à Deauville qu'au dernier moment. Il faut le pousser pour qu'il réchauffe sa relation spéciale avec l'Angleterre. Il laisse les Français et les Anglais se débrouiller en Libye. L'an dernier, il a insisté auprès de Merkel pour qu'elle sauve les Grecs et l'euro, mais il ne supporte pas que les Français remettent en cause la domination du dollar.

En 1975, Giscard demandait déjà aux Américains une gestion plus responsable de leur monnaie. Trente-six ans plus tard, les Américains continuent d'inonder la planète de dollars sans se soucier des conséquences. Et on peut parier que Deauville n'y changera rien.

Mardi 31 mai 2011

DSK, Tron : ce que ces affaires veulent dire

Georges Tron n'a pas de chance. Il n'est pas l'ami de Bernard-Henri Lévy, ce qui atteste sans doute qu'il est bien l'homme de Neandertal décrit par la presse. Il n'est pas l'ami de Jean-François Kahn ; je ne parlerai donc pas de « troussage de secrétaire ». Il n'est pas l'ami de Jack Lang ; personne ne l'excusera, quelques caresses, franchement, « il n'y a pas mort d'homme » ! Il n'est pas non plus l'ami de Nicolas Sarkozy qui refusait, il y a peu de temps encore, de céder à la pression des juges et des médias. Georges Tron n'est même pas mis en examen qu'il a déjà quitté son ministère. On n'arrête pas le progrès.

Le lien entre les affaires DSK et Tron est noté partout. Il est encore plus profond qu'on ne le pense. Pendant des siècles, le viol ne fut pas reconnu comme un crime ni même un délit. C'était à la femme qu'on reprochait un harcèlement sexuel ; le corps féminin était le diable tentateur accusé de tous les maux ; la pauvre fille devait purger sa peine dans un couvent. Depuis quelques décennies, le viol est criminalisé. Mais tout se passe comme si ce progrès indiscutable avait renversé l'ordre des choses, comme si on ne pouvait plus arrêter la machine inquisitoriale. La mise au pilori médiatique de Dominique Strauss-Kahn, traité de pervers, de malade par la presse américaine, a révélé à tous qu'aujourd'hui, le diable a changé de sexe ; c'est l'homme, la virilité, ses pulsions et sa violence, qui sont vouées aux gémonies. La notion même de harcèlement sexuel est le produit de ce renversement historique. Que signifie harceler ? Quand une drague insistante devient-elle un harcèlement ? Qu'est-ce qu'un consentement autonome ? Existe-t-il jamais entre homme et femme ? Les relations entre les sexes sont-elles jamais indépendantes des rapports de classe sociale ?

La justice dit le droit, mais pas le vrai ni le juste. Elle est l'expression d'un rapport de forces sociales, le reflet d'une époque. La politique a toujours eu un point commun avec la volonté de puissance, qui fait le lien entre le sexe et le pouvoir. Les Français le savent mieux que quiconque, qui adulent nos rois séducteurs, comme Henri IV ou Louis XIV, et ont guillotiné le seul roi resté fidèle à sa Marie-Antoinette. La femme n'est-elle pas toujours l'enjeu inconscient des luttes de pouvoir, comme une guerre de Troie toujours recommencée ? Christine Lagarde a fait un bel aveu quand elle a expliqué que les réunions de chefs d'État étaient chargées de testostérone.

La classe politique française est dans le collimateur parce qu'elle est l'une des dernières à résister à la parité. On dénonce donc ses manières machistes ; on exalte une république saine, irréprochable, on fait assaut de puritanisme en faisant mine de repousser le vent venu d'Amérique ; on réclame des chartes d'éthique, au Parlement comme dans les entreprises. Et pendant ce temps, la représentation nationale s'est vidée de ses ouvriers et de ses employés dans l'indifférence générale.

Mercredi 1er juin 2011

L'Allemagne d'abord

Quand Angela Merkel lui a confié, au lendemain de la catastrophe de Fukushima, que l'Allemagne sortirait du nucléaire, Nicolas Sarkozy s'est d'abord moqué d'elle : « Mais Angela, l'Allemagne ne risque ni un tremblement de terre ni un tsunami. » Angela ne se soucie guère des sarcasmes de Nicolas. Angela suit uniquement ce qu'elle croit être les intérêts de l'Allemagne, du peuple allemand, et accessoirement ses intérêts électoraux. Intérêts bien ou mal compris, c'est une autre histoire. Mais l'Allemagne décide seule, et se moque bien de nos brocards ou cris d'effroi.

L'Allemagne déstabilisera l'Europe de l'électricité. Elle n'en a cure. Elle importera davantage de gaz russe, renforçant son alliance avec son grand voisin oriental ; elle achètera davantage d'électricité nucléaire française. C'est la théorie du passager clandestin. Une habitude allemande désormais. Il y a dix ans déjà, lorsque le chancelier Schröder a mis en place son plan de rigueur salariale, il avait adopté la même stratégie du passager clandestin de l'euro : l'industrie allemande profitait de la consommation élevée de ses voisins, tandis que les salariés allemands, mis à la diète, limitaient leurs importations.

Le 18 mars dernier, l'Allemagne a scandalisé les Français, et les Anglais aussi, en refusant de s'associer à l'intervention militaire contre Kadhafi. Ceux qui s'étonnent ne devraient pas. En 2005, la Cour constitutionnelle de Karlsruhe a décidé que toute disposition européenne contraire à la Constitution allemande devrait être modifiée pour s'y soumettre. Au même moment, les Français faisaient l'inverse, et changeaient leur texte suprême pour l'adapter au traité européen. Étonnant chassé-croisé historique. Depuis la chute du mur de Berlin, il y a vingt ans, et le départ des troupes d'Occupation alliées de son sol, l'Allemagne réunifiée s'est forgé peu à peu une nouvelle souveraineté. Pendant la même période, les Français, au nom de la complexité des choses et de l'Europe, se défaisaient de l'idée même de nation souveraine.

Notre brillante diplomatie a théorisé l'émergence d'un monde multipolaire ; l'Allemagne le met en pratique sans bruit. L'Allemagne n'est intéressée que par sa place dans la mondialisation, au milieu des grands de demain, Chine, Inde, Russie, Brésil. Nous poursuivons la chimère d'une Europe, géant de demain. L'Allemagne a soumis l'Europe à son modèle. Qui paie commande, telle est sa devise. En dépit d'une opinion de plus en plus nostalgique du mark, elle ne bazarde pas encore l'euro, car la monnaie unique européenne lui a permis de laminer les concurrences française et italienne qui longtemps s'étaient défendues à coups de dévaluations. Aujourd'hui, elle paye pour sauver les Grecs, les Irlandais et les autres, parce que la mort de l'euro la ramènerait à un mark surévalué qui handicaperait sa belle machine exportatrice. Jusqu'à quand ? Ce n'est pas l'Allemagne seule, mais l'Allemagne d'abord. De la souveraineté, nous avons conservé les apparences ; l'Allemagne en redécouvre chaque jour la réalité.

Jeudi 2 juin 2011

Bal tragique chez les Verts !

Un seul être vous manque et tout est repeuplé. C'est ainsi chez les Verts. Il y a un côté tribu ancestrale, telle que décrite par Freud, qui doit tuer le patriarche pour s'émanciper et grandir. Le meurtre symbolique de Daniel Cohn-Bendit fut un modèle du genre. Vrai-faux choix démocratique entre deux motions ; vraie-fausse ouverture du scrutin à tous ceux qui n'étaient pas encartés chez les Verts ; bureaux de vote suffisamment éloignés les uns des autres pour décourager les simples sympathisants. Un modèle de verrouillage que la victime a dû apprécier en connaisseur. Cécile Duflot et son apparatchik en chef, Jean-Vincent Placé, pourraient cependant poser une question, elle aussi freudienne : tuer un père qui ne veut pas être le père, est-ce vraiment tuer ? ou plutôt accomplir les dernières volontés du défunt ? Un geste authentique de générosité.

Daniel Cohn-Bendit était le leader naturel des Verts à la présidentielle. Grâce à lui, ils ont fait jeu égal avec le PS aux dernières européennes, cette présidentielle du pauvre. Lui seul incarnait cette sociologie d'urbains, diplômés, à majorité féminine, travaillant dans les services, née de la révolution de Mai 68, et qu'on réduit à l'excès en la qualifiant de bobo. Il a poussé les Verts à s'ouvrir, s'élargir. Il avait tout pour être à l'écologie ce que Mitterrand fut au socialisme, lors du congrès d'Épinay de 1971. Mais il a refusé ce rôle historique. Il a refusé d'être le père. Refus des responsabilités pour cet adolescent éternel ; ou refus de l'ascèse pour ce jouisseur.

Il a tout fait pour conduire les Verts chez Dominique Strauss-Kahn, avant même le premier tour. La chute new-yorkaise de DSK a précédé celle de Cohn-Bendit. Comme si leurs destins symboliques et politiques étaient liés. Il y a d'ailleurs beaucoup de points communs entre les deux hommes, leur intelligence supérieure masquant mal une certaine arrogance, leur tempérament hédoniste supportant mal les contraintes hypocrites qu'exige la vie politique. La gauche des deux hommes est résolument libérale ; ils croient à la mondialisation heureuse et l'Europe est leur nation.

Mais les écologistes, débarrassés de leur figure tutélaire, sont orphelins. Ils ont le vent en poupe, mais ils pourraient ne pas en profiter électoralement. Ils ont deux candidats, ce qui prouve qu'ils n'en ont pas. Ils ont le choix entre Eva Joly, qui n'est pas écolo, et Nicolas Hulot, qui n'est pas Vert. Les uns ne veulent pas d'Eva Joly parce qu'elle a l'air de réciter, comme une petite fille studieuse, les leçons rabâchées sur la nécessaire sortie du nucléaire ; les autres détestent Hulot parce qu'il n'est pas de gauche, qu'il a gagné beaucoup d'argent à la télé, qu'il n'a jamais milité pour la régularisation des sans-papiers et le mariage homosexuel. Le mouton à cinq pattes n'existe pas. Ou plutôt, ils l'ont tué, il s'appelait Daniel Cohn-Bendit.

Vendredi 3 juin 2011

De la binationalité au conflit des cultures

Ils sont des millions, mais on ne sait pas vraiment combien. La France a toujours toléré la double nationalité comme l'Angleterre, l'autre grand pays colonial. L'Allemagne, elle, refuse. On peut être allemand ou turc mais pas les deux. Longtemps, on nous a expliqué qu'on pouvait aimer son père et sa mère. Son père autant que sa mère. Source de richesses, une double culture, deux façons de voir le monde, deux manières de comprendre l'humain. Nos élites y voyaient le moyen d'arracher le peuple à sa franchouillardise, son provincialisme indécrottable, et le peuple laissait faire, laissait dire, persuadé au fond que le mode de vie à la française, le charme de nos paysages, de notre table et de nos femmes étaient tellement supérieurs aux autres que la nationalité française serait toujours la préférée.

On a déchanté. La fameuse double culture, promesse de tant de richesses, s'est souvent transformée en *no man's land* identitaire et culturel. Mais c'est le football qui a été le catalyseur, le révélateur du malaise. Il y a une dizaine d'années, lors d'un match France-Algérie, des milliers de spectateurs de nationalité française, venus de banlieue, sifflèrent *La Marseillaise* et accusèrent Zidane de trahison, sous l'œil éberlué des Français, mais aussi des supporters venus d'Algérie. Il y a un an, lors des qualifications pour la Coupe du monde, la victoire de l'Algérie déclenchait dans de nombreuses villes une explosion de joie de jeunes banlieusards qui s'est terminée par des violences, des pillages à Marseille, un drapeau tricolore brûlé à Toulouse et remplacé sur le fronton de la mairie par le drapeau algérien. Le foot toujours : il y a quelques semaines, on se souvient du scandale autour de ces joueurs binationaux qui choisissent en masse les sélections de leur pays d'origine après avoir été formés en France et de la tentative révélée des dirigeants du football d'en limiter les effets.

En ce moment, une vidéo fait fureur sur le Net, qui montre le roi Hassan II, le père défunt de l'actuel souverain, expliquer à une Anne Sinclair pantoise que les Marocains vivant en France ne se sentiront jamais français. D'ailleurs, le Maroc interdit à ses citoyens d'abandonner la nationalité marocaine. Il y a des pères impérieux et des mères amères. La hantise de la double allégeance, traditionnelle dans un pays comme la France, obsédée par son passé de guerre civile, revient en force. Mais cette querelle de la binationalité n'est qu'un élément dans un ensemble plus vaste. Un mouvement général. D'un côté, la mondialisation qui uniformise les modes de vie et facilite les migrations ; de l'autre, le même phénomène qui rend les identités nationales plus chères et donc plus jalouses. Le multiculturalisme est rejeté farouchement par les classes populaires qui veulent conserver intact leur mode de vie. « La nation est le seul bien des pauvres », disait déjà Jean Jaurès. L'assimilation n'est plus un mot tabou, un reliquat colonial. Le ministre de l'Intérieur, Claude Guéant l'emploie avec vigueur. Mais assimiler veut dire que l'autre devient le même. Il ne peut donc plus conserver la nationalité de l'autre. Maman a divorcé d'avec papa, d'avec ses nombreux papas. Elle exige désormais que ses enfants choisissent. C'est lui ou moi. Avec moi ou contre moi.

Mardi 7 juin 2011

Impôts : la théorie du boomerang

C'était il y a dix ans. Laurent Fabius, ministre des Finances d'un gouvernement de gauche, publia une tribune dans *Le Monde* pour inciter les socialistes à baisser l'impôt sur le revenu ; et de conclure : la gauche pourrait perdre la présidentielle là-dessus. Quelques années plus tôt, Alain Juppé, Premier ministre d'un gouvernement de droite, alourdit l'impôt sur la fortune, que le socialiste Michel Rocard avait plafonné, après avoir rétabli cet impôt que Jacques Chirac avait aboli. Gauche et droite, chacun a successivement endossé le rôle de père Fouettard ou de père Noël des riches. Selon le moment, la conjoncture, les besoins budgétaires. L'idéologie dominante.

Après 1945, et pendant les Trente Glorieuses, on estimait qu'une forte redistribution était nécessaire et juste : on prit beaucoup, de plus en plus, aux riches, pour redonner aux pauvres. Mais la croissance permettait que ce prélèvement ne fût pas confiscatoire. À partir de la fin des années 70, la croissance déclinait, tandis que le poids des prélèvements obligatoires s'alourdissait sans cesse.

La révolte fiscale partit de Californie à la fin des années 70 et finit par atteindre tous les pays occidentaux. Les théoriciens libéraux expliquèrent que plus les riches seraient riches, plus les pauvres en bénéficieraient, car l'argent accumulé et consommé profiterait à tous. C'était le *trickle down* ; en français : la théorie du ruissellement. À partir des années 80, cette remise en cause des fondements idéologiques de la redistribution poussa le gouvernement américain à alléger l'imposition des plus riches. Des fortunes colossales se bâtirent à une vitesse folle. Les inégalités se creusèrent, retrouvant leur niveau des années 20, avant le New Deal de Roosevelt. Les Anglais suivirent. L'Europe des années 80 forgea son marché unique sur le moins-disant fiscal. La croissance repartit, mais une partie importante des classes populaires des pays occidentaux se prolétarisa. Le *trickle down* avait des ratés.

De Funès, dans *La Folie des grandeurs*, n'avait pas lu Milton Friedman, mais avait tout compris : « Il faut que les riches soient très riches et que les pauvres soient très pauvres. » La France résista plus longtemps que les autres, mais finit par suivre le mouvement. Jamais assez pour ces très riches, qui s'exilèrent à Bruxelles ou Londres. Nicolas Sarkozy ne fut pas celui qui commença ce mouvement, mais celui qui l'avoua. Le théorisa. L'assuma. Et en subit le discrédit avec la crise de 2008. Pour lui, ce fut un *trickle up* : boomerang en français. Depuis, les conservateurs anglais eux-mêmes ont alourdi l'impôt des plus riches. Les républicains américains résistent encore. Les patrons du Cac 40 ont vu leurs revenus augmenter de 2 % en 2010. Il sera difficile de les épargner. L'impôt sur le revenu français est un fromage plein de trous qui ne rapporte presque plus rien. Rajouter une tranche supplémentaire, c'est mettre un cautère sur une jambe de bois. C'est toute notre fiscalité qu'il faut rebâtir. Mais sur quels principes ? Avec quels objectifs ? Un sujet idéal pour une présidentielle.

Mercredi 8 juin 2011

Big Sister Roselyne Bachelot

S'inspirant déjà de l'exemple suédois, il y a quelques mois, elle se promettait de punir pénalement les clients des prostituées. Roselyne Bachelot contemplait alors les quarante siècles d'histoire liant les hommes au plus vieux métier du monde, et lançait un souverain : « Cela suffit. Les hommes doivent changer ! » Roselyne Bachelot voit toujours grand ; on comprend mieux pourquoi elle avait acheté tant de vaccins contre la grippe A ! Roselyne Bachelot aime à se prendre pour Dieu et a décidé de changer la nature humaine. Pourtant, Dieu lui-même se reposa le septième jour. Roselyne Bachelot ne se repose jamais.

Et les enfants dans tout cela ? Tous les pédopsychiatres vous expliquent que les enfants de 0 à 6 ans ont besoin de leur mère, d'abord de leur mère, et encore de leur mère. C'est pour cette raison sans doute que le rapport commandé par le ministère de la Santé entend réduire le congé parental de trois ans à un an seulement. Il ne faudrait pas que les mères se la coulent douce et ne retournent pas au boulot dare-dare, Roselyne veille. Le petit profiterait un peu de sa mère, il s'y habituerait et croirait – le réactionnaire, ignorant de surcroît – que l'amour maternel existe.

Mais le père est une mère comme les autres, a décidé Roselyne. Le grand pédopsychiatre Aldo Naouri nous a pourtant répété cent fois qu'un père n'est pas une deuxième mère, qu'il a un rôle spécifique de séparation entre la mère et l'enfant ; rôle qu'il ne joue que plus tard, et ne joue bien que s'il reste à l'extérieur du couple fusionnel d'origine entre la mère et l'enfant.

Big Sister Roselyne ne doit pas s'arrêter en si bon chemin. Le prochain rapport proposera une stricte répartition entre le père et la mère des neuf mois de gestation de l'enfant ; puis établira, de même, un temps égal, la nuit, pour donner le sein au nouveau-né : des caméras posées par les services de l'État vérifieront que les consignes gouvernementales sont bien respectées. Ainsi pour la vaisselle, le ménage, les devoirs des enfants : des micros traqueront les récalcitrants, comme au bon vieux temps du communisme. Des sanctions pénales puniront les tire-au-flanc ; les mêmes que pour les hommes qui iront voir les prostituées.

Sous un discours d'égalité, c'est l'indifférenciation que recherche Roselyne Bachelot. Puisqu'on ne peut pas faire qu'une femme soit un homme comme les autres, il faut faire qu'un homme soit une femme comme les autres. C'est une adepte sans le dire – et peut-être sans le savoir – de la théorie du genre, née dans les campus américains des années 60-70, au sein des militantes féministes homosexuelles : le sexe est uniquement une construction culturelle ; il n'y a rien de naturel là-dedans ; on choisit son sexe et sa sexualité, comme des fruits au marché. Elle en parlera au très catholique François Fillon, à qui elle doit son maintien au gouvernement, et aux électeurs de Nicolas Sarkozy, à qui on n'avait pas dit que, lorsqu'ils votaient pour le candidat de la droite française, ils choisissaient le mode de vie de la social-démocratie suédoise.

Jeudi 9 juin 2011

Cannabis, la tentation de la légalisation

La querelle est aussi vieille que la loi de 1970. Depuis que la consommation de cannabis est officiellement punie de sanctions pénales, il se trouve régulièrement des chanteurs, des acteurs, mais aussi des journaux et des politiques pour prôner la dépénalisation du cannabis. L'exemple de la prohibition américaine d'alcool est toujours donné : c'est la prohibition qui a fait Al Capone ; et la légalisation de l'alcool qui l'a achevé, autant que ses fraudes fiscales et Eliott Ness !

Des médecins n'exerçant plus depuis belle lurette, comme Bernard Kouchner, nous expliquaient doctement qu'après tout le cannabis n'était pas plus toxique que le tabac. Justement. Il serait paradoxal, à l'époque même où le tabac est traqué dans les lieux publics et dénoncé comme fauteur de mort, de céder sur le cannabis. Il est vrai que, depuis les années 70, cette drogue dite douce bénéficie d'une image cool, associée aux slogans hédonistes et pacifistes de la génération 68 : « Il est interdit d'interdire » et « Faites l'amour, pas la guerre ».

Depuis, c'est bien la guerre qu'on a eue, mais celle des gangs, qui ne s'interdisent rien. Une économie de substitution a grandi et prospéré dans de nombreuses banlieues, où les mafieux règnent sur des trafics gigantesques qui font vivre, consentante ou contrainte, une population nombreuse. La situation est telle que le maire de Sevran, ancien communiste devenu Vert, a réclamé l'intervention de l'armée pour séparer les combattants. Imaginons que la proposition militaire soit venue de Claude Guéant, il aurait été accusé d'un nouveau dérapage pour stigmatiser les immigrés.

Mais tout est cul par-dessus tête : le même qui réclame l'intervention de l'armée prône aussi la dépénalisation. Comme s'il déclarait la guerre et la capitulation en même temps. De Gaulle et Pétain à la fois. Pénaliser n'empêche pas de se droguer. Mais dépénaliser n'empêche pas la criminalité de festoyer. La Hollande le prouve, qui annonce la fermeture programmée de ces célèbres *coffee shops*, où on ne vendait pas du café mais de la drogue. Le cannabis était en vente libre par petites doses. Au bout de trente ans, le résultat est édifiant : les mafias, les guerres de gangs, la drogue, douce et dure, cannabis et héroïne en masse, et des montagnes de narcodollars qui pourrissent toute la région. Une sorte d'ONU du crime s'est donné rendez-vous à Amsterdam : triades chinoises, cartels colombiens, gangs africains, israéliens, marocains.

Le criminologue Xavier Raufer annonce une rupture majeure dans la géopolitique du cannabis, avec l'herbe Sinsemilla, cultivée en Europe, qui vient concurrencer la traditionnelle résine marocaine. De quoi provoquer de nouveaux affrontements de gangs, de plus en plus sanglants. On est loin, très loin, des gentils fumeurs de pétards avec des fleurs dans les cheveux. Comme si, en cette période de Pentecôte, juive et chrétienne, nous devions absolument donner raison à la parabole biblique : les parents ont mangé des raisins trop verts et les enfants en ont eu les dents agacées.

Lundi 13 juin 2011

La disparition programmée des trotskistes

Nathalie qui ? Personne ne connaît la nouvelle candidate de Lutte ouvrière et elle aura du mal à se faire un nom. La notoriété d'Arlette Laguiller n'avait pas empêché celle-ci de subir une énorme déconvenue à la dernière présidentielle de 2007, atteignant péniblement les 1,33 %. À l'époque, c'est le frère ennemi trotskiste, Olivier Besancenot, qui lui avait volé la vedette et les électeurs. Désormais, après le retrait du facteur, les deux rivaux se retrouvent dans le même fond du trou. Une nouvelle exception française disparaît, le trotskisme, qui essayait de concilier la fidélité aux deux grandes révolutions, française et russe, avec un discours libertaire qui voulait faire oublier que Trotski, avant d'être la victime de Staline, avait été un impitoyable massacreur d'opposants.

Ce marxisme intello avait connu son heure de gloire dans les universités françaises ; il avait eu le bonheur de voir passer devant lui le cadavre de son vieil ennemi stalinien. Mais les trotskistes n'auront pas survécu longtemps au Parti communiste français. Celui-ci s'agite encore grâce à ses élus locaux ; les deux groupuscules trotskistes, eux, ont réussi à prolonger artificiellement leur existence grâce au bouche-à-bouche médiatique. Besancenot et Laguiller se sont assis sur le divan de Michel Drucker, interdit à Marine Le Pen. Mais c'est pour elle que votent les ouvriers. Nathalie Arthaud conservera le slogan de la marque Laguiller, mais les « travailleurs, travailleuses » sont partis depuis longtemps.

C'est le drame des marxistes. Leur grand Allemand avait annoncé la mondialisation et fort bien analysé les aspects révolutionnaires du capitalisme, qui n'hésite pas à détruire les structures traditionnelles pour imposer partout la loi du marché. Mais l'internationalisme communiste était subversif, quand le capitalisme était avant tout national. Dès lors que le capitalisme lui-même se mondialise, l'internationalisme de l'extrême gauche devient le frère jumeau de la globalisation – son idiot utile.

Leur anticolonialisme historique leur interdit de se méfier de la montée en puissance des nouveaux pays émergents, anciennes colonies devenues grands vainqueurs du jeu capitaliste. Leur hostilité viscérale aux identités nationales les pousse à refuser tout contrôle de l'immigration. Jaurès les avait pourtant prévenus : « La nation est le seul bien des pauvres. » Ils n'ont pas voulu l'entendre.

La querelle fondamentale de notre époque autour de la mondialisation les ignore. Les classes populaires sont séduites par Marine Le Pen, parce qu'elle leur parle de ce qui les préoccupe : l'immigration. Les élites de gauche – encore minoritaires – qui basculent dans le protectionnisme se retrouvent autour de Jean-Luc Mélenchon ou d'Arnaud Montebourg, qui prône la démondialisation. Les trotskistes sont les reliquats d'une histoire née en 1917 et achevée en 1989. Ils sont devenus inutiles au jeu politique, qui tourne en dehors d'eux. Leur disparition est programmée.

Mercredi 15 juin 2011

Les Bettencourt, une famille formidable !

On fait semblant de ne pas s'y intéresser. On joue les lassés, les blasés, les dégoûtés. Le respect de la vie privée. Les indignés : « Ces millions d'euros qui se baladent, en pleine crise, quelle indécence ! » La vérité est qu'on ne peut s'en détacher. La saison 1 nous a passionnés, avec Banier et son milliard ; la saison 2 attaque fort avec l'ancêtre sous tutelle. Les plus vieux se souviennent de *Dallas*, les plus lettrés de Balzac. Nous sommes tous des voyeurs, tous des majordomes indiscrets qui enregistrons en douce. Tous des journalistes de Mediapart jouant aux vertueux redresseurs de torts. Nous sommes tous de lamentables envieux. Tocqueville l'avait dit il y a longtemps : l'envie est le principal défaut des Français, peuple de paysans qui lorgnent toujours le champ du voisin. Et quand le voisin a un château...

Mais le destin des riches, des très riches, nous parle aussi de nous, de ce que nous sommes, de notre Histoire. Au XIXe siècle, c'est Rothschild qui incarnait l'argent, sa puissance et sa munificence, ses réseaux dans toute l'Europe : Louis-Philippe qu'il voyait sans prendre rendez-vous, puis Napoléon III, qu'il invitait à dîner en son château. Haï et craint. Un mythe, devenu de son vivant Nucingen, un personnage de roman, avec son accent allemand ridicule, ses manies de juif immigré, ses passions amoureuses.

Au XXe siècle, les Bettencourt ont pris la place. Ils incarnent toutes les passions françaises. Le père, Eugène Schuller, le génie de l'inventeur, et la folie du comploteur. La Cagoule, le fascisme, la Collaboration. Mais aussi la Résistance. L'amitié avec Mitterrand. Et Bettencourt, le gendre, ministre de De Gaulle. Le goût si français pour le glaive et le bouclier.

Même après la mort du père et du gendre, les Bettencourt n'en ont pas fini avec l'Histoire, avec nous. Le destin de L'Oréal, c'est le luxe français à l'heure de la mondialisation. La rencontre improbable de Marie-Antoinette et du Parti communiste chinois. Des clients de toutes les couleurs, de toutes les races. Des milliards de clients, des milliards de dollars, des milliards de stock-options. Des milliards d'impôts et des milliards dans les paradis fiscaux. Et un milliard pour François-Marie Banier, le séducteur germanopratin, qui rejoue, lui aussi, les délices et poisons de la Cour pour faire rire la vieille dame qui s'ennuie à mourir. Il ne manque plus que les perruques et la poudre pour se croire avec les courtisans rapaces du Petit Trianon. Marie-Antoinette nous poursuit.

Nestlé aussi. Le géant suisse, symbole de l'entreprise globalisée, avalerait bien notre trésor si français. Un de plus. On soupçonne la fille et son gendre de vouloir vendre l'héritage familial. Le Président s'en mêle, un ministre prend une balle perdue. Des enveloppes se baladent. Des politiques traités comme des domestiques. La mère croit la fille malheureuse, la fille croit la mère folle. Soudain, ils redeviennent proches de nous. Une mère, une fille, c'est nous. Nous vivrons tous vieux. Tous centenaires. Tous Alzheimer. Tous sous curatelle. Bettencourt, priez pour nous.

Jeudi 16 juin 2011

François Hollande dans les pas de Mitterrand

Les intonations de la voix sont parfois troublantes. Pas tout à fait une imitation, plutôt une recréation. Lorsque François Hollande était premier secrétaire du Parti socialiste, on racontait qu'il regardait en boucle les images des discours de François Mitterrand. Le résultat est probant. Dans la gestuelle aussi, cette manière séductrice de se pencher sur l'estrade pour donner à la foule une impression d'intimité. Hollande ose même de nouveau quelques traits d'humour, lui qui se l'interdisait depuis des mois, de peur de ressusciter le « monsieur petites blagues ».

Hollande est rentré dans la peau d'un candidat à la présidentielle. Il n'est sans doute pas le meilleur, mais il se prend à croire qu'il est le seul. L'adoubement corrézien de Jacques Chirac lui donne une épaisseur dont l'homme normal manquait singulièrement. Il en faudra plus, toutefois, pour dissiper le souvenir qu'il a laissé rue de Solferino d'un homme incapable de décider, de trancher, de choisir. Roi de l'embrouille, du billard à quatre bandes pour circonvenir ses opposants et survivre.

Mais la vraie différence avec Mitterrand est ailleurs. Après tout, la fonction transforme et sublime l'homme qui l'habite. Mitterrand, lui aussi, sous ses airs hautains de prince sans royaume, était avant tout un notable local, blanchi sous le harnais de la IVe République. Mais l'Union de la gauche était une remarquable alliance sociologique rassemblant ouvriers, employés et classes moyennes très diplômées. Cette alliance de classe s'est dissoute sous les mandats socialistes. Plus de 80 % des ouvriers votaient Mitterrand ; ils sont aujourd'hui près de 40 % à plébisciter Marine Le Pen.

Dans une note récente de Terra Nova, les experts socialistes reconnaissent que, pour récupérer l'électorat populaire, de plus en plus conservateur en matière de mœurs, de plus en plus hostile au multiculturalisme, il faudrait que la gauche renonce à tout son héritage soixante-huitard : immigration, sécurité, diversité, laïcité, mariage homosexuel, adoption, etc. Sur tous les thèmes, François Hollande est d'une prudence de renard. On ne le prendra jamais en flagrant délit de politiquement incorrect. De même sur l'Europe, mais aussi sur le libre-échange, il est d'une stricte orthodoxie. Ce n'est pas lui qui, comme Montebourg, prônerait la démondialisation. Pas lui non plus qui, comme Ségolène Royal, défendrait la famille traditionnelle ou le drapeau tricolore.

Dans sa jeunesse, Hollande fut à la fois proche de SOS Racisme et de Jacques Delors. Ce sont là ses vraies racines politiques, qui le rapprochent de Martine Aubry avec laquelle il n'a pas de vrai désaccord de fond. S'il imite Mitterrand, c'est celui de 1988, pas celui de 1981. Cela suffit pour avoir la bénédiction des médias et des élites bien-pensantes. Mais celle des électeurs ?

Vendredi 17 juin 2011

Requiem pour Athènes

Cela ne suffira pas. Dans trois mois, dans six mois, le gouvernement grec devra prendre de nouvelles mesures d'austérité ; et les États européens devront verser de nouvelles aides. Mais cela ne suffira jamais. Il faudra recommencer. Les baisses de salaires tuent la croissance grecque dans l'œuf ; l'euro trop fort l'empêche d'exporter. La population refusera les exigences des marchés financiers. Elle finira par avoir gain de cause. Dans un régime démocratique, l'histoire finit toujours ainsi.

La Grèce ne remboursera jamais ses dettes. Les Français et les Allemands s'étripent au sujet d'un éventuel rééchelonnement, mais savent qu'ils y sont condamnés. Le gouvernement français veut seulement donner aux banques le temps de se préparer à la catastrophe. L'euro était vicié dès l'origine, parce que la zone euro n'est pas une zone économique optimale. Il était ridicule de donner la monnaie des Allemands hyperproductifs aux Grecs, ou même aux Espagnols à la productivité bien plus médiocre. Pendant quelques années, l'illusion a fonctionné. Les Grecs ont pu emprunter au même taux que les Allemands. Les banques françaises et allemandes en ont profité autant que les consommateurs grecs. C'est le principe des dealers et des junkies. L'heure est venue pour tous de payer. Or, personne ne veut passer à la caisse, ni les Grecs ni les banques.

Alors, ce sont les contribuables français et allemands qui payent. Le nouveau plan en préparation s'élèverait à une centaine de milliards d'euros. De quoi effacer en quelques minutes nos efforts français d'économies budgétaires. Il faut un budget européen commun qui compense, nous disent les fervents européistes ; que les plus riches payent pour les pauvres. Cette compensation est opérée par le budget des États-Unis, ou même le budget de la France pour les Antilles ou la Corrèze.

C'est l'histoire de l'Europe depuis des années : les erreurs sont corrigées par d'autres erreurs, dans une espèce de fuite en avant sans fin. Les inconvénients qu'apporte l'Europe ne peuvent être amendés que par encore plus d'Europe. On le voit pour Schengen, pour le grand marché de l'énergie, et pour l'euro. Quand fera-t-on le bilan ? Mais l'Europe n'est pas une nation. Les Allemands ne se sentent pas solidaires des Grecs. On peut le regretter, mais, comme disait de Gaulle : « On ne fait pas de politique en dehors des réalités. »

Il suffit pourtant d'observer les réactions populaires pour constater que l'euro éloigne et oppose les peuples plus qu'il ne les rapproche. Qu'ils vendent leurs îles, disent les Allemands. On ne veut pas du retour des nazis, leur répondent les Grecs. Et même si les Allemands et les Français acceptaient de bonne grâce de payer pour les Grecs, est-ce un destin pour une nation fière que de tendre la main jusqu'à la fin des temps ? Pourquoi ne pas donner à ce pays les moyens monétaires de retrouver un second souffle ? Il faut reconnaître que le retour à la drachme entraînerait une hausse vertigineuse du montant d'endettement et un risque d'inflation. Une catastrophe pour éviter une catastrophe. Nous sommes dans un de ces moments terribles de l'Histoire où il n'y a plus de bonne solution.

Mercredi 22 juin 2011

Justice des mineurs ou justice en mineur

C'est une querelle qui dure depuis des années. Une querelle sans fin, où les deux camps se font face sans se convaincre, sans s'écouter même. Une bataille de chiffonniers, d'arguments schématiques et de chiffres tronqués.

D'un côté, les partisans de la justice pour enfants telle qu'elle fonctionne depuis la célèbre ordonnance de 1945 ; de l'autre, ceux qui veulent la supprimer. D'un côté, la gauche et certains centristes ; de l'autre, la droite. D'un côté, ceux qui considèrent que les juges pour enfants sont irremplaçables, qu'ils sont les seuls à prendre en compte l'évolution du mineur, ses antécédents familiaux et sociaux ; de l'autre, ceux qui ne supportent pas qu'on trouve toutes les excuses du monde à des gamins violents multirécidivistes, qui sortent souvent sans encombre du bureau d'un magistrat compréhensif. D'un côté, ceux qui veulent d'abord éduquer et rééduquer, de l'autre, ceux qui veulent d'abord punir. Ceux qui ne pensent qu'à réinsérer et ceux qui voient revenir les monstres paradant dans leur quartier. D'un côté, ceux qui vous rappellent que les jeunes garçons ont toujours été violents, que c'est le propre de l'adolescence, la faute à la testostérone et à la pauvreté, souvenez-vous des blousons noirs ; de l'autre, ceux qui vous assènent que les jeunes d'aujourd'hui ne sont pas ceux d'hier. D'un côté, ceux qui sont prêts à toutes les compassions lorsque ces délinquants viennent de familles immigrées ; de l'autre, ceux qui réclament toutes les sévérités pour des jeunes qui n'ont aucune reconnaissance pour la France qui a accueilli les leurs.

Jusqu'à présent, la gauche a toujours gagné, soutenue qu'elle est par le droit et les conventions internationales que les gouvernements successifs ont signées à tour de bras, pour soigner leur image humaniste. Le Conseil constitutionnel veille à leur respect, mais Nicolas Sarkozy insiste, appuyé par son ministre de l'Intérieur, Claude Guéant, mais surtout par les classes populaires, de gauche comme de droite, qui sont les premières victimes. Elles ne reprochent pas à Sarkozy de remettre en cause l'ordonnance de 1945, mais de ne pas en faire assez contre ces gamins de quatorze ans qui tuent à coups de poing une pauvre enfant de treize ans.

La querelle est largement vaine, car les deux camps sont en réalité dans une impasse. La justice pour mineurs a échoué ; elle est dépassée par des jeunes violents qui se moquent de ses prétentions éducatives comme de leur première barrette de haschich. L'humanisme de l'après-guerre a atteint ses limites. La répression réclamée par Nicolas Sarkozy consolera et rassurera les victimes. Et c'est déjà beaucoup. Mais personne n'ignore que la prison est devenue un titre de gloire, une décoration que certains jeunes arborent à leur retour dans leur quartier. Pour les plus violents d'entre eux, pour les irrécupérables – et ils sont légion –, on ne rouvrira pas le pénitencier de Cayenne. Des centres fermés, à tonalité militaire, peuvent en récupérer quelques-uns. Mais pour les autres ? C'est l'absence de solution à court terme qui donne à cette querelle son caractère désespéré.

Jeudi 23 juin 2011

À quoi sert l'UMP ?

C'est le temps de la droite plurielle. Boutin qui se lance, Villepin qui s'obstine, Borloo qui se prépare. Sans oublier Nicolas Dupont-Aignan qui s'incruste. Et Bayrou qui n'a jamais renoncé. La gauche n'est plus la seule à se diviser. L'UMP avait été fondée en 2002 pour éviter la dispersion à la présidentielle, qui avait provoqué l'arrivée de Jean-Marie Le Pen au second tour. L'UMP a échoué. Non seulement elle n'aura pas le monopole de la candidature à droite, mais en son sein les clivages s'aiguisent ; les sujets de discorde se multiplient ; la Droite populaire et les centristes s'exaspèrent ; Bachelot traite Wauquiez de beauf parce qu'il critique le RSA ; la droite populaire demande la tête de Bachelot parce qu'elle est favorable au mariage homosexuel ; on se croirait revenu au bon vieux temps du RPR et de l'UDF.

Nicolas Sarkozy, qui sait qu'en 2007 il avait gagné la présidentielle dès le soir du premier tour avec son score dépassant les 30 %, fait tout pour les arrêter. Pour l'instant en vain. Les droites françaises ont une vieille tradition de division. Sans remonter aux monarchistes pris entre légitimistes et orléanistes, il suffit de se rappeler les querelles homériques entre Chirac et Giscard, puis entre Chirac et Barre, Chirac et Balladur.

Ces temps héroïques pourraient revenir. Pas seulement à cause des ambitions personnelles. C'est le compromis idéologique ayant fondé l'UMP qui explose. Le ralliement du RPR aux thèses de l'UDF, libérales – en économie mais aussi sur le plan des mœurs –, européistes et décentralisatrices, avait permis la progressive fusion des deux anciens ennemis ; les héritiers du gaullisme gardaient les places, mais pour mener une politique que les ennemis du Général avaient défendue.

Chacun des candidats d'aujourd'hui reprend un morceau de la vraie croix : Boutin, la défense de la famille traditionnelle, Villepin, l'indépendance nationale, Dupont-Aignan, le refus de la domination de Bruxelles. Nicolas Sarkozy lui-même, de manière désordonnée, a ramené l'UMP sur les terres du RPR dans les domaines ô combien controversés de l'immigration et de la sécurité. Il faut lire le programme du RPR des années 80 et 90 pour s'apercevoir que sur l'immigration légale, sur le code de nationalité, sur l'islam et même la préférence nationale, le RPR de Chirac était alors très proche du Front national d'hier et d'aujourd'hui.

Les centristes, furieux, parlent de droitisation ; ils ont le sentiment d'être trahis ; ils croient en leurs chances depuis que le renoncement de Dominique Strauss-Kahn leur dégage miraculeusement un espace ; ils se rapprochent de François Bayrou. Si le Président sortant, le soir du premier tour d'avril 2012, parvient à s'arracher au magma de ses rivaux de droite, ceux-ci se rallieront presque tous au vainqueur. Si Sarkozy retrouvait les scores médiocres de Chirac, si Marine Le Pen rivalisait avec lui autour des 20 %, si la gauche l'emportait, alors l'UMP exploserait sous le poids de ses contradictions et des haines accumulées.

Lundi 27 juin 2011

Martine Aubry, le jour d'avant

Ce fut sa semaine. La semaine de Martine. Martine candidate. Martine dans sa bonne ville de Lille. Martine et la culture. Martine et la diversité. Martine, femme de devoir. Martine et son père. Martine, catholique de gauche. Que Martine Aubry en profite, le coup d'encensoir médiatique ne durera pas. Martine Aubry n'est pas une bête de télé. Aussitôt qu'elle apparaît sur les écrans, les audimat s'affolent et flanchent. Elle n'a pas l'humour sarcastique de François Hollande – en tout cas en public, car en privé, ses vacheries peuvent être fort drôles. Elle n'a pas non plus les si télégéniques coups de folie de Ségolène.

Martine Aubry semble parfois n'avoir jamais quitté tout à fait l'administration des Affaires sociales où elle fit ses premières armes. Le mot *care* a disparu désormais de son vocabulaire, car elle a compris que ça faisait trop assistante sociale. Mais l'idée est restée. Martine Aubry est une moderne. Des années 70. La deuxième gauche rocardienne est son bain amniotique. Europe, décentralisation, contractualisation, mais aussi libre-échange et multiculturalisme : toutes ces idées qui paraissaient si neuves et si séduisantes aux yeux de l'élite technocratique de la gauche des années 70 ont perdu depuis de leur éclat, mais restent le corset intellectuel qui soutient la première secrétaire du Parti socialiste.

Martine est l'enfant biologique de Jacques Delors, mais la filiation est aussi idéologique. Ils sont les purs produits de cette démocratie chrétienne qui est passée de droite à gauche, qu'elle a imprégnée d'un catholicisme sans le dogme, d'un universalisme sans rédemption, d'une tolérance sans limites. C'est ce qui entraînera la maire de Lille à réserver des horaires spécifiques, dans les piscines de sa ville, pour les femmes musulmanes ou juives très pratiquantes. C'est ce qui conduira son mari, avocat de son état, à défendre des filles voilées. Comme disait un auteur anglais, G.K. Chesterton, « le monde moderne est plein d'anciennes vertus chrétiennes devenues folles ».

La droite lui reproche surtout les 35 heures ; les ouvriers aussi, car ils y ont perdu ces heures supplémentaires qui mettaient du beurre dans leurs épinards. C'est en partie injuste ; elle avait alors seulement appliqué – de manière un brin rigide – une mirobolante idée de campagne électorale de Dominique Strauss-Kahn, à laquelle elle s'était d'abord opposée. C'était un temps lointain, tout à fait oublié aujourd'hui, une autre vie, où Martine Aubry était la coqueluche du patronat, avec lequel elle communiait dans le culte du marché, de l'Europe, de la mondialisation, et du traitement social du chômage. C'est d'ailleurs la dette, et non le patronat, copieusement exonéré de charges sociales, qui a payé le coût mirifique de ses chères 35 heures.

Rien ne la sépare idéologiquement de François Hollande. Seule l'inimitié, teintée de mépris, qu'elle lui voue la porte dans son combat contre lui. En politique, la haine est souvent un moteur décisif. Elle vous pousse en avant, vous stimule, vous motive. Vous aveugle aussi parfois.

Mardi 28 juin 2011

Christine Lagarde, l'amie américaine

C'est l'avantage d'avoir été une grande puissance du passé : on fait encore illusion ; nos élites ont gardé ce je-ne-sais-quoi – héritage abâtardi des raffinements subtils d'un Talleyrand ou d'un Vergennes – qui séduit les puissances nouvelles, forcément plus rustiques.

Bravo à l'agence Pôle emploi de l'Élysée et d'ailleurs, elle reste d'une redoutable efficacité. Après Dominique Strauss-Kahn, ce n'était pas gagné. Il est vrai que Christine Lagarde ne risque pas de coincer derrière son bar le serveur d'un grand hôtel new-yorkais. À notre époque, le défaut de testostérone a beaucoup plus d'avantages qu'on ne le prétend. Avant d'être française, Christine Lagarde est une femme. Les dirigeants du monde entier s'enivrent volontiers de l'encens de compliments dont les médias les aspergent chaque fois qu'ils nomment une femme. Et puis, Christine Lagarde parle anglais. Un anglais parfait, *fluent english.* Mieux : elle parle américain. La langue de l'Empire. Comme les sénateurs gaulois parlaient le latin à Rome, ou les dirigeants africains, le français. Lagarde pense américain ; elle est imprégnée de la mentalité, de l'*US way of life.* Elle a intériorisé l'idéologie, les intérêts de l'oncle Sam. Une Américaine dans une enveloppe française.

Déjà, à ses débuts à Bercy, alors qu'elle accumulait les gaffes que tout le monde a oubliées, Christine Lagarde avait été sauvée par l'excellence de son anglais – surtout si on le compare à celui de Nicolas Sarkozy –

qui lui permettait d'être comme un poisson dans l'eau dans les enceintes internationales, où elle était si heureuse d'être là qu'elle se photographiait avec ses collègues. Jusqu'à la guerre de 1914-1918, il fallait parler le français pour être compris dans les rencontres internationales. Les successeurs potentiels de Christine Lagarde, Valérie Pécresse ou François Baroin, ne comparent pas leurs compétences en économie, mais leur niveau d'anglais !

Le passage de Christine Lagarde à Bercy a montré que le titulaire de ce poste n'était plus réellement ministre des Finances, mais appliquait en bon soldat une politique définie ailleurs, à l'Élysée, mais aussi à Bruxelles et à Berlin. Au FMI, elle ne sera pas dépaysée. Elle mettra en musique un texte écrit à la Maison Blanche. La presse américaine l'avoue crûment. Même DSK, en dépit de sa science d'ancien prof d'économie, devait s'incliner. Mais les compétences de juriste de Christine Lagarde ne lui permettront même pas de s'opposer aux cadors du FMI.

Les dirigeants français et surtout allemands comptent sur elle pour puiser à pleines mains dans le trésor du FMI, afin de sauver un euro au bord du gouffre, ce qui suscite la fureur des pays émergents qui ont, eux aussi, leurs petits soucis. Ce choix, malgré DSK et l'épée de Damoclès qui a pour nom Tapie, prouve que les États-Unis ont décidé de sauver le soldat euro. Pour des raisons multiples sans doute, dont celle de ne pas retrouver la dette américaine dans l'œil du cyclone. On nous avait pourtant expliqué que l'euro était l'arme absolue pour combattre l'impérialisme américain. Faut croire que les Américains n'ont toujours pas vu le danger. Des grands enfants, quand même !

Jeudi 30 juin 2011

La stratégie du « TSH »

Ils ont niqué TF1. C'était leur objectif, leur principale motivation. Leur cri du cœur, déjà, lorsque les partisans d'Eva Joly avaient imposé un calendrier de primaires resserré, avec une campagne trop courte. Leur succès est total. Le candide Hulot a été balayé. Ce n'est pas la candidate qui l'a battu, mais plutôt le commando aguerri d'apparatchiks d'extrême gauche qui avait déjà servi de garde rapprochée à Noël Mamère en 2002. À leurs yeux, Hulot, c'était TF1, l'argent, les sponsors, le fric, le diable. En vieux routiers de la manipulation des militants, ils ont réussi à faire croire qu'Eva Joly incarnait la tradition verte, l'entre-soi écologiste, alors que la magistrate franco-norvégienne n'a débarqué qu'en 2009 à Europe-Écologie, dans les bagages de Daniel Cohn-Bendit, qui l'avait subtilisée à François Bayrou vers qui elle s'était d'abord dirigée.

Au début, elle ne leur plaisait guère pourtant, celle qui ne parlait que de justice, de paradis fiscaux, ne comprenait rien aux subtilités du nucléaire et de l'éolien, trop nordique pour adopter les traditions révolutionnaires de la gauche française. Après tout, elle aussi, depuis sa lointaine arrivée en France, n'avait eu de cesse de parvenir, à travers son mariage avec un riche héritier de la bourgeoisie française.

Mais, en politique, le principe de la plus grande haine domine. Hulot était plus emblématique de ce qu'ils rejetaient. Ses amitiés avouées avec Sarkozy et Borloo en firent un épouvantail commode. En revanche, ils partageaient avec la femme qui avait mis au trou Loïk Le Floch-Prigent, et arrêté, sous les caméras, Roland Dumas, une même détestation des puissants. La Robespierre en jupons finit par s'entendre avec les sans-culottes verts.

Habilement, elle a joué leur jeu, a vanté le multiculturalisme, a craché sur l'assimilation à la française, s'est parée fièrement de sa double nationalité, s'est invitée à la *Gay Pride*: mariage homosexuel, adoption par les couples de même sexe, dépénalisation du cannabis, régularisation des sans-papiers. Les questions sociétales passionnent beaucoup plus les Verts que l'environnement. C'est ce qui les relie historiquement à l'extrême gauche soixante-huitarde. C'est ce qui les coupe irrésistiblement de l'électorat populaire et les confine dans une base urbaine et diplômée, les bobos, pas les prolos.

C'est ce qui les différencie radicalement de leurs grands frères allemands, qui progressent dans la société allemande au fur et au mesure qu'ils renouent avec le catholicisme, traitent avec l'industrie automobile, ou se rapprochent des conservateurs. C'est ce qui assure aux Verts français des raclées à chaque présidentielle – les 5 % de Mamère étant un triomphe à côté des 1,57 % de Dominique Voynet. C'est ce qui devrait rassurer Jean-Louis Borloo, mais aussi le candidat socialiste, ravi de voir des rivaux s'éliminer d'eux-mêmes.

Vendredi 1er juillet 2011

La malédiction des Grimaldi

Le ridicule leur colle à la peau. Ils font des efforts pourtant, ils s'achètent une conduite ; en vieillissant, ils ont mis un fard de dignité sur leurs frasques de jeunesse. Mais rien n'y fait. Les Monaco sont irrésistiblement réduits à leur statut de principauté d'opérette. Entre *Gala* et *Voici*, entre glamour et scandale. Une question de taille sans doute. À l'ère des États-mastodontes à plusieurs centaines de millions d'habitants, il est fort difficile pour un petit pays de 35 000 habitants dont seulement 7 000 Monégasques, d'exister. *Small* n'est plus si *beautiful*. Le même protocole inspiré de nos anciennes monarchies a l'allure d'une glorieuse tradition avec la famille royale anglaise et d'une pompe surannée avec les Grimaldi. C'est injuste ; souvent la vie est injuste. Dans ses célèbres *Mémoires*, le duc de Saint-Simon nous conte avec sa méchanceté coutumière qu'à la cour de Louis XIV, le prince de Monaco passait pour un usurpateur parvenu, arrogant et grotesque. Déjà.

Le prince Rainier avait hérité la morgue élégante de ses ancêtres. C'était un homme d'ancienne roche. Mais il fut le prince du nouveau Rocher, bétonnant à tout-va, au grand dam de son associé de l'époque, Onassis. Il avait compris les rapports de force de l'après-guerre, s'était rendu à Hollywood, épouser une actrice, comme les anciens rois quêtaient une princesse Habsbourg ou Bourbon, afin d'être protégés par la grande puissance du moment. Il fit de la médiatisation sa dissuasion nucléaire. Des unes de *Paris-Match*, sa force de frappe. Mais la folle peopolisation détruisit sa famille. La malédiction d'Hollywood tomba sur Monaco. Alors l'argent sale coula à flot sur le Rocher. Il enrichissait une principauté qui se donnait des airs de banque suisse de la Méditerranée. Rainier rejetait avec hauteur les accusations internationales de paradis fiscal, et s'accrochait à sa souveraineté nationale, comme un de Gaulle en miniature.

Le fils n'était pas de la même trempe. Dès son avènement, en 2000, il abdiqua. La transparence devint le maître mot du nouveau régime. Mais les vertus privées ne font pas forcément les vertus publiques. L'argent sale des oligarques russes ou des tyrans africains se déversa ailleurs. Le bétonnage montrait aussi ses limites. Les nouveaux magnats des pays émergents ou les princes arabes ne trouvaient plus palaces à leurs pieds. Les industriels italiens qui avaient fui les Brigades rouges dans les années 70 étaient rentrés chez eux. Monaco devint le royaume des simples riches. Qui menaient une vie tranquille, rangée. Pépère. Finis, les fastes d'antan, la *dolce vita*. Le souverain devait suivre ses sujets. Faire une fin. Se marier. Avoir des enfants. Si possible, avec son épouse légitime. Nos grands rois ont toujours accumulé les bâtards, mais ils en faisaient aussi des légitimes à la reine. Les mariages de raison d'autrefois avaient leurs contraintes, leur confort aussi, pour des souverains qui ne peuvent souffrir le ridicule. Notre époque préfère l'ivresse romantique des idylles, qui tourne souvent à la confusion des sentiments.

Jeudi 7 juillet 2011

Quand Guérini fait la nique à Paris

Qu'en termes galants ces choses-là sont dites. La fédération des Bouches-du-Rhône est exemplaire. Enfin presque. On ne peut lui reprocher que des peccadilles, tout juste quelques dysfonctionnements. Des menaces ? Quelles menaces ? Des intimidations ? Quelles intimidations ? Juste une culture du rapport de force. Des malversations ? Quelles malversations ? Des pots-de-vin ? Quels pots-de-vin ? Des faux électeurs ? Quels faux électeurs ? Ah, vous voulez parler d'usages anciens !

Tout va bien dans le meilleur des mondes possibles. La voiture jaune de Oui-Oui l'a conduit jusqu'à Marseille et l'a ramené rue de Solferino pour raconter son édifiante histoire à Martine et aux garçons. Et tout le monde est reparti heureux, dans le joli monde des contes pour enfants. On se souvient pourtant qu'il y a quelques mois, Dame Martine n'avait pas eu semblable mansuétude maternelle pour la fédération de l'Hérault, qui avait été dissoute. Son président, Georges Frêche, lui aussi, menaçait, intimidait et ne lésinait pas sur les fausses cartes si nécessaire. Mais peccadilles que tout cela, dysfonctionnements, usages anciens. Georges Frêche, lui, s'était rendu coupable de propos contraires à la morale antiraciste et féministe en vigueur aujourd'hui. Et au PS, on peut s'arranger avec la morale, mais jamais avec le moralisme politiquement correct. Dans la hiérarchie socialiste, un dérapage est beaucoup plus grave qu'un dysfonctionnement.

Martine Aubry promet de changer de civilisation. Mais il y a des conservatismes qu'elle apprécie. Marseille doit rester Marseille. Guérini doit rester Guérini. Et le Parti socialiste redevenir la SFIO. Comme au bon vieux temps de Gaston Defferre. Martine Aubry a de la mémoire et de la reconnaissance. Elle – et ses alliés de l'appareil – ont arrêté la vague Ségolène Royal lors du fameux congrès de Reims, grâce à des usages anciens – en clair des faux électeurs – plus nombreux que ceux de sa rivale. Elle a aussi de l'ambition. Elle fait donc tout pour vaincre Hollande dans la primaire. Or, elle conçoit la primaire comme un congrès du parti. Hollande ne fait pas une autre analyse. Tous les deux sont engagés dans une bataille acharnée et inexpiable pour séduire, enjôler, enrôler, circonvenir les grands élus. Qui, grâce à leur machine clientéliste locale, à coups de « plaçous » et de subventions diverses, dirigent les votes de nombreux militants affidés. Depuis dix ans, le PS gagne toutes les élections locales et perd chaque présidentielle. C'est sa chance et son drame. Mais les deux finissent par être liés comme les deux faces d'une même pièce. Le PS est devenu – redevenu comme son ancêtre SFIO – un parti d'élus locaux.

Tous ceux qui avaient, tel le flamboyant Arnaud Montebourg, imposé le système des primaires pour ouvrir le parti vers la société française, pour contraindre l'appareil à sortir de ses réflexes claniques d'apparatchiks, se retrouvent cocus. Cocus magnifiques, cocus pas contents, mais cocus quand même.

Vendredi 8 juillet 2011

Le hors-jeu de la Cour des comptes

« Quand les bornes sont dépassées, il n'y a plus de limites. » Le Président Pompidou aimait beaucoup à citer cette célèbre réplique du sapeur Camember. Elle a dû trotter dans la tête de son lointain successeur à l'Élysée, à la lecture du rapport de la Cour des comptes. La colère publique du ministre de l'Intérieur atteste la colère privée de son patron.

Colère qui n'est pas sans fondements. Le rôle de la Cour des comptes est de vérifier la régularité des comptes publics, pas de porter un jugement politique sur l'action du gouvernement. Les magistrats piétinent alors les plates-bandes des parlementaires, élus du peuple. Ils ressuscitent aussi une vieille tradition française, celle des parlements de l'Ancien Régime, magistrats non élus qui faisaient des remontrances au roi. Un jour, Louis XIV, excédé, vint au Parlement de Paris, en habit de chasse, un fouet à la main. Nicolas Sarkozy n'est pas chasseur. Et c'est lui qui a donné le fouet qui le fouetterait en nommant premier président de la Cour, en remplacement de Philippe Séguin, le député socialiste de l'Isère, Didier Migaud. Nicolas Sarkozy n'a pas fini de régler la note de l'ouverture. Son choix politique aggravait une tradition de la haute fonction publique française qui veut que, les membres des grands corps du camp au pouvoir investissant les cabinets ministériels, il ne reste pour le travail administratif et juridictionnel que les opposants au régime. Pas étonnant donc que ce rapport ait été rédigé par des magistrats socialistes.

La bataille des chiffres est à la fois essentielle et vaine. Vaine, parce que, comme le disait le grand démographe Alfred Sauvy, « les chiffres sont des êtres fragiles qui, à force d'être torturés, finissent par avouer tout ce qu'on veut leur faire dire ». Les organismes publics comme l'Insee ou l'Ined sont les spécialistes de cette torture de chiffres pour donner un résultat conforme au politiquement correct. Le ministère de l'Intérieur fait le même travail de mise en conformité des chiffres avec ses propres objectifs politiques.

Or, depuis l'arrivée de Sarkozy à l'Intérieur en 2002, la violence contre les personnes a pris une ampleur inédite. L'audace sémantique du discours sarkoziste ne couvre plus l'insuffisance des résultats. Par ailleurs, les contraintes d'économies budgétaires, depuis 2007, ont effacé, en quelques années, les effectifs supplémentaires de policiers que Sarkozy avait obtenus en 2002, à son arrivée place Beauvau.

La sécurité est un enjeu politique majeur. La gauche a déjà perdu deux présidentielles, en 2002 et en 2007, là-dessus. Les souvenirs effarés de l'explosion de la délinquance dans les années Jospin s'effacent lentement ; mais en dépit des efforts d'un Manuel Valls ou d'un François Rebsamen, les socialistes n'ont toujours pas retrouvé de crédibilité aux yeux des Français. Leurs réflexes compassionnels et leur pudeur de vierges effarouchées dès qu'on lie délinquance et immigration les rendent inaudibles. La gauche a donc intérêt à abaisser la crédibilité de la droite à son niveau. La Cour des comptes peut dire : mission accomplie.

Lundi 29 août 2011

Le retour bien difficile de Chabert-DSK

C'est lui qui a insisté. Il voulait revenir très vite au FMI, revoir son bureau à Washington, ses anciens collaborateurs, saluer les salariés. Dominique Strauss-Kahn a déjà la nostalgie de cette grande maison. Mais la grande maison l'a oublié, a continué sa vie sans lui et l'a déjà remplacé. Très vite, trop vite, pense-t-il. Sa présomption d'innocence, le FMI s'est assis dessus comme sur une vulgaire dette grecque. Remplacé par une Française qui plus est, comme si de rien n'était. Christine Lagarde le recevra avec une immense courtoisie. Elle sait y faire. Lui sourira aussi, d'un sourire un peu plus forcé. Il songera sans doute que si elle est plus grande que lui, elle n'arrive pas à sa hauteur. Tous ceux qui ont côtoyé DSK récemment le disent amer. Amer d'avoir été remplacé si vite. Amer d'avoir été humilié, détruit, balayé. Comme s'il était mort. DSK connaît avec le FMI les affres très littéraires du célèbre colonel Chabert de Balzac, cet officier de l'armée napoléonienne que l'on a cru mort, et qui revient vivant, mais qui découvre qu'il a été partout effacé et remplacé, jusque dans le lit de sa femme. Partout, Chabert-DSK est devenu un gêneur.

Pendant ce temps-là, de l'autre côté de l'Atlantique, dans le port de La Rochelle, les socialistes s'embrassent et festoient. Font mine de ne pas craindre le retour de Monte-Cristo. Autre grand mythe littéraire, celui d'Alexandre Dumas : le prisonnier qui s'évade et se venge de tous ceux qui lui ont manqué. Anne Sinclair est un peu l'abbé Faria de DSK, celle par qui sa fortune est arrivée. L'objet de sa vengeance pourrait s'appeler François Hollande qui, quelques heures après l'arrestation de « Dominique », avait réclamé devant des socialistes choqués, éberlués, certains émus aux larmes, qu'on respecte scrupuleusement le calendrier des primaires. Mais Martine Aubry est-elle exempte de reproches ? d'arrière-pensées ? de coups tordus ?

Il y a quelques mois seulement, les amis de DSK partaient la fleur au fusil pour une primaire de confirmation. Aujourd'hui, 80 % des Français, gauche et droite confondues, ne veulent plus entendre parler de Dominique le Magnifique à la présidentielle. La messe est dite. Ses plus fidèles amis se sont partagés entre Hollande et Aubry. Ils ont compris. Des mois de déballage, de ses conquêtes innombrables, bien sûr, mais surtout d'un mode de vie de nabab, entre Porsche et pâtes aux truffes. Ses compétences économiques ne sont contestées par personne, mais les Français n'arrivent plus à s'identifier à lui, n'arrivent plus à se reconnaître en lui. Le fil est brisé. Le destin s'éloigne. DSK incarne plus que jamais une aristocratie cosmopolite de l'argent et du savoir. Enviée, admirée parfois, mais si loin. Il est devenu, aux yeux de tous, un héros de roman, il n'est pas encore revenu dans la réalité.

Mardi 30 août 2011

Les vieilles ficelles d'Harlem Désir

C'est dans les vieux pots qu'on fait les meilleures soupes. Harlem Désir connaît l'adage et l'applique sans états d'âme. Il le fait de manière scolaire, c'est un laborieux, Harlem, on voit les ficelles. Il faut le comprendre : à La Rochelle les places étaient chères, le temps médiatique était compté, il n'avait qu'un petit quart d'heure, les trois quarts des militants étaient sortis sur le parvis fumer une cigarette, et les présidentiables regardaient leur montre en soufflant. Pour attirer l'attention, il fallait faire gros. Toutes les entreprises connaissent le syndrome de l'intérimaire qui en fait des tonnes pour que le patron le remarque et lui accorde un CDI.

Au cours du mois de juillet, Harlem Désir avait réagi violemment au massacre perpétré par le tireur fou norvégien, en exigeant la dissolution de la Droite populaire ! La logique intellectuelle et politique d'Harlem Désir était impeccable et implacable : les députés de la Droite populaire étaient accusés par lui de reprendre, au sein de l'UMP, les thèses du Front national ; ils étaient donc déclarés d'avance coupables d'inspirer d'hypothétiques émules français du déséquilibré norvégien. Ils devaient donc être interdits, car ils étaient encore plus dangereux que le Front national lui-même, dont Harlem Désir oubliait au passage de demander la dissolution. Coupable négligence. L'interdiction d'un adversaire politique est un réflexe démocratique bien connu depuis Saint-Just et son célèbre cri qui inspira la Terreur en 1793 : « Pas de liberté pour les ennemis de la liberté ! »

La transmutation de l'adversaire – quel qu'il soit – en horrible fasciste est un classique de la gauche depuis les années 30. Joseph Staline en enseigna les rudiments à tous les partis communistes aux temps héroïques de la IIIe Internationale. Les socialistes français ont, depuis, adopté cette méthode, rustique mais efficace, en y ajoutant le couplet national sur la République, hérité des grands combats du XIXe siècle. La gauche française a ainsi pris l'habitude confortable de délimiter le cercle dans lequel ses adversaires ont le droit d'évoluer. S'ils restent sagement à l'intérieur, la gauche leur décerne le brevet de respectabilité républicaine ; s'ils en sortent, ils sont excommuniés et voués aux gémonies, aux flammes éternelles de l'enfer. Bien sûr, la réciproque est impossible, et même sacrilège : les héritiers politiques de Lénine, Staline, Trotski ou Mao Tsé-tung sont des républicains exemplaires et des démocrates admirables, des progressistes, des humanistes.

Dans les années 80, le mouvement antiraciste, habilement lancé par des transfuges de l'extrême gauche et financé par l'Élysée mitterrandien, avait repris les mêmes techniques en remplaçant simplement dans le discours les ouvriers par les immigrés, la classe par la race, les fascistes par les racistes. On se souvient qu'Harlem Désir fut le premier patron officiel de SOS Racisme. Le premier secrétaire par intérim du PS donne ainsi, une fois de plus, raison à l'adage énoncé par Alain Finkielkraut : « L'antiracisme est le communisme du XXIe siècle. »

Jeudi 1er septembre 2011

Homme-femme, mode d'emploi

Tout est politique, scandait-on en Mai 68. Pourtant, on ne pensait pas qu'un jour les programmes scolaires de biologie susciteraient les passions politiques. Il est vrai qu'il s'agit de sexe. Apparemment, pas de quoi fouetter un chat. La circulaire ministérielle instaure très sobrement la différence entre l'identité sexuelle, homme ou femme – à l'évidence biologique –, et l'orientation sexuelle, qui relève de choix privés. Entre les deux, les rôles dévolus à chaque sexe, qui sont le reflet de l'interaction séculaire entre le biologique et l'organisation sociale, diverse selon les époques et les sociétés. Déjà, à première vue, on ne voit pas très bien ce que cette étude fait en classe de biologie, quand on la mettrait spontanément en sociologie ou en classe de philo. On pourrait alors étudier les livres passionnants de Simone de Beauvoir ou de Margaret Mead.

Mais en biologie, cherchez l'erreur. Quand on consulte certains ouvrages scolaires, l'erreur saute aux yeux. Pas l'erreur, l'embrouille. Pas l'embrouille, la manœuvre. La question de l'identité sexuelle est marginalisée au profit de celle de l'orientation sexuelle ; la liberté d'orientation sexuelle est exaltée comme un droit de l'homme ; les photos en rajoutent, *Gay Pride* par-ci, transsexuels par-là ; la minorité est privilégiée sur la majorité ; l'exception devient la norme. La biologie – et sa rigueur toute scientifique – est utilisée pour donner un fondement scientifique indiscutable à une théorie idéologique : la théorie du genre.

Cette théorie du genre est née sur les campus américains des années 70, au sein des mouvements féministes radicaux. Il s'agissait, au départ, de mettre en musique la fameuse formule de Simone de Beauvoir : « On ne naît pas femme, on le devient. » Avec cors et trompettes, mais sans nuance. L'identité sexuelle est, dans la théorie du genre, assimilée à une pure construction psychologique et sociale : on n'est plus défini comme un homme ou une femme, mais seulement comme pratiquant d'une forme de sexualité : hétérosexuelle, homosexuelle, bisexuelle, transsexuelle.

Le but de l'existence n'est plus d'accomplir au mieux son destin biologique – deviens un homme, mon fils ! – mais de choisir sa pratique sexuelle en fonction de ses désirs, voire de son humeur. En passant l'Atlantique, cette théorie, chère aux féministes radicales, a été récupérée par les lobbies gays. Le ministre UMP de l'Éducation, tétanisé par le qu'en-dira-t-on médiatique et syndical, n'ose dénoncer le décalage entre sa circulaire et les livres scolaires.

Les députés de la Droite populaire pourraient aussi s'intéresser aux livres d'instruction civique, souvent des tracts au service des associations antiracistes, ou aux ouvrages d'histoire. Cette polémique montre à quel point des décennies de faiblesse et de désintérêt pour la chose culturelle et scolaire ont rendu la droite impuissante. Quand elle se tait, la gauche sociétale utilise l'école pour endoctriner des générations d'enfants. Quand elle réagit, elle est accusée d'être réactionnaire, de se mettre au service des lobbies catholiques, de faire de l'idéologie. C'est la suprême habileté de l'idéologie dominante que de nier sa nature d'idéologie.

Vendredi 2 septembre 2011

Français, vous avez le sexe et l'argent. Petits veinards !

Affaires, scandales, mensonges d'État... Les grands mots sont de sortie. C'est un rituel avant chaque présidentielle, comme un passage obligé, comme si une loi non écrite de la Ve République obligeait les dossiers sulfureux à patienter jusqu'à la veille de la campagne présidentielle pour voir la lumière, quitte à replonger dans l'obscurité après. On tirait sur le général de Gaulle à balles réelles. Ses successeurs subirent tous le feu des affaires. On raconte que de Gaulle refusa d'utiliser la fameuse photo de Mitterrand recevant la francisque des mains du maréchal Pétain, car il ne voulait pas de la politique des boules puantes.

Ces pudeurs disparurent avec le grand homme. Les partisans du Général lui-même n'hésitèrent pas à faire circuler sous le manteau des photos truquées, dit-on, de Mme Pompidou dans des parties fines. Alors qu'il était un Premier ministre très populaire, Jacques Chaban-Delmas fut tiré en plein vol comme un perdreau par la sortie inopinée dans *Le Canard enchaîné* de sa feuille d'impôts qui montrait justement qu'il ne payait pas d'impôts. On murmura que cette révélation venait des services fiscaux que dirigeait son grand rival, le ministre des Finances Valéry Giscard d'Estaing, qui, une fois élu président, reçut de plein fouet les fameux diamants offerts par le président Bokassa. Avec la guerre fratricide entre Chirac et Balladur pour la présidentielle de 1995, on atteint des sommets : terrains vendus par Bernadette Chirac d'un côté, affaire Schuller-Maréchal de l'autre – match nul. Mais à gauche, Bernard Tapie est encore aujourd'hui persuadé que tous ses ennuis judiciaires viennent de l'acharnement des socialistes qui craignaient sa concurrence à la présidentielle. On se souvient de 2002, et de la campagne autour du financement du RPR, qui a fait « pschit » lorsque la gauche s'avisa que super-menteur et super-voleur Chirac était l'ultime adversaire de Jean-Marie Le Pen. En 2007, en revanche, les affaires financières furent supplantées par celles de cœur. La femme du candidat de droite et le compagnon de la candidate de gauche étaient déjà partis ailleurs, mais chut ! il ne fallait pas le dire.

Les affaires tournent toujours autour des deux mêmes thèmes : le sexe et l'argent. Comme quoi, les hommes politiques sont des hommes comme les autres. Les révélations viennent toujours du propre camp du présidentiable. On comprend mieux la fameuse maxime de Charles Pasqua : « Avec des amis comme ça, je n'ai pas besoin d'ennemis. » *Le Canard enchaîné* fut longtemps la boîte aux lettres des règlements de comptes. Aujourd'hui, la multiplication des médias lui a fait perdre son monopole sulfureux. Changement de degré, mais pas de nature. Les Français, vieux peuple politique, regardent ce spectacle entre gourmandise et mépris. Les affaires sont devenues une sorte de rite d'initiation, un mode cruel de sélection des candidats. Nicolas Sarkozy a toujours été convaincu que la peur des affaires le débarrasserait et de DSK et de Borloo. Pour l'instant, il a eu raison pour le premier. Pour cette présidentielle de 2012, les Français ont déjà eu fromage et dessert : le sexe et l'argent. DSK et Bettencourt. Petits veinards, va !

Lundi 5 septembre 2011

Sarkozy-Raffarin, la passe d'armes qui en dit long

Il n'a pas pu s'en empêcher. Il s'en est mêlé, il a polémiqué, il a cédé. Nicolas Sarkoy avait pourtant pris depuis des mois de sages résolutions. Il ne se montrait plus, ne s'exposait plus, ne s'affichait plus. Sa parole était devenue rare et prenait de la hauteur. Il s'était enfin converti aux leçons de feu Jacques Pilhan, l'ancien conseiller en communication de ses deux prédécesseurs, Mitterrand et Chirac. Il se présidentialisait. Chef de guerre en Côte d'Ivoire et en Libye ; premier pompier, avec Merkel, pour sauver l'euro. On pouvait contester le bien-fondé de ses choix, mais ceux-ci se situaient au niveau du monarque présidentiel.

Avec cette raffarinade, Sarkozy descend l'escalier quatre à quatre. Une colère inutile sur un sujet à 90 millions d'euros. Une bagatelle. Du niveau de son ministre du Budget. Un débat parlementaire classique puisque la commission des Finances de l'Assemblée nationale avait, elle aussi, rejeté cette hausse de la TVA. En dernier lieu, l'arbitrage devait venir du Premier ministre, qui aurait choisi entre passer en force ou céder. Mais le Président, reprenant les mauvaises habitudes du début de son mandat, a court-circuité toutes les institutions ; en cédant si vite, il a encouragé tous les lobbies.

Il ne faut pas idéaliser les prédécesseurs de Sarkozy. Ils ne se souciaient pas uniquement de grande politique. Même le général de Gaulle mettait son nez dans le détail des mesures budgétaires, éducatives, sociales, ou même électorales. Mais tous les présidents de la Ve avaient l'habileté de ne pas traiter en direct. Ils accumulaient les intermédiaires, les émissaires, protégeaient leur autorité derrière des paravents, des arbitrages. Raffarin le sait mieux que personne, lui qui fut, au temps de Chirac, un de ses paravents. Entre lui et Sarkozy, le courant n'est jamais passé. Raffarin n'a jamais pardonné à Sarkozy de ne pas l'avoir soutenu lorsqu'il manqua la présidence du Sénat. Sarkozy l'a toujours méprisé, voyant en lui un notable local à l'ancienne, sans caractère. L'animosité entre les deux hommes est une vieille histoire. En 1995, le giscardien Raffarin rejoignait Chirac dans son combat contre Balladur, que soutenait Sarkozy. En 2002, Chirac hésita longtemps pour Matignon entre les deux hommes pour choisir finalement Raffarin.

Plus profondément, les mauvaises humeurs, les brouilles et bouderies révèlent la fracture qui s'agrandit chaque jour entre les deux anciennes familles fondatrices de l'UMP. Depuis le remaniement de novembre 2010, les centristes se sentent floués sur tous les plans. Ils ont cédé les meilleures places ministérielles aux anciens RPR et chiraquiens, revenus en force autour de Sarkozy. La montée en puissance de la Droite populaire remet en question la domination idéologique des centristes sur la majorité. Si Jean-Louis Borloo allait au bout de ses intentions élyséennes, on peut être sûr que les polémiques se multiplieraient. Et que Nicolas Sarkozy y prendrait toute sa part.

Mardi 6 septembre 2011

Nicolas Sarkozy et l'enseignement

Dans un pays où les salles de classe servent aussi de bureaux de vote, l'école est plus que l'école. Un enjeu politique, et même philosophique. À la veille de la présidentielle, le citoyen électeur est désorienté. On le serait à moins. Car il n'y a pas eu une politique de Sarkozy sur l'éducation, mais deux. Au moins. Celle du début du mandat concernait l'école primaire et visait à remettre l'école de papa au milieu du village. Retour aux programmes et aux méthodes traditionnels. En tout cas, dans le discours. Cette politique, réactionnaire au sens exact du terme, avait été plébiscitée par les électeurs au cours de la campagne présidentielle de 2007. Elle était portée par Xavier Darcos qui, admirable lettré, incarnait l'excellence de l'école des blouses grises et du tableau noir.

Mais Darcos sabotait lui-même son chef-d'œuvre en enlevant les deux heures de cours du samedi matin. Les parents pouvaient partir en week-end, et les technos de Bercy supprimer des milliers de postes en douceur. À l'époque, Darcos rêvait de succéder à Fillon à Matignon. Il préparait une réforme du lycée qui sonnait comme l'exact contraire de ce qu'il avait fait pour le primaire. On n'apprenait plus les batailles de Napoléon, mais on savait travailler en équipe, en partenariat avec les associations. Les attitudes étaient préférées aux connaissances, les savoir-faire au savoir. On y retrouvait tous les repères modernistes inventés par l'école américaine il y a cinquante ans, imposés à tout l'Occident par les organismes internationaux et popularisés par le fameux classement de Shanghai. C'est son successeur, Luc Chatel, qui mettait en œuvre cette réforme du lycée. Le roi de la version latine avait accepté par ambition ce que le roi du PowerPoint appliquait par conviction.

Au-delà de la rituelle dénonciation du manque d'effectifs, la gauche emploie les mêmes mots que la droite. Elle aussi ne parle que de niveau de compétences, de parcours personnalisé, d'autonomie des élèves, de lutte contre les ghettos scolaires et les inégalités. Elle aussi érige l'anglais en langue universelle de communication et en critère principal de sélection des élites. Des mots et des concepts que la gauche a d'ailleurs inventés, magnifiés, avant de les imposer à la rue de Grenelle par la puissance de ses syndicats et surtout du corps des inspecteurs d'académie, qui ont puni depuis des décennies les instits et les profs rebelles à l'idéologie dominante. Magnifique exemple de continuité qui devrait plaire à tous ceux qui veulent sortir du clivage droite-gauche : pour détruire l'ex-meilleure école du monde, la droite et la gauche se sont donné la main, la gauche par idéologie, la droite par économie. Belle et bonne alliance des libéraux et des libertaires, des modernes des deux bords.

Écœurés par l'effondrement du niveau, les parents aisés assiègent les écoles privées et enrichissent les organismes de cours particuliers. Les enfants défavorisés sont abandonnés à leur triste sort. La gauche le reprochera à Sarkozy alors qu'il a été son meilleur élève.

Mercredi 7 septembre 2011

L'aide à la Grèce

C'est grand, c'est généreux, la France ! On ne peut s'empêcher de songer que les douloureuses économies réalisées sur le dos du contribuable français iront directement alimenter les caisses de l'État grec. Un État impécunieux, incapable et corrompu, dont on sait d'ores et déjà que le plan de rigueur décidé en juillet dernier ne tiendra aucun de ses objectifs. D'abord, parce que les baisses de salaires des fonctionnaires, selon un schéma de déflation classique, réduisent la consommation et la croissance du pays, et donc le montant des impôts récoltés. Mais surtout, parce que l'État grec a été incapable de combattre les fraudes fiscales innombrables, les cheminots à 5 000 euros par mois, ou les allocations sociales versées à tort et à travers. La situation est tellement catastrophique que le FMI songe, devant l'impéritie de l'État grec, à suspendre son aide.

Mais cet argent des contribuables français a une autre destination à peine dissimulée : les banques, françaises et allemandes, qui possèdent une part importante de la dette grecque. C'est donc la deuxième fois en trois ans que les contribuables français viennent à la rescousse de leurs banques, alors même que celles-ci continuent à verser des millions de dividendes à leurs actionnaires, et des salaires plus que confortables à leurs principaux dirigeants. La solidarité européenne couvre tous ces calculs sordides de son manteau de lin blanc. Contrairement aux Allemands, les Français semblent accepter de gaieté de cœur de payer pour les

Grecs. C'est une tradition politique française depuis le XIXe siècle : l'opinion aime s'enflammer pour les causes des peuples étrangers, jadis la Pologne ou l'Italie. François Mauriac disait que la France était la nation-Christ, qui meurt pour la liberté des autres. Vision très romantique, mais guère rationnelle.

La Grèce ne nous remboursera jamais. Les plans d'aide à la Grèce sont une version moderne du tonneau des Danaïdes. Si l'ensemble du Fonds européen de stabilité devait être actionné, c'est-à-dire 440 milliards, l'endettement de l'Allemagne et de la France augmenterait de cinq points de PIB. Et pourtant, ces 440 milliards seraient insuffisants pour aider l'Espagne ou l'Italie. Encore les Allemands peuvent-ils se consoler : depuis l'instauration de la monnaie unique, leur industrie taille des croupières à ses rivales française et italienne, et l'Allemagne accumule des montagnes d'excédents commerciaux en Europe. La France ne peut pas en dire autant, elle dont les échanges sont déficitaires avec ses principaux voisins.

Cet état de fait rappelle furieusement une situation historique similaire il y a un siècle, quand un des lointains prédécesseurs de notre gouvernement encouragea vivement les épargnants français à financer massivement notre meilleur allié, le tsar de Russie, au nom de l'intérêt supérieur de la nation et de la paix : cela resta dans l'Histoire sous le nom des emprunts russes.

Lundi 12 septembre 2011

La République du centre

C'est le temps des grandes manœuvres et des petites combines. Des mauvais coups et des phrases assassines. Du chacun pour soi, au nom de l'unité. François Bayrou, Jean-Louis Borloo, Hervé Morin, Christine Boutin et même Dominique de Villepin, c'est toujours le trop-plein au centre et chacun doit jouer des coudes pour exister, voire survivre. Bayrou regarde les autres de haut et leur propose de rassembler la famille sous son aile. Il en a la légitimité, du fait de ses 18 % obtenus à la présidentielle de 2007. Mais c'est aussi lui qui, dernier président en titre de l'UDF, a détruit de ses blanches mains la formidable machine politique et parlementaire que Giscard avait édifiée au centre dans les années 70.

Une machine qu'Hervé Morin rêve de reconstruire et dont Jean-Louis Borloo aurait bien besoin pour lancer sa campagne. Mais qui ne reviendra pas. Morin et Borloo veulent la conserver à droite, alliée à l'UMP ; Bayrou ne la veut ni à droite ni à gauche, ou plutôt et à droite et à gauche, garante d'un gouvernement d'union nationale, à l'heure des grands périls que fait peser la dette. Villepin n'est pas loin de cette ligne. Mais ce rêve centriste est justement notre cauchemar depuis au moins deux décennies.

Dans la bataille idéologique qui a opposé naguère RPR et UDF, c'est cette dernière qui a gagné. L'UMP s'est unifiée sur un créneau centriste, européen, décentralisateur et social. De même, à gauche, depuis le virage de 1983, c'est la deuxième gauche rocardienne, issue des chrétiens de gauche de Jacques Delors, qui a imposé sa marque sur la politique suivie par François Mitterrand. À droite comme à gauche, les vaincus, gaullo-chiraquiens d'un côté, mitterrandiens de l'autre, ont conservé pour eux les postes de pouvoir, mais pour mieux appliquer la politique de leurs rivaux. Pour ce faire, ils ont renié leurs convictions et perdu beaucoup de leurs électeurs. La droite gaulliste a abandonné la nation, les socialistes, le peuple.

C'est l'Europe telle que l'ont voulue les centristes qui déraille aujourd'hui. Ils ont toujours été des militants du libre-échange, contre tous ceux qu'ils accusaient de nationalisme. C'est un centriste, Bernard Stasi, qui parlait de l'« immigration, une chance pour la France ». C'est le poids énorme des collectivités locales – ils ont tant plaidé pour les territoires – qui pèse aujourd'hui si lourd sur nos dépenses publiques. C'est un centriste, Pierre Méhaignerie, qui a le premier inventé le RMI ; c'est un autre centriste, Gilles de Robien, qui a le premier introduit les 35 heures. L'émergence à l'UMP de la Droite populaire, et à gauche, de Jean-Luc Mélenchon, ou d'Arnaud Montebourg et sa fameuse démondialisation, sont des révoltes encore bien timides contre la domination sans partage des idées centristes sur la vie politique française.

Les centristes sont bien, depuis vingt ans, les rois de l'époque. Mais ils ne le savent pas. Ils ne le voient pas. Ils jugent qu'ils n'en profitent pas assez. Surtout, ils ne veulent pas que cela se sache. On les comprend.

Mardi 13 septembre 2011

Requiem pour la Grèce

La question n'est plus de savoir si la Grèce devra quitter la zone euro, mais quand. Les responsables allemands au plus haut niveau l'envisagent publiquement ; alors que c'est impossible juridiquement, puisque le traité européen a prévu une clause de sortie de l'Union européenne, mais pas de l'euro.

Mais foin de juridisme : les traités interdisent aussi à la Banque centrale européenne de financer les États, ce qui n'empêche nullement Jean-Claude Trichet de racheter depuis des mois des centaines de milliards de créances douteuses sur la Grèce et les autres États, que les marchés ne veulent plus financer qu'à des taux exorbitants. C'est le paradoxe Trichet : pour sauver son bébé, l'euro, cet homme achève son mandat en reniant tout ce qu'il a fait depuis vingt ans. Ce parangon de la rigueur, cet obsédé de la lutte contre l'inflation, ce héraut du franc fort, puis de l'euro fort, finit par mener une politique de sauve-qui-peut expansionniste, au risque de créer ces tensions inflationnistes qu'il craint comme le diable. Lui qui se voulait plus germanique que les Allemands doit subir les démissions successives du gouverneur allemand puis, plus grave encore, du chef économiste de la Banque centrale, allemand lui aussi. Cet homme admirable de self-control tance violemment les journalistes ; ce haut fonctionnaire qui fait la morale aux politiques qui n'ont pas respecté les règles de bonne gestion voit lui succéder à la tête de la BCE l'Italien Mario Draghi, qui travaillait naguère chez Goldman Sachs, la banque américaine qui a justement maquillé les comptes grecs pour permettre à ce pays d'entrer dans l'euro.

Mais les Allemands ont compris que le problème de la Grèce n'était pas tant un manque de liquidités que de compétitivité. Ce n'est pas seulement leur État qui ne parvient pas à se réformer, mais aussi leur économie qui étouffe d'avoir la même monnaie que les Allemands. Ces derniers ne veulent pas avoir une nouvelle Allemagne de l'Est sur les rives de la Méditerranée. Avec la Grèce, mais aussi le Portugal et même l'Espagne, qu'ils devraient soutenir jusqu'à la fin des temps. Quand la Cour constitutionnelle de Karlsruhe a autorisé, la semaine dernière, les transferts vers la Grèce, elle a précisé avec soin que ces aides devaient avoir un caractère temporaire. Berlin en doute de plus en plus. Jusqu'à présent, les dirigeants allemands ont résisté à la tentation de se débarrasser des pays du Club Med, comme ils disent, parce que l'euro leur a permis d'avoir une monnaie sous-évaluée par rapport à la parité qu'aurait eue un mark ressuscité.

L'impossibilité pour les Français et les Italiens de dévaluer leur monnaie a permis à l'Allemagne de laminer la concurrence industrielle de ses voisins et d'accumuler des excédents commerciaux inouïs. Mais le prix à payer commence à être élevé : les Allemands n'ont pas envie de devenir comptables des dettes de tous les pays de la zone euro. Les Allemands ne veulent plus mourir pour Athènes, Madrid, Lisbonne, Rome. Et pas même pour Paris.

Lundi 19 septembre 2011

Le « J'accuse » de Jacques Delors

Jacques Delors est inquiet. Légitimement inquiet. Au soir de sa vie, il contemple son œuvre qui est en train de brûler sous ses yeux. L'Europe d'aujourd'hui fut bien édifiée par lui à partir de 1984 et de sa nomination comme président de la Commission européenne. C'était après le grand virage de la rigueur de la gauche, en 1983. Delors avait exigé de Mitterrand, qui s'apprêtait à le nommer à Matignon, de garder aussi la main sur le ministère des Finances. Mitterrand refusa et l'expédia à Bruxelles.

Jacques Delors, en symbiose avec les Allemands d'Helmut Kohl, établit alors l'Acte unique européen. L'ambition était immense : achever le Marché commun. Le principe était simple autant qu'obsessionnel : la concurrence, partout et toujours, même dans les services publics, la liberté des marchandises, mais aussi des capitaux et des hommes. Les barrières douanières furent démantelées, l'Europe se plongea dans le bain glacé de la mondialisation, ouvrant son marché aux quatre vents. Les Chinois s'en délectent encore. C'est donc – entre autres – à Jacques Delors que nous devons la mise en concurrence des travailleurs européens avec les travailleurs chinois. C'est donc à Jacques Delors que nous devons la totale liberté de la finance européenne, à la grande joie des banques et des paradis fiscaux. À Jacques Delors que nous devons la concurrence fiscale entre les États européens, qui a réduit les recettes des grands États et les a poussés à s'endetter pour maintenir les prestations sociales des plus pauvres. Après le grand marché unique, il y eut la monnaie unique : l'euro. Lors de la campagne référendaire sur le traité de Maastricht, emporté sans doute par la passion démocratique, Delors affirma aux partisans du non qu'ils devraient arrêter de faire de la politique.

Jacques Delors a toujours prétendu qu'il avait exigé un volet social à son grand marché, qu'il n'avait pas été écouté. Mais Delors sait très bien qu'une Europe sociale unifiant les standards vers le haut aurait été incompatible avec l'entrée des anciens pays communistes dans l'Union. Jacques Delors a raison d'évoquer l'idéal de paix et de prospérité des pères de l'Europe en 1948. Depuis l'avènement de son grand marché, l'Europe a connu vingt ans de croissance molle et de stagnation du pouvoir d'achat.

La crise de l'euro monte les peuples les uns contre les autres, les Allemands ne veulent pas payer pour les parasites grecs et autres pays du Club Med ; les Grecs traitent les Allemands de nazis ; les Espagnols, les Italiens maudissent la morgue germanique. Et les Français s'y mettent : selon un sondage Ifop paru dans *Ouest France*, 68 % des Français désapprouvent l'augmentation de la contribution française au sauvetage de la Grèce. Car l'Europe n'est pas une nation. Même pas une fédération d'États-nations, selon la formule célèbre de Delors, qui montre aujourd'hui toute sa perversité. Au lieu d'invectiver ses lointains successeurs, Jacques Delors devrait peut-être leur présenter ses excuses de leur avoir laissé entre les mains une utopie hautement inflammable. Au lieu de s'étonner qu'elle flambe.

Mardi 20 septembre 2011

De la faute morale en général, du cas DSK en particulier

Il fallait un mot, une expression. Pour la télé, les reprises, les titres des journaux. On imagine les réunions sans fin, les listes interminables, l'agitation des communicants. Pour une prestation millimétrée – qui avait l'efficacité des grandes contritions publiques que les Américains savent si bien mettre en scène –, il fallait toucher juste. Ce sera une faute morale. Pas une simple faute, qui donnerait l'impression de reconnaître une culpabilité juridique. Pourtant, quelques minutes auparavant, Dominique Strauss-Kahn avait précisé qu'il n'y avait eu « ni violence, ni contrainte, ni agression, ni relation tarifée ». Dans ces conditions, où est la faute morale ?

Ne reste que le bon vieil adultère. Quand on connaît un peu la vie de DSK – et le monde entier en connaît désormais beaucoup –, on ne peut pas imaginer qu'il considère sérieusement – sincèrement – que tromper sa femme constitue une faute morale. L'adultère, les Français en rient depuis toujours. Le théâtre de boulevard, Molière ; même dans les villages au Moyen Âge, on se moquait déjà joyeusement des cocus. On ne peut croire que les communicants de DSK se soient trompés de pays et aient pris les Français pour des Américains. Alors, à qui s'adressaient-ils, si ce n'est aux Français ? Comme souvent avec les communicants, à une opinion imaginaire fabriquée par les médias, les sondages, l'idéologie dominante.

Un air du temps qui marie paradoxalement un néo-puritanisme sentimental avec un féminisme radical ; qui confond morale et moralisme ; qui associe automatiquement virilité et violence ; qui exige des hommes politiques des vertus privées comme gages de leurs vertus publiques. Cette tradition est, elle aussi, importée des États-Unis et de ce protestantisme qui ne veut connaître qu'une seule personne, où l'attitude en privé répond du comportement public. Dans les pays de tradition catholique comme le nôtre, on a toujours considéré au contraire que les personnes privées et publiques pouvaient être dissociées. Henri IV était un grand roi et un séducteur priapique. Un malade mental, aurait dit Michel Rocard. Avec son intuition incomparable de l'esprit public, Ségolène Royal l'a tout de suite senti, en exigeant que les hommes publics respectent une morale privée impeccable. Pendant longtemps, en France, on a défendu la thèse exactement inverse : le politique doit manifester une suractivité séductrice pour incarner le véritable homme de pouvoir. Les maîtresses de Louis XIV rajoutent à son prestige de Roi-Soleil ; Bonaparte est un jeune homme timide, tandis que, devenu Napoléon, il s'avère de plus en plus gourmand. Giscard, Mitterrand, Chirac sont magnifiés pour leurs maîtresses innombrables. Ils sont bien des mâles dominants. Ils méritent le pouvoir suprême.

La faute morale de DSK marque peut-être la fin de cette tradition séculaire. Comme si la fin des batailles idéologiques et leur impuissance face à la finance avaient dépouillé les politiques de leurs habits de lumière ; les contraignaient désormais à respecter la morale de monsieur Tout-le-monde. Mieux : comme s'ils étaient désormais obligés de respecter une morale dont monsieur Tout-le-monde s'affranchit allégrement. Comme une punition. Une revanche.

Vendredi 23 septembre 2011

Chirac-Balladur : hache de guerre déterrée

On n'en finira jamais. La guerre entre Balladur et Chirac est un poison lent qui n'en finit pas de pourrir le corps de la droite. La guerre entre Chirac et Giscard lui avait déjà fait perdre le pouvoir en 1981. Celle entre Balladur et Chirac n'a pas empêché la droite de récupérer l'Élysée, mais elle semble éternelle, de nouvelles métastases se révélant sans cesse quand on croyait le patient guéri.

Sur le fond, tout a été dit ou plutôt suggéré par Roland Dumas. L'ancien président du Conseil constitutionnel a en effet avoué que les juges n'avaient avalisé en 1995 les comptes de campagne du candidat Balladur que parce qu'en cas contraire il aurait dû aussi, en toute équité, annuler les comptes du candidat Chirac. Les deux étaient autant falsifiés, bidonnés. Les deux sentaient le financement illégal à plein nez. Mais, comme l'a reconnu sportivement Dumas, Chirac avait été élu par le peuple français. Comment annuler son élection pour des affaires de financement occulte, alors que le contrôle du financement des partis et des campagnes n'existait même pas pour ses prédécesseurs ?

Décidément, Jacques Chirac est un béni de la fortune. Élu Président en 1995, à la barbe de son rival favori des sondages, il a été protégé des foudres de la justice pendant tout son séjour à l'Élysée ; et il y a deux jours, il a bénéficié de l'indulgence du parquet dans son procès des emplois fictifs de la Ville de Paris, alors même que c'est toute cette organisation mise au service du RPR qui lui avait permis de devenir Président. *Lucky* Jacques, *unlucky* Édouard, comme disait une vieille publicité.

Aujourd'hui, c'est Nicolas Bazire, l'ancien directeur de cabinet de Balladur, qui est mis en examen, dans une procédure à grand spectacle dont le juge Van Ruymbeke est coutumier. Le RPR de Jacques Chirac avait hérité des habitudes du pouvoir gaulliste et des réseaux africains de Foccart, qui défraient aujourd'hui la chronique. Mais Balladur était également un RPR, un ancien conseiller de Georges Pompidou ; Nicolas Sarkozy avait été un élève de Charles Pasqua, avant de s'émanciper.

Mêmes histoires, mêmes traditions, mêmes réseaux. Mêmes révélations que les uns balancent au détriment des autres. Ce qui ne signifie pas que l'attentat de Karachi fut forcément causé par la fureur d'intermédiaires qui n'auraient pas été payés parce que le pouvoir chiraquien aurait refusé de payer les commissions dues par les balladuriens. Ce qui ne signifie pas non plus que les héritiers des gaullistes soient les seuls à avoir mangé de ce pain-là. Les cris d'orfraie des socialistes ne doivent pas nous faire oublier ce que nous avait révélé l'ancien patron d'Elf-Aquitaine, Loïk Le Floch-Prigent, des consignes du président Mitterrand : partager équitablement entre droite et gauche, entre RPR et socialistes. Mais aujourd'hui, les anciens balladuriens sont dans l'œil du cyclone. Si l'on en croit les premières informations, les révélations des ex-épouses de ces messieurs mis en examen auraient alimenté les juges et les journalistes d'investigation. Hommes politiques, interdisez à vos collaborateurs de divorcer !

Mardi 27 septembre 2011

Les sénatoriales ?
Rien à voir avec la présidentielle !

La gauche sabre le champagne et la droite fait la soupe à la grimace. Celle-ci a raison de s'inquiéter ; celle-là a peut-être tort de se réjouir. La conquête du Sénat est l'aboutissement logique, inéluctable, d'une suite ininterrompue depuis dix ans, de victoires de la gauche aux élections locales, municipales, cantonales, régionales. L'anomalie démocratique, comme disait Lionel Jospin, a des limites. Elle s'est même retournée en faveur de la gauche. Les grandes victoires des socialistes aux élections intermédiaires ont toujours été obtenues avec une énorme abstention. À chaque fois, les catégories supérieures, diplômées et aisées des centres villes votaient pour le PS ou les Verts. Les ouvriers et les employés ne se déplaçaient pas. Jospin était tellement imprégné du romantisme populaire de la gauche qu'il n'a pas vu que la grande victoire des siens aux municipales de 2001 – Paris et Lyon furent alors conquises – avait été obtenue sans le peuple, et même contre le peuple ; qu'elle annonçait sa défaite à la présidentielle de 2002, quand l'électorat populaire s'est rendu aux urnes.

Depuis dix ans, ces tendances se sont accentuées. Le PS de François Mitterrand est redevenu la SFIO de Guy Mollet. Parti d'élus locaux, les socialistes renouent avec la grande tradition des vieux partis républicains comme le parti radical d'antan, mêlant discours progressiste, réflexes conservateurs et pratiques clientélistes. Pas étonnant que François Hollande, élu de Corrèze, la terre des rad-soc, soit son homme du moment.

Certains, à gauche, ont très bien compris la fragilité de leur victoire. Dès les premières bouteilles de champagne débouchées, Élisabeth Guigou a aussitôt conseillé à son parti de profiter de sa majorité dans la Haute Assemblée pour imposer le vote des étrangers aux élections locales. De quoi, pense sans doute l'élue de Seine-Saint-Denis, compenser – et remplacer – la désertion de l'électorat populaire français. La droite devrait donc, paradoxalement, se réjouir de la perte du Sénat. Cette cuisante défaite entraînerait mécaniquement sa revanche à la présidentielle.

Mais il y a un mais. Le coup ultime a été porté à la droite par le lâchage de nombreux maires ruraux, bastion traditionnel de celle-ci. Même le Morbihan est passé à gauche ! Les raisons en sont multiples : réforme territoriale mal digérée par les petits élus ; le parti unique UMP n'a jamais fait recette dans une droite individualiste et diverse. Mais surtout, la sociologie du monde rural a changé : il n'est plus l'univers des paysans. L'ont investi une population d'ouvriers et d'employés qui ont fui les centres des grandes villes – où ils n'ont plus les moyens de vivre – et les banlieues – où ils ne se sentent plus chez eux. Ces néoruraux sont les perdants de la mondialisation, les traces enfouies de cette classe moyenne en voie de prolétarisation. Un véritable nouveau prolétariat. Ils avaient voté Sarkozy en 2007, car ils avaient entendu son discours sur la sécurité, l'immigration, la patrie, les valeurs traditionnelles. Ils sont les grands déçus du sarkozisme. Le Président sortant n'a que sept mois pour les reconquérir.

Mercredi 28 septembre 2011

La tentation de la Droite populaire

Au début, on les a moqués. Ils étaient des zombies, ils étaient ridicules, le degré zéro de la pensée. C'est une habitude, en France, de considérer que l'intelligence est forcément de gauche. La droite ne peut être que la plus bête du monde. Sauf si elle a honte d'elle-même. Mais si elle affiche la couleur, elle aggrave son cas. Et puis, elle a inquiété. Traitée de populiste, puisque fasciste a été usé jusqu'à la corde. Les centristes se sont émus de son influence ; Rama Yade a arboré son minois inquiet sur toutes les chaînes de télévision.

Les médias ont évoqué avec des trémolos dans la voix la droitisation de l'UMP, comme si le sort de la République était en jeu. En vérité, la Droite populaire tente – elle en est encore loin – de revenir à la synthèse politique qu'avait réalisée le RPR dans les années 80 : un mélange d'autorité et de libéralisme, de patriotisme et d'ouverture sur le monde. Synthèse qui a explosé, en décembre 1986, dans les manifestations contre la loi Devaquet sur l'université et la mort de Malik Oussékine. Depuis lors, l'UMP a été forgée par les chiraquiens sur leur soumission aux consignes de la bien-pensance médiatique et aux positions des centristes.

Paradoxalement, la Droite populaire est l'une des rares réussites du parti unique de la droite. S'y mêlent anciens du RPR et du Parti républicain, qui se retrouvent selon des affinités idéologiques et non plus sur les affiliations des anciens partis. La Droite populaire, en s'ouvrant aux citoyens, aimerait devenir l'aile conservatrice – au sens anglo-saxon du terme – d'un grand parti républicain à l'américaine. Pour la présidentielle de 2017, au cas où l'UMP organiserait des primaires, elle aurait son candidat qui affronterait celui des centristes et des libéraux. Alors, le peuple de droite trancherait.

Mais la Droite populaire peut aussi annoncer la destruction de l'UMP. Si elle prend trop d'ampleur, trop d'influence ; si son ouverture aux citoyens marche trop bien ; si les centristes, définitivement défaits, refusent de la côtoyer au sein d'un même parti, alors, l'UMP serait morte.

Ce scénario serait favorisé par la défaite de Sarkozy en 2012, et surtout si la gauche, profitant de sa domination nouvelle au Sénat, introduisait la proportionnelle dans le mode de scrutin législatif. Alors, une recomposition politique s'engagerait, qui pourrait bien rassembler membres de la Droite populaire et membres du Front national, pour constituer un bloc des droites. Une nouvelle alliance, sans doute eurosceptique et antimondialisation, qui utiliserait comme arme politique absolue l'une des propositions phares de la Droite populaire : le référendum d'initiative populaire à la suisse qui révolutionnerait la vie politique nationale.

Déjà, le Front national appelle la Droite populaire à le rejoindre. Mais pour les amis de Marine Le Pen, la droite populaire n'est qu'un nouveau faux-semblant sarkozien pour attirer un électorat populaire et concurrencer le FN sur ses terres, comme en 2007. Entre le FN et l'UMP, chacun parie que c'est l'autre qui explosera le premier.

Jeudi 29 septembre 2011

Pas d'orchidées pour Miss Merkel

Parfois Angela Merkel a la nostalgie de la RDA. Elle y menait sa petite vie d'ingénieur, modeste mais tranquille. Surveillée par les grandes oreilles du parti, mais une vie sans surprise, prise en charge du berceau à la mort. Le bon temps. Aujourd'hui, les journaux américains la qualifient de « femme la plus puissante du monde ». Que laissent-ils aux autres ? Angela Merkel passe son temps à négocier avec les élus de son parti, la CDU, avec son allié libéral, avec les grands barons des Länder – nous sommes dans un régime fédéral. Les Français ne peuvent pas comprendre. Sarkozy peut décider seul, subitement ; Merkel jamais. Hier, les syndicats l'ont exhortée à sauver l'Europe et l'euro. Au nom de l'Histoire et de la paix en Europe.

Si Merkel ne paie pas pour les Grecs, elle sera bientôt accusée de ressusciter Hitler ! Merkel hésite. La Cour constitutionnelle de Karlsruhe veille strictement à ce qu'elle ne brade pas la souveraineté allemande. Une majorité d'Allemands ne veulent pas payer pour les Grecs ; qui ne paient pas d'impôts, qui trafiquent leurs comptes, qui se sont gavés de subventions de l'Europe. Ni pour les Italiens ou les Espagnols, tous ces pays du Club Med. Pas sérieux. Les Allemands de l'Ouest paient encore pour les Ossies de l'Est, ces Prussiens qu'ils méprisent presque autant que les cultivateurs d'olives.

Merkel perd les élections locales une à une parce qu'elle est accusée de céder. À Sarkozy. Qui est accusé de suivre Merkel. Qui suit, elle, le patronat allemand.

C'est ainsi depuis l'après-guerre : les milieux patronaux, traumatisés par les folies destructrices d'Hitler, tiennent la bride serrée aux élus. Ils ont imposé au social-démocrate Schröder le fameux plan de rigueur de 2001 qui donne de si beaux résultats aujourd'hui. La démocrate-chrétienne Merkel a suivi à la lettre la feuille de route laissée par son adversaire social-démocrate. Il en allait de la survie de la compétitivité du site industriel allemand. En dix ans, les chefs d'entreprise ont transformé l'Allemagne en une petite Chine, machine à faire du cash. Le prix à payer est élevé, mais le chômage se voit moins, grâce à une démographie faiblarde.

L'Allemagne est un pays de vieux qui veut en garder sous le pied pour continuer à faire des croisières en Méditerranée. Ce sont les patrons allemands qui expliquent à Merkel qu'il faut sauver l'euro, car 70 % des excédents commerciaux de l'Allemagne se font sur les pays de la zone euro. Pas si mal, cet euro, qui a créé des clients captifs, la France, l'Italie, et même les Grecs, qui ne peuvent dévaluer comme avant pour s'arracher des griffes de la redoutable concurrence allemande. Merkel a l'interdiction de libérer les captifs. Trop tôt. Pas encore morts. La Chine et les pays émergents n'ont pas encore pris le relais. Bientôt. La Chine est l'établi du monde, et l'Allemagne lui vend les outils. Et les nouveaux riches chinois aiment tellement les BMW et les Mercedes ! Un jour, Nicolas Sarkozy lui a dit avec sa brutalité habituelle : « Je suis la tête, tu es les jambes » ; elle lui a répondu : « Non, tu es la tête et les jambes. Moi, je suis le carnet de chèques. » Angela ou les états d'âme d'un carnet de chèques.

Vendredi 30 septembre 2011

Le retour de flamme du colbertisme

C'est le grand retour du dirigisme. Le retour de l'État dans l'économie, dans la finance. L'étonnant comeback de l'autorisation administrative de licenciement. De l'impôt. De la nationalisation des banques, sans qu'on sache avec quel argent. Bientôt le grand retour de la planification à la française. Le débat entre socialistes faisait songer, mercredi, à la fameuse blague qui courait les milieux libéraux jadis : la France est une Union soviétique qui a réussi. La nostalgie des années 60 bat son plein. Il est vrai que le taux de croissance de l'économie française atteignait alors les 5-6 % par an ! Ce retour de flamme colbertiste ne touche pas seulement la gauche. Nicolas Sarkozy se révèle depuis peu un étatiste sans état d'âme, créant une banque publique pour les PME et multipliant discrètement les taxes.

En France, c'est une habitude historique : quand le désordre du marché est trop grand, menace la stabilité de la société, l'État revient en force. Il n'est jamais parti très loin. Nous y sommes. On peut déplorer ce réflexe français. Mais on ne peut que constater, chez les socialistes, comme à droite, les contradictions majeures des néodirigistes. Ségolène Royal et Arnaud Montebourg, qui sont les plus vindicatifs à l'égard de la finance, ne pourront pas vaincre leur ennemi s'ils respectent la liberté des capitaux. Montebourg est donc le plus cohérent puisqu'il assume un discours protectionniste qui rétablit les frontières pour les marchandises. Liberté des capitaux, des marchandises, des hommes, c'est le triptyque de la mondialisation. Mais Montebourg reste beaucoup plus timide à l'égard des hommes. Car, sauf chez Manuel Valls, l'immigration demeure un tabou à gauche.

Martine Aubry essaye de suivre. Pourtant, comme au poker, on voit qu'elle bluffe. Lorsqu'on parle de protectionnisme, elle dit juste échange. « Celui qui a peur du mot aura peur de la chose », note justement Emmanuel Todd. Elle sait mieux que personne que l'Europe, depuis les années 80, nous a passé la camisole de force libérale. C'est même son père qui a serré le nœud avec son Acte unique. Or Martine Aubry fera toujours passer son engagement européen devant ses prétentions dirigistes. Comme l'ont fait Delors et Mitterrand à partir de 1983. Martine Aubry a promis de voir Merkel pour la convaincre. Même Montebourg ne veut pas avouer qu'il tient là un *casus belli* européen. Tous font semblant d'oublier que Nicolas Sarkozy a lui-même proposé des taxes sociales et environnementales aux frontières de l'Europe, mais qu'il a dû y renoncer devant le refus des Allemands, dont la machine exportatrice tourne à plein régime.

Seul à en tenir compte, Manuel Valls propose, lui, une TVA sociale. Méthode habile, utilisée par les Allemands, pour renchérir les produits importés. Une dévaluation déguisée. Mais alors, tous ses rivaux lui sont tombés dessus car la TVA, dans l'imaginaire de gauche, est le méchant impôt qui frappe les pauvres. Comme si tous les impôts ne touchaient pas in fine les consommateurs. Les socialistes n'ont pas encore choisi entre Colbert et mère Teresa.

Lundi 3 octobre 2011

La tentation de la primaire à droite

Ils s'y voient déjà. Tous. Et les autres aussi. Le succès médiatico-politique de la primaire socialiste leur donne des ailes. Ils pensent : pourquoi pas moi ? Ils disent : pourquoi pas nous ? La primaire de l'UMP est avancée pour 2017. Que Sarkozy gagne ou perde, il aura alors disparu. Copé, Baroin, Pécresse, Kosciusko-Morizet, Chatel, Le Maire, Wauquiez, ils ont tous réglé leur montre sur 2017. Ils sautent tous comme des cabris en criant primaire, primaire, primaire. Sarkozy pourrait se payer le luxe de dire, à l'instar du général de Gaulle : « Après moi, ce n'est pas le vide, c'est le trop-plein. »

Comparaison n'est pas raison. L'UMP s'alignera sur le Parti socialiste pour des bonnes et des mauvaises raisons. Les bonnes sont ressassées sans cesse : participation des citoyens ; débat entre plusieurs options. Les mauvaises raisons sont davantage tues : le PS et sa tradition parlementaire ont expérimenté avant l'UMP, imprégnée de la tradition bonapartiste du RPR, l'évolution de la vie politique. Les primaires existent parce que les partis politiques à l'ancienne – de militants, avec une vraie culture idéologique et politique – meurent sous nos yeux.

La présidentielle est devenue une course de chevaux. Les militants électeurs de primaires se sont transformés en parieurs. C'est celui qui va gagner qui gagne. Cette tautologie met la démocratie à la merci de toutes les manipulations médiatico-sondagières. La nouvelle classe politique, souvent sous-éduquée idéologiquement, historiquement, politiquement, est avant tout composée d'enfants de la pub et de la com. Sarkozy fut leur maître à tous. Mais il avait appliqué les leçons des anciens, Mitterrand, Chirac : prendre un parti avant de se lancer. Seul Jean-François Copé tente aujourd'hui de l'imiter. Les autres ont l'intention d'enfoncer ses positions partisanes avec le bélier des primaires. Les primaires socialistes révèlent qu'aucun leader ne s'impose naturellement au PS. Après Sarkozy, cela risque d'être la même chose à l'UMP.

Cette absence de leader va de pair avec l'affaiblissement du pouvoir réel que possèdent les politiques. La monnaie est entre les mains de la Banque centrale européenne. Demain, le budget sera sous l'étroite surveillance de Bruxelles et de Berlin. Les patrons et la finance mondialisés ont depuis longtemps pris leur indépendance. Mitterrand avait dit, prophétique : « Après moi, il n'y aura plus de grand Président. » La classe politique française a traduit : désormais, n'importe qui peut être Président.

Le général de Gaulle avait imposé cette élection du Président au suffrage universel pour remettre un roi à la tête de la République. À son époque, un personnel politique d'une qualité exceptionnelle, de Mendès France à Edgar Faure, sans oublier François Mitterrand, était handicapé par un système institutionnel archaïque et débilitant. Désormais, c'est l'inverse. Le système est redoutablement efficace ; mais le personnel politique n'est plus à la hauteur de la monarchie républicaine.

Mercredi 5 octobre 2011

La tentation protectionniste venue du Brésil

Une taxe de 30 % sur les importations de voitures fabriquées à l'étranger. Des droits de douane qui contraignent un fabricant d'iPad à ouvrir une usine dans le pays. Des quotas qui limitent les importations de BlackBerry et obligent le fabricant à ouvrir une usine sur place. Des limitations drastiques à l'achat de terres agricoles par les étrangers. Non, cela ne se passe pas en France ni en Europe, mais au Brésil et en Argentine. Pourtant la croissance du Brésil en fait l'un des pays émergents donnés en exemple, et l'Argentine, après avoir frôlé la mort il y a dix ans, a vu son taux de chômage retomber de 20 % à 7 %. De quoi faire rêver son ancienne colonie espagnole ! Ces pays ne sont ni archaïques ni belliqueux. Ils reprochent même à la France son protectionnisme sur les produits agricoles ou les services.

Le protectionnisme, longtemps sujet tabou, est entré dans le débat politique par les marges : Marine Le Pen, Arnaud Montebourg, Jean-Luc Mélenchon. Il effraie pour l'instant les grands candidats, Sarkozy, Bayrou, Hollande, Aubry, plus sensibles à l'opinion des élites et des médias. Car la question nécessite une remise en cause radicale de nos engagements européens, puisque c'est l'Europe qui négocie pour nous. L'Europe est le continent le plus ouvert de la mondialisation, au nom de la modernité et de la paix dans le monde, quand d'autres – Allemagne et Chine en tête – mènent des politiques mercantilistes que n'aurait pas reniées le grand Colbert. En France, le protectionnisme a été longtemps diabolisé, par libéralisme à droite, par haine des frontières à gauche, par méconnaissance de tous, souvent, de l'histoire économique.

La réalité ronge peu à peu l'idéologie dominante. L'industrie française ne représente plus que 13 % de notre richesse nationale. Et, selon une étude du ministère des Finances, 65 % de nos pertes d'emplois dans l'industrie viennent des délocalisations et de la concurrence étrangère. La Chine est entrée il y a dix ans dans l'OMC. Un anniversaire sans doute plus important pour l'Histoire que l'attentat du World Trade Center. Depuis lors, les industries européenne – à l'exception de l'allemande – et américaine sont déstabilisées, creusant des déficits du commerce extérieur abyssaux.

Les grands théoriciens du libre-échange au XIXe siècle, Ricardo et Smith, n'avaient jamais imaginé des échanges entre pays aussi déséquilibrés. Le patron de l'OMC, Pascal Lamy, longtemps méprisant pour les protectionnistes, reconnaît désormais qu'on a été trop loin. Le FMI établissait dans une note récente les conséquences ravageuses du libre-échange mondialisé sur la situation des classes moyennes européennes en perdition. Avec un air goguenard, les experts nous expliquent que le retour au protectionnisme est impossible en raison de la nouvelle organisation mondialisée des chaînes de production des entreprises réglées à coups de porte-conteneurs et d'internet. Les mêmes nous tiennent de beaux discours écologiques sur la protection de la planète. La question du protectionnisme devrait être l'un des grands thèmes de la présidentielle de 2012.

Vendredi 7 octobre 2011

Steve Jobs, écran total !

Chaque époque a son panthéon. Les grands hommes à la patrie reconnaissante. Voltaire et Rousseau y entrent dès la Révolution. En 1840, c'est le cercueil de Napoléon que la France reçoit en grande pompe aux Invalides. À la fin du XIXe siècle, ce sont les obsèques nationales pour Victor Hugo. Un siècle plus tard, c'est « Entre ici, Jean Moulin », clamé par Malraux, puis le monde entier à Notre-Dame pour le général de Gaulle. Des grands écrivains, des grands soldats, des grands politiques. C'est la France que l'on croyait éternelle.

Aujourd'hui, tout change. Nous sommes, paraît-il, des citoyens du monde. Enfin de l'Empire, puisque le demi-dieu monté au ciel est bien sûr un Américain. C'est devant des boutiques qu'on dépose des fleurs et des bougies ; c'est un patron qu'on embaume comme un pharaon ; les bandelettes de l'éternité sont médiatiques, et la presse de gauche joue les grands prêtres en extase. Mais pas n'importe quel patron. Un patron en jeans, qui a tout inventé dans son garage, encore étudiant. Le mythe du garage, c'est notre mythe de la caverne de Platon à nous. Silicon Valley, Californie, soleil, jeunesse. C'est une maison bleue adossée à la colline, on connaît la chanson. L'alliance bien connue désormais de l'esprit soixante-huitard et du capitalisme moderne. Apple n'est-elle pas aussi le nom de la maison de disques des Beatles ? Un patron décontracté, cool, qui ne s'embarrasse pas de l'uniforme corseté de ses lointains prédécesseurs : costume trois-pièces et grosse bedaine de bourgeois. Mais, sous son uniforme moderne, jeans-tee-shirt-baskets, Steve Jobs n'était pas un tendre, il savait imposer et s'imposer ; récupérer et rentabiliser les inventions des autres ; écraser les concurrents par tous les moyens ; licencier aussi, sans états d'âme. Comme ses lointains prédécesseurs portant montres à gousset. Peut-être plus dur encore car débarrassé de ce fatras paternaliste qui les encombrait encore.

Steve Jobs avait le génie de créer des produits dont on n'avait pas besoin et dont on ne pouvait plus se passer. De rendre obsolètes ses propres créations par de nouveaux produits. De soigner l'esthétique autant, sinon plus que la technique. Un as du marketing. La théorie de l'offre faite homme. Un des grands condottieres de la mondialisation, qui utilisa à merveille les possibilités conjointes de la fin des frontières et de l'internet ; faisant fabriquer ces plaquettes magiques par des myriades de petits Chinois industrieux et miséreux, dans les usines géantes que le taïwanais Foxconn a installées en Chine continentale.

Aux États-Unis, des études commencent à montrer les ravages de ces délocalisations sur l'emploi, qu'on a longtemps justifiées en expliquant que nous gardions les meilleurs emplois, les plus diplômés, les mieux payés. Même ceux-là s'en vont, laissant sur place des consommateurs endettés servis par des esclaves chinois. Bill Gates, l'autre grand condottiere de Microsoft, plus puissant que les États, plus riche que les nababs, s'est retiré à temps pour faire la charité d'une partie de sa fortune, puisqu'on ne le contraignait plus à payer l'impôt. Steve Jobs, lui, a eu la chance de mourir en pleine gloire, révéré par les médias comme un bienfaiteur de l'humanité. Entre ici, Steve Jobs...

Lundi 10 octobre 2011

Le palmarès des villes les plus endettées

Toutes n'en mouraient pas, mais toutes étaient touchées. La peste de la dette a frappé les villes françaises. Les grandes et les petites. Celles gérées par la gauche et celles dirigées par la droite. Tout s'accumule. On découvre, effaré, que de nombreux élus locaux ont souscrit des emprunts dits toxiques, c'est-à-dire adossés à des devises étrangères – franc suisse ou livre sterling. La déconfiture de la banque Dexia révèle que cohabitaient, au sein de cette même banque, l'activité traditionnelle de prêt aux collectivités locales et les spéculations les plus audacieuses sur les marchés mondiaux. Monsieur Le Trouhadec saisi par la débauche. Des maires de grandes villes, PS et UMP, comme celles de Dijon et du Havre, étaient administrateurs de la banque. Sans doute pour attirer et rassurer leurs collègues.

Cet endettement local s'ajoute à ceux de l'État et de la sécurité sociale. Il alourdit la note qui sera bientôt présentée au contribuable français. Cette situation est inédite. Elle est née de la décentralisation de 2003 qui a donné aux maires des responsabilités de gestion autrefois verrouillées par les préfets. À l'époque, Jean-Pierre Raffarin, Premier ministre de Jacques Chirac, voulait encore approfondir la décentralisation engagée par le socialiste Gaston Defferre en 1982. Le girondin de droite rejoignait ainsi le grand maire de gauche pour dépouiller l'État central aux deux bouts, par en haut avec l'Europe, par en bas avec les régions et les communes. Mission accomplie. L'État a transféré des compétences innombrables et essentielles à l'Europe et aux collectivités locales. Il s'est désarmé alors que le peuple réclame toujours qu'il joue le rôle de protecteur d'antan.

Mais l'État tarde à se dépouiller des fonctionnaires qui allaient avec ses compétences. Doublons et dépenses à l'envi. Le fameux non-renouvellement d'un fonctionnaire sur deux à la retraite ne produit pas toutes les économies espérées, si bien qu'il est déjà remis en cause. L'embauche dans les collectivités locales bat son plein : 500 000 emplois en dix ans ! Les maires, les départements et les régions expliquent que l'État leur a transféré des compétences sans les financements qui vont avec. Mais nombre d'élus se mêlent de domaines que la loi n'avait pas prévus.

Clientélisme et communication sont souvent les deux mamelles de la décentralisation. Les préfets affaiblis n'osent plus contredire la volonté des élus locaux. C'est justement à cause de cette évolution dramatique que Nicolas Sarkozy a fait voter à la hussarde sa loi sur la réforme territoriale ; ce grand virage jacobin que dénonce désormais Raffarin, après la défaite de la droite aux sénatoriales, qui a vu nombre de petits maires ruraux, furieux de cette réforme, voter socialiste. Il est incontestable que le pouvoir sarkoziste s'est comporté de manière technocratique, comme si le nombre de communes – 36 000, un record en Europe – était l'unique problème. Cependant la question demeure : qui ramènera à la raison une décentralisation emballée comme un cheval fou ? L'État ou la faillite ?

Mercredi 12 octobre 2011

Arnaud qui rit et Ségo qui pleure...

Montebourg fêté, congratulé, sollicité, dragué. La démondialisation n'est plus brocardée que par les leaders de la droite, qui devraient se souvenir que Nicolas Sarkozy proposait, en 2007, d'en revenir à la préférence communautaire européenne.

Cette querelle que ravive Arnaud Montebourg au sein de la gauche n'est pas neuve. Elle remonte à 1983. Alors, profitant de ce qu'on appelait la contrainte extérieure – un déficit budgétaire important, mais trois fois rien à côté de celui d'aujourd'hui, et une offensive des spéculateurs internationaux contre le franc –, la gauche technocratique, libérale et démocrate-chrétienne, autour de Jacques Delors, en profita pour convaincre François Mitterrand de renoncer au vieux dirigisme socialiste. De libérer la finance, de supprimer les frontières, au sein du grand marché européen et avec le reste du monde. Sans doute, le catholique Delors songeait-il aux Évangiles, qui qualifient de « monde » ce qui est pur. La mondialisation ne pouvait être qu'heureuse. On était citoyens du monde. Les frontières, le protectionnisme, les nations, voilà le diable. Le tout imposé au nom de l'Europe.

La gauche étatiste et jacobine fut tétanisée. Seul réagit Jean-Pierre Chevènement, qui démissionna. Revint, puis redémissionna. Et encore une troisième fois. En 2005, la gauche se déchira autour de la même question des frontières, de l'État, du libre-échange. Laurent Fabius prit la tête de la révolte. Le non l'emporta. Mais les parlementaires socialistes ratifièrent, quelques mois plus tard, le traité de Lisbonne, copie conforme de la Constitution européenne rejetée par le peuple. Fabius refusa de briser le Parti socialiste sur ce clivage pourtant essentiel. Déçu, Jean-Luc Mélenchon prit la porte, et fonda le Front de gauche. Arnaud Montebourg a repris ce flambeau. Chevènement l'adoube comme son héritier. Mélenchon le considère comme un frère. Il crée la surprise en terminant troisième. Son résultat prouve que les thèses qu'il défend répondent à une attente. Hollande et Aubry, pris dans un second tour plus serré que prévu, quêtent ses suffrages.

Mais les deux finalistes de la primaire sont, comme le dit justement Montebourg, les deux faces d'une même pièce. Ou les deux enfants d'un même père, Jacques Delors, dont Martine est la fille biologique et François, le fils idéologique. Tout le reste est querelle de tempéraments et d'ambitions, postures et faux-semblants. Si Montebourg veut conserver une cohérence idéologique, et ne pas se laisser enivrer par les promesses qui n'engagent que ceux qui les entendent, il doit suivre sa première impulsion : les renvoyer dos à dos. Mais sa détestation personnelle de Martine Aubry le pousse doucement vers Hollande. Dans les deux cas, Montebourg ne doit se faire aucune illusion. Depuis 1983, l'histoire s'est répétée inexorablement : les adversaires de la gauche libérale et mondialiste ont perdu toutes les batailles. Qu'Arnaud Montebourg profite bien de sa semaine de gloire. Bientôt, comme ses glorieux aînés, il devra se soumettre ou se démettre.

Jeudi 13 octobre 2011

Islam et démocratie

L'Égypte a connu un radieux Printemps arabe, mais les coptes, eux, vivent toujours en hiver. Sous Moubarak, ils étaient victimes de harcèlements et d'attentats sanglants. Depuis la révolution, c'est pire. Cette fois-ci, c'est l'armée elle-même qui les a sauvagement massacrés, lançant des véhicules blindés sur une foule qui manifestait contre l'incendie d'une de ses églises.

Depuis des mois, des militants islamistes les menacent, les harcèlent, les insultent et leur réclament l'impôt que jadis les non-musulmans – appelés avec mépris des *dhimmis* – payaient pour le prix de leur tranquillité en terre d'islam. Leurs églises sont saccagées et brûlées. Non seulement la révolution n'a pas amélioré leur sort mais elle l'a aggravé. Les islamistes, broyés sous le joug de Moubarak, relèvent la tête, et reprennent la politique sociale qui leur a toujours réussi, vendant à bas prix produits alimentaires et vêtements à des millions de déshérités et futurs électeurs. Même s'ils auront du mal à atteindre la majorité absolue, ils seront sans doute la première force électorale du pays. L'armée, qui n'a jamais vraiment quitté le pouvoir depuis le coup d'État de Nasser en 1952 et qui cherche avant tout à sauvegarder ses prébendes et ses privilèges, les ménage. Ils peuvent ainsi jouer sur les deux tableaux, la respectabilité légaliste et l'agitation violente.

Officiellement, les Frères musulmans, comme toutes les forces politiques égyptiennes, ne jurent que par la liberté de culte, l'égalité des droits et la séparation des pouvoirs. Mais l'article 2 de la nouvelle Constitution égyptienne prévoit que la loi islamique (la charia) est la source principale du droit. On est loin de Montesquieu. Même l'islamiste turc Erdogan a exhorté les Égyptiens à respecter davantage les principes de la laïcité. C'est la même question qui se pose en Tunisie où les laïcs – plus nombreux qu'en Égypte, car la population y est davantage éduquée – s'opposent aux islamistes. Là aussi, les querelles de principes constitutionnels débordent rapidement, les violences se multiplient dans un pays qui n'est plus gouverné.

C'est toute la question de la conciliation entre islam et démocratie, entre une religion qui exige soumission à un ordre divin et se veut à la fois code civil et mode de vie, et la démocratie telle que nous l'entendons qui suppose des citoyens rationnels émancipés de tout dogme, même s'ils restent attachés à une foi. Des questions que nous avons bien connues au XIXe siècle en Europe et qui ont provoqué révolutions, guerres civiles, massacres. En Égypte, les coptes sont devenus un des enjeux tragiques de cette querelle. Depuis des années, ils quittent peu à peu un pays où la présence chrétienne précède l'islam. Quelques décennies après que la présence séculaire juive fut éradiquée, c'est sa composante chrétienne qui disparaît peu à peu d'un monde arabo-musulman en pleine tourmente. Pendant le même temps, les vieilles terres chrétiennes d'Europe voient s'installer sur leur sol des millions de musulmans, qui réclament légitimement liberté de culte et égalité des droits. Comme deux énormes mouvements démographiques en parallèle.

Vendredi 14 octobre 2011

L'Allemagne ne paiera pas

C'est la fin. La fin des illusions, la fin des faux-semblants, la fin des mensonges. On nous avait dit : la Grèce remboursera ses dettes. Après un bon plan de rigueur, le pays repartira et pourra rembourser ses créanciers. Les responsables de la zone euro avouent désormais sans sourciller qu'il faudra faire une croix sur 30 à 50 % de la dette grecque. Le président de l'Eurogroupe, Jean-Claude Juncker, a même évoqué le chiffre de 60 %, avant que ses services ne le fassent taire. Trop fort. Trop tôt. Trop juste.

Les banques françaises se sont gorgées de papier grec. Tellement alléchant. Pour l'instant, elles font semblant de croire que, conformément à l'accord européen du 21 juillet dernier, elles ne devront renoncer qu'à 21 % de leurs créances. Encore une illusion, un faux-semblant, un mensonge. Le gouvernement français, jusqu'alors, vantait la solidité de nos banques. Quand Christine Lagarde, devenue directrice du FMI, réclama la recapitalisation des banques, elle reçut à Paris une bordée d'injures. Traître à la patrie ! Il est vrai qu'elle disait le contraire quand elle était à Bercy. Désormais, Valérie Pécresse ne dit pas autre chose que sa devancière. Il faudra bien recapitaliser les banques françaises. Avec des fonds publics. Pourtant, on affirmait jusque-là que les banques françaises étaient les meilleures du monde, qu'elles n'étaient pas tombées dans les excès anglo-saxons. Notre modèle indépassable de banque universelle nous protégeait. Quand Arnaud Montebourg ou

Marine Le Pen proposaient de les mettre sous tutelle, Jean-François Copé les traitait de bolcheviks.

Les banques françaises ont péché par arrogance. Même le cœur du cœur, l'empire des inspecteurs des Finances, BNP Paribas est en danger, fragilisée par sa trop grande dépendance aux financements à court terme. La faillite de la Grèce n'est qu'un début. Derrière la Grèce, il y a l'Espagne, l'Italie. Et derrière encore, la France. Le week-end dernier, Nicolas Sarkozy a demandé à Angela Merkel de faire prendre en charge la recapitalisation des banques françaises par le Fonds européen de stabilité financière. En clair, par le FESF. Encore plus clair : par l'Allemagne. Mais Angela a dit : *Nein.* « L'Allemagne paiera » fut déjà le slogan d'après la guerre de 1914, qui nous a été funeste. L'Allemagne ne paiera pas pour sauver les finances publiques françaises et notre triple A. La France devra mettre ses propres deniers publics pour sauver ses banques. Mais « uniquement en dernier ressort », dit Valérie Pécresse. Encore une minute, monsieur le bourreau. Le couple franco-allemand ? Illusions, faux-semblant, mensonge.

La faillite de la Grèce en appellera d'autres. Tous les pays de l'Europe du Sud sont dans le viseur. Ce qui signifierait la mort des banques du Sud, et la domination sans partage de celles du Nord. Les grands groupes industriels allemands pourraient alors racheter à bas prix les actifs industriels des pays du Sud. Pendant ce temps-là, les élites françaises rêvent plus que jamais au grand soir fédéraliste européen. Aux États-Unis d'Europe. Illusions, faux-semblant, mensonge.

Lundi 17 octobre 2011

La guerre des deux gauches est relancée

La gauche molle a battu la gauche sectaire. Au-delà de la plaisanterie tentante, inévitable, c'est toute l'ambiguïté d'une primaire à la fois dynamique, démocratique et d'un combat fratricide. En 2007, la droite sarkoziste n'avait eu qu'à piocher dans les attaques de ses rivaux pour démolir la crédibilité de Ségolène Royal. Mais, plus profondément, cette primaire socialiste a réveillé la guerre des deux gauches. La première, étatiste, jacobine, dirigiste, protectionniste, contre la seconde, libérale, girondine, européiste, libre-échangiste. La première qui gagnait naguère les élections avec Mitterrand, la seconde avec Rocard, Delors, qui, depuis 1983, gouvernait.

Avec la victoire de Hollande, c'est la grande revanche des rocardiens et autres deloriens. Le paradoxe est que cette victoire est obtenue contre la fille de Jacques Delors. Mais c'était là toute l'ambiguïté du maire de Lille. Aubry était soutenue par la gauche du parti, mais elle était en vérité à peu près interchangeable avec son rival d'un jour. Son positionnement, à gauche toute, avait des allures fallacieuses, tactiques. Ce qu'elle croyait synthèse s'est révélé faiblesse. Arnaud Montebourg ne s'y est pas trompé, qui a quand même voté Hollande. Comme Valls. Le chantre de la démondialisation se retrouvait ainsi avec celui de la mondialisation heureuse.

Hollande penche nettement du côté de Valls. Il a refusé d'employer le mot « protectionnisme ». Il ne fera rien qui mettrait en danger l'Europe. Les marchés n'ont rien à craindre non plus. Il a joué sa crédibilité, dès le début, en se souciant de la dette. Il s'est installé au centre gauche, promettant de la rigueur et des hausses d'impôts. Avec son profil de Barre de gauche, la grande victime de sa victoire s'appelle François Bayrou qui ne pourra pas, comme en 2007, attirer les voix de gauche en quête de candidats crédibles.

En revanche, l'espace à gauche est libéré. Mélenchon peut sabrer le champagne, ressortir ses diatribes contre DSK, l'affameur des peuples. Marine Le Pen aussi peut être satisfaite. Hollande ne risque pas de piétiner ses plates-bandes populaires. Plus politiquement correct qu'Hollande, tu meurs. Le chéri des médias n'a pas dit un mot sur l'immigration. Il avalisera, quoi qu'il en pense, les grandes percées sociétales du programme du PS sur le droit de vote des étrangers ou le mariage homosexuel. Reste Nicolas Sarkozy. On a bien senti qu'il aurait préféré affronter Martine Aubry pour soigner son profil moderniste contre la gauche archaïque. Avec Hollande, ce sera l'inexpérience. Hollande n'a jamais été ministre, même pas le plus petit maroquin. C'est un élu local, roi d'un parti d'élus locaux. C'est la France moyenne des petites villes qui lui a permis de vaincre la candidate des grandes villes. En pleine tempête de l'euro, Sarkozy jouera le professionnel aguerri contre le provincial amateur. C'est sans doute sa seule chance de renverser le destin. Mais en 1981, Giscard avait déjà joué ce rôle-là et avait été battu.

Vendredi 21 octobre 2011

L'Europe fédérale : menace ou solution ?

L'Europe n'avance que par les crises. On connaît le refrain. Depuis cinquante ans, il n'a cessé d'être entonné. Et il est souvent devenu réalité, sans que l'on sache jamais si le plus d'Europe était la solution ou la cause des crises.

L'euro est au bord du gouffre. La réponse est donc à la hauteur de l'enjeu : les États-Unis d'Europe. Toutes les solutions envisagées tournent autour de ce grand projet fédéral : les fameux eurobonds ne seraient rien d'autre qu'une mise en commun de la dette de chacun des États. La surveillance préalable des budgets de chacun des pays mettrait un terme final à la souveraineté des parlements nationaux ; la création d'un ministre des Finances européen enlèverait la dernière souveraineté économique aux États, déjà privés de la gestion de leur monnaie. Ce rêve fédéral est porté ardemment par les élites françaises, de droite comme de gauche. Il est fondé, à juste titre, sur certains exemples historiques patents : les deux seules unifications monétaires qui aient réussi dans l'histoire, les États-Unis et l'Allemagne, ont reposé sur la constitution d'un État-nation. La monnaie demeure une création de souveraineté. Elle n'est crédible que si elle est adossée à un État qui la garantit. L'euro doit, comme le dollar, ou le franc suisse, le yen ou le yuan, bénéficier de cette ultime garantie. Ou mourir.

Les fédéralistes européens devraient aller au bout de leur logique historique. En Allemagne comme aux États-Unis, au XIXe siècle, d'énormes droits de douane protégeaient les frontières de l'État-nation en construction. Le dilemme devient déjà plus délicat : si elles veulent sauver l'euro, les élites françaises et bruxelloises devront bazarder le libre-échange. Pour sauver l'euro, elles devront adhérer à la démondialisation chère à Montebourg ou Marine Le Pen. La question du fédéralisme européen est posée depuis les débuts de la construction européenne. Elle a été rejetée par le général de Gaulle, par Margaret Thatcher. Par les peuples français et hollandais lors des référendums de 2005. L'Europe n'est pas une nation. Il n'y a pas de solidarité entre Allemands et Grecs, entre Français et Espagnols, entre Hollandais et Polonais. « L'Europe n'est qu'une réalité géographique », disait Bismarck au moment où il faisait l'unité de l'Allemagne.

Plus personne en France n'osera reposer la question à un référendum. Nos élites fédéralistes sont donc face à un choix cornélien : sauver l'euro ou respecter les principes démocratiques que nous défendons dans le monde entier. Les Allemands ont répondu. La Cour constitutionnelle de Karlsruhe a interdit tout fédéralisme, au nom du respect de la souveraineté de la démocratie allemande. L'Allemagne n'est pas comme la France, qui traite sa souveraineté millénaire comme un vieux meuble de famille poussiéreux dont elle ne sait que faire : son État-nation a à peine plus d'un siècle et elle n'a récupéré son entière souveraineté que depuis vingt ans et la chute du mur de Berlin. Elle y tient comme à la prunelle de ses yeux. L'Allemagne aussi souhaite conserver l'euro, mais uniquement parce que c'est sur la zone euro qu'elle fait 70 % de ses excédents commerciaux. Quand les Allemands calculent, les Français rêvent.

Lundi 24 octobre 2011

Le sacre de François Hollande, comme un air de déjà-vu

« Quelle histoire, quelle histoire ! » C'est ainsi que la compagne de Hollande a commenté la victoire de son François à la primaire, reprenant les mots de Mitterrand lors de sa victoire de mai 1981. La voix, les gestes des mains, le mouvement du corps appuyé sur l'estrade : François Hollande imite François Mitterrand en tout.

Même s'il le voulait, Nicolas Sarkozy ne pourrait acquérir l'accent chuintant de Giscard qui faisait jadis la joie de tous ses imitateurs. Il n'a évidemment pas l'allure aristocratique, facilement arrogante, de l'ancien Président. Pourtant, depuis le début de son mandat, Sarkozy a coché avec soin toutes les cases du giscardisme : le culte de la modernité, le talent médiatique, la désacralisation de la fonction présidentielle ; l'ouverture ; la fascination pour l'Amérique ; l'engagement européen. Sarkozy a poussé le mimétisme jusqu'à garder son Premier ministre pendant cinq ans, comme Giscard l'avait fait avec Raymond Barre, et même à subir une terrible crise économique en 2008, comme Giscard connut un double choc pétrolier de 1973 et 1979.

La comparaison peut se poursuivre avec les axes de campagne qui s'annoncent. « Il faut un président à la France », proclamait Giscard qui jouait son va-tout sur sa compétence et sa maîtrise des dossiers. Comme Sarkozy, qui fait feu sur l'inexpérience de Hollande, pour mieux arborer son savoir-faire en pleine crise de l'euro. Sarkozy, comme Giscard naguère, met en lumière l'archaïsme des solutions proposées par son adversaire socialiste, oppose la France dans le monde contre la France des terroirs. Hollande surjoue la « force tranquille » pour compenser les accusations de gauche molle. Il tient la dragée haute à ses alliés verts, refuse qu'ils lui imposent la sortie du nucléaire, comme Mitterrand jugulait les communistes. Hollande rêve de rassembler, lui aussi, les première et deuxième gauches, Delors et Chevènement jadis, remplacés désormais par Aubry-Valls d'un côté, Arnaud Montebourg de l'autre.

Le paradoxe est qu'à l'automne 1980, c'était Giscard qui caracolait encore à 60 % dans les sondages d'intentions de vote à la présidentielle, alors que Hollande a déjà atteint ce sommet « sondagier ». Il ne peut qu'en descendre. La réélection de Giscard sera brisée par la guerre avec Jacques Chirac, tandis que Jean-Louis Borloo a renoncé à se présenter. Giscard et Barre avaient laissé un budget sans déficit ni dette. Mitterrand y puisa à pleines mains pour distribuer à tout-va. Hollande n'aura pas cette chance et doit désormais gager chaque promesse par un discours rigoriste sur la dette, sous surveillance des électeurs et des agences de notation.

Il y a trente ans, l'électorat populaire, ouvriers et employés, croyait vraiment que la gauche changerait la vie. Il vota en masse pour Mitterrand. Désormais, les mêmes, précarisés et prolétarisés, rejettent la tolérance en matière de mœurs et le multiculturalisme en vogue chez les hiérarques socialistes ; ils ont depuis longtemps coupé les ponts avec le PS et même avec toute la gauche. C'est pourtant cet électorat qui, depuis lors, a fait la décision, éliminé Jospin du second tour en 2002, penché pour Sarkozy dès le premier tour de 2007. Il s'est éloigné de celui-ci, sans pour autant se rapprocher des socialistes.

Mardi 25 octobre 2011

L'Europe *über alles*

Quand le général de Gaulle évoquait le couple franco-allemand qu'il formait avec le chancelier Adenauer, il disait goguenard : « La RFA est le cheval, et la France est le jockey. » Les rôles sont désormais inversés. Sur tous les sujets, la France s'est soumise au diktat allemand : tétanisé par la responsabilité historique d'être l'homme qui briserait la réconciliation avec l'ennemi héréditaire, affaibli par nos déficits multiples, hanté par la peur de perdre notre triple A, Sarkozy n'a pas osé affronter Merkel et a soumis la France aux quatre volontés allemandes.

Après la défaite de 1870 face à la Prusse, l'ambassadeur d'Angleterre à Paris écrivait à son Premier ministre : « Il est inutile de contacter Paris. Les décisions françaises les plus importantes se prennent à Berlin. » Merkel a retrouvé la puissance de Bismarck qui disait : « La force prime le droit. » Et le droit s'adapte à la force. Demain soir, il sera annoncé que Bruxelles préparera une révision des traités, qui permettra un contrôle strict des budgets de tous les pays de la zone euro. Bruxelles n'est que l'habillage juridique et diplomatique de la domination allemande sur l'Europe. Le couple franco-allemand n'est qu'une feuille de vigne à usage hexagonal.

Notre défaite n'est plus celle des armes, mais celle de la compétitivité industrielle. Depuis l'instauration de l'euro, la politique mercantiliste de l'Allemagne, obsédée par ses excédents commerciaux, a détruit une partie de l'industrie française. Il est vrai que, pendant que la gauche allemande de Schröder imposait un corset rigoriste à ses salariés, la gauche française de Jospin et Aubry mettait en place les 35 heures. Pendant que l'Allemagne faisait tout pour conserver ses usines sur son sol et augmentait la TVA, les patrons français du Cac 40 délocalisaient à tout-va, et les gouvernements successifs encourageaient la consommation des ménages. Les Allemands ont mieux compris que nous la fable de la Cigale et la Fourmi.

Dimanche, Angela Merkel a annoncé la mise sous tutelle de la Grèce et tancé Berlusconi comme un gamin pour un bunga-bunga de trop. Nicolas Sarkozy a timidement évoqué la problématique démocratique soulevée par cette révolution européenne. Mais la démocratie, ce n'est bon que pour le Bundestag, le seul Parlement souverain d'Europe, dont les délibérations retardent de trois jours l'issue d'un sommet européen. L'Allemagne est devant un dilemme qu'elle aura du mal à résoudre. Elle veut sauver l'euro car son industrie inonde la zone euro de ses produits ; mais elle ne veut pas d'une Europe de transferts qui la ferait payer pour toutes les cigales du Sud. Elle croit qu'elle en sortira en imposant un strict équilibre budgétaire aux cigales. Mais même si les cigales devenaient miraculeusement fourmis, cela ne les rendrait pas plus compétitives. Le sud de l'Europe – où serait remisée la France – deviendrait un immense *Mezzogiorno* appauvri et éternellement assisté. Par l'Allemagne. Magnifique résultat de l'intégration monétaire européenne.

Mercredi 26 octobre 2011

Paris brûle-t-il ?

Paris sera toujours Paris. Le charme romantique des quais de Seine, l'élégance de ses places et de ses monuments. Et ses parachutés qui se disputent le meilleur lopin de terre pour poser leur parachute, et se reprochent réciproquement d'en être. La querelle entre Rachida Dati et François Fillon tourne au grand guignol. Un Premier ministre qui, en pleine tempête de l'euro, songe aux municipales de 2014, et prépare son atterrissage à Paris dont il se verrait bien le futur maire. Mais pour cela, il lui faut une circonscription tranquille, de tout repos électoral. Celle qui couvre le 7e et le 6e arrondissement est en or massif pour un candidat UMP. C'est justement pour cette raison que Sarkozy, royal, l'avait promise à une Rachida Dati qu'il avait chassée de son gouvernement. Fureur de l'ancienne ministre de la Justice, pourtant déjà bien pourvue entre son mandat de députée européenne et sa mairie du 7e, qui agresse violemment Fillon. Le tout sous les sourires hypocrites de Jean-François Copé, pompier pyromane, qui pense avant tout à empêcher Fillon de lui disputer la direction de l'UMP, après la défaite, qu'ils anticipent tous deux, de Nicolas Sarkozy en 2012.

Paris sera toujours Paris. Jacques Chirac y récompensait ses fidèles les plus méritants. Pas besoin de prendre le TGV pour travailler sa circonscription. Chirac s'est toujours considéré à Paris comme une sorte de grand préfet, nommant ses adjoints, l'électeur ratifiant forcément ses choix. Mais la droite a, depuis, perdu la main.

Politiquement, Paris bascule une fois par siècle. De la Révolution jusqu'à la Commune en 1870, la capitale fut à gauche. Après la Commune, elle vira à droite. L'élection de Delanoë marque-t-elle un nouveau virage ? La gauche pour cent ans ? En tout cas, la sociologie électorale parisienne a radicalement changé. Les ouvriers et les employés ont été chassés. Les nouveaux bourgeois, appelés bobos, diplômés, féminisés, travaillant dans les services, se sont installés dans leurs anciens appartements devenus trop chers pour eux. La bourgeoisie traditionnelle est restée cantonnée à l'Ouest. Les quartiers de l'Est parisien sont massivement habités par des familles immigrées. Paris est comme toutes les métropoles mondialisées : entre très aisés et très aidés.

Une configuration idéale pour la gauche. D'où l'arrivée inopinée, sur son petit parachute vert, de Cécile Duflot. Daniel Cohn-Bendit a fait un carton aux dernières européennes dans la capitale. Fureur d'Anne Hidalgo, adjointe socialiste de Bertrand Delanoë, héritière désignée, qui voit venir une rivale dans son pré carré. À gauche, la vengeance est un plat qui se mange chaud. Les partisans de François Hollande ont noté qu'Anne Hidalgo et Cécile Duflot avaient soutenu, dans la primaire, Martine Aubry. L'affrontement des deux anciennes copines de Martine les réjouit d'avance. Jean-Marie Le Guen, ancien ami de DSK rallié à Hollande, propose donc une primaire ouverte aux Verts pour désigner le champion de la gauche aux municipales de 2014. Ils ont pris des places au premier rang pour assister au combat. Copé a fait pareil entre Fillon et Dati. Faut bien se détendre un peu.

Jeudi 27 octobre 2011

L'islamisme derrière le Printemps arabe

On nous avait dit Printemps arabe. On nous avait dit aspiration des peuples à la liberté. On nous avait dit fin de l'histoire, démocratie, universalisme. On nous avait dit islamistes ignorés, islamistes humiliés, islamistes ridiculisés, islamistes néantisés. Nos maîtres bien-pensants sont comme les dieux dans les Psaumes : ils ont des yeux et ne voient pas ; des oreilles et ils n'entendent pas. Pendant des années, ces pays ont vécu avec une élite occidentalisée laïque et nationaliste qui imposait par la force un modernisme progressiste hérité de l'Occident à une masse qui voulait continuer à vivre selon ses modèles culturels ancestraux arabo-musulmans et défendre son identité.

On peut comparer cette dichotomie entre les élites et le peuple à la Russie d'avant 1917. D'ailleurs, les islamistes ont agi un peu à la manière des bolcheviks en 1917. La révolution de Février s'était faite sans eux ; ils ont pris le pouvoir en octobre. Les islamistes tunisiens ont l'habileté de ne pas vouloir gouverner seuls, comme les communistes le firent dans les démocraties populaires d'Europe centrale après 1945. La comparaison n'est pas un hasard. L'islam est une sorte de communisme avec Dieu. Un système égalitariste – en tout cas entre hommes musulmans – qui régit, protège, contrôle et surveille la vie quotidienne des populations. En Tunisie, seule une bourgeoisie aisée et cultivée a pu adopter un individualisme occidental, vécu comme destructeur des solidarités communautaires par le reste de la population, qui vit loin des lumières de la côte. Une Tunisie profonde, terriblement appauvrie par la concurrence chinoise, qui a ruiné ses industries textiles, qui alimentaient l'Europe il y a encore quelques années. Depuis la révolution du Jasmin, les islamistes tunisiens ont réveillé leurs formidables réseaux d'entraide sociale, vendant à bas prix produits alimentaires et vêtements.

La victoire électorale des islamistes entraînera une réconciliation entre les dirigeants arabes et leurs peuples. On peut appeler cela démocratie, car c'est la volonté du peuple. Mais la démocratie libérale, c'est aussi la séparation des pouvoirs et la laïcité. Or, en Tunisie comme en Égypte, l'islam est religion d'État et la charia, constitutionnellement reconnue source du droit. Bien sûr, des variantes existent. Les Libyens sont plus pratiquants, plus proches des Saoudiens que les Tunisiens, moins rigoristes. Mais dans tous les pays, l'islam n'est pas qu'une religion, une spiritualité, c'est aussi un mode de vie, un système qui lie le religieux, le judiciaire, le législatif, dans la soumission à Dieu et à la charia. Même en Turquie, que l'on donne comme modèle – pour mieux rassurer les esprits occidentaux qui ne demandent qu'à être rassurés –, une islamisation de la société par le bas grignote lentement mais sûrement les acquis laïcs et les libertés individuelles.

En Égypte, les islamistes devraient eux aussi gagner les prochaines élections. En Libye, le président du CNT, Moustapha Abdeljalil, l'ami de BHL, a déjà annoncé que toute loi contraire à la charia serait abolie, y compris l'interdiction de la polygamie. Bernard-Henri Lévy aura sans doute été ravi d'apprendre qu'il a été l'idiot utile des islamistes.

Vendredi 28 octobre 2011

L'euro *made in China*

Il faudra apprendre à dire merci en chinois. Et s'il vous plaît aussi ; et je vous en prie ; et vous êtes ici chez vous ; et gloire à notre sauveur. On se gardera, en revanche, de traduire en chinois des expressions comme « faire entrer le loup dans la bergerie », qui pourraient vexer nos honorables interlocuteurs.

On se souvient comment le Président chinois a humilié Barack Obama lors d'une réunion du G20, en le laissant debout, sans lui adresser la parole. Ainsi le créancier méprise-t-il toujours son débiteur impécunieux. Les Chinois ont la mémoire longue : Obama a payé ce jour-là pour son lointain prédécesseur à la Maison Blanche, qui fit bombarder les ports chinois au XIXe siècle pour ouvrir le pays aux produits américains. La Chine n'aura pas besoin de bombarder les ports européens. Ils nous bombardent de yuans. Les milliards de yuans que les dirigeants européens les supplient de verser pour sauver la Grèce de la faillite. Ils ont déjà racheté Le Pirée. Et demain, l'Italie, l'Espagne. Et après-demain, la France. Notre tour viendra de payer pour la guerre des Boxers, en 1900, qui a vu tous les Européens découper la Chine comme un gros gâteau.

Arnaud Montebourg peut enterrer sa démondialisation. Aucun pays européen n'osera plus lever de barrières douanières contre les produits chinois. Aucun président français ne se plaindra plus du dumping chinois en matière sociale et environnementale. Plus jamais on ne protestera quand les Chinois pilleront nos technologies au nom du transfert de technologie. Jamais plus le gouverneur de la Banque centrale européenne ne se plaindra de la sous-évaluation du yuan, qui rend encore meilleur marché les exportations chinoises.

Nos dirigeants nous ont expliqué qu'il fallait sauver l'euro pour renforcer l'Europe. Pour sauver l'euro, nous affaiblissons l'Europe. Hier matin, les Bourses exultaient et l'euro montait encore, rendant encore moins compétitive notre industrie, déjà plombée par un euro surévalué depuis des années. Les Européens sont ces Shadoks qui creusaient des trous pour en boucher d'autres. Dans tout autre pays du monde, la banque centrale aurait avancé l'argent, aurait fait tourner la planche à billets. C'est le privilège régalien de tout État dont se servent d'abondance les États-Unis. Les Allemands ont refusé que la BCE agisse de même. Parce que c'est interdit, *Verboten*, par les traités européens. Parce que les Allemands sont hantés par le péril inflationniste, le souvenir de la fameuse hyperinflation des années 20 conjugué à l'angoisse de l'avenir pour un pays vieillissant qui compte ses noisettes pour sa retraite. Cet excès de vertu germanique nous met dans les bras des Chinois. Comment dit-on en allemand : « L'enfer est pavé de bonnes intentions » ? En chinois, on ne dit pas, on rigole !

Ainsi, l'euro, qui devait, selon ses brillants concepteurs, nous rendre indépendants de notre protecteur américain, nous met sous la tutelle des Chinois. C'est tomber de Charybde en Scylla, dit-on en français. Mais on ne le traduira pas en chinois.

Mardi 1er novembre 2011

Homoparentalité : bien creusé, la taupe !

La machine est bien rodée. Redoutablement efficace. Elle ne nécessite pas de gros moyens, seulement quelques hommes bien placés. La puissance d'un lobby dépend de sa détermination, de son habileté. Et de la passivité d'un ministre qui regarde passer les trains, parce qu'il ne comprend pas ce qui se passe ou a peur pour sa carrière. Il faut être dans d'anonymes comités de programme, obscurs rouages d'une Éducation nationale tentaculaire, cooptés par on ne sait qui, nommés on ne sait comment. Comités révolutionnaires secrets qui décident un beau jour que nos enfants n'étudieront plus en histoire Louis XIV, mais un royaume africain dont on n'est même pas sûr qu'il ait existé ; que les cours de sciences naturelles expérimenteront une théorie sexuelle du genre, que renie même l'américaine qui l'a longtemps défendue dans les campus universitaires d'outre-Atlantique.

Et un jour, vous apprenez qu'au milieu des mentions concernant les familles monoparentales et recomposées, sont ajoutées subrepticement les familles homoparentales. Toutes inventions sémantiques, médiatiques, idéologiques qui deviennent des sujets d'études de nos enfants. Avant, sous la pression, de devenir des textes de lois votés par le législateur.

Toute l'habileté est là : se servir de l'école de la République comme d'une arme massive de propagande idéologique – au nom du progrès, de la tolérance, de l'ouverture – pour faire reculer la réaction, l'intolérance, le fascisme. L'endoctrinement des jeunes esprits malléables et généreux pour combattre le conservatisme des classes populaires qui, en dépit du bombardement médiatique et publicitaire qu'elles subissent depuis des décennies, s'obstinent à rester attachées aux valeurs traditionnelles de la société. Classes populaires vilipendées, traitées de beaufs, d'homophobes et d'incultes, au moment même où le grand spécialiste incontesté des structures familiales, Emmanuel Todd, nous explique dans un livre qui résume une vie d'études que la famille nucléaire – papa, maman et les enfants –, loin d'être une création récente, moderne, occidentale, constitue la structure familiale la plus traditionnelle, la plus ancienne, la plus archaïque, même dans la longue histoire de l'Humanité.

La méthode d'endoctrinement n'est pas nouvelle. Les républicains français eux-mêmes ont fondé l'école laïque pour arracher les jeunes esprits à l'influence de l'Église et des partisans de la monarchie. Mais, sur le plan des mœurs, Jules Ferry reprenait les valeurs chrétiennes. Les régimes communistes sont allés encore plus loin. Les enfants, sous Staline ou sous les Khmers rouges, étaient encouragés à dénoncer leurs parents qui pensaient mal. On se croit éloignés de ces méthodes totalitaires. Mais demain, l'homoparentalité, sacralisée par l'école, sera reconnue par la loi, puis sa contestation même sera rendue illégale, sanctionnée par le juge pour incitation à la discrimination. Dans les cours de récréation de mon enfance, on disait : ni vu ni connu, je t'embrouille. Dans les groupuscules trotskistes, on disait : bien creusé, la taupe !

Mercredi 2 novembre 2011

La Palestine à l'Unesco : l'heure du virage français

Il semble loin le temps où Nicolas Sarkozy apparaissait, au début de son mandat, comme le Président le plus pro-israélien de l'histoire de la Ve République. Loin la lune de miel franco-israélienne, quand l'actuel Président Shimon Peres avait l'impression de revivre sa jeunesse lorsqu'il occupait un bureau à l'Hôtel Matignon, où résidait alors le socialiste Guy Mollet. Le vote surprise de la France a provoqué les applaudissements de nombreuses délégations de l'Unesco ; et des commentaires désappointés et acides des dirigeants israéliens. La routine sous Chirac ; mais une nouveauté sous Sarkozy. Jusqu'au jour du vote, Tel-Aviv a cru que les Français s'abstiendraient. C'est ce que firent l'Angleterre et l'Italie, tandis que l'Allemagne et la Suède votaient contre, ridiculisant une fois de plus l'idée même de politique étrangère européenne, et rendant à sa vacuité coutumière sa prétendue représentante, Catherine Ashton.

Sarkozy subit ainsi la loi d'airain des relations entre la France et Israël. Même les plus enthousiastes finissent par s'aigrir. Tel-Aviv dansait sous les lampions à l'annonce de la victoire de François Mitterrand, le 10 mai 1981. Avant que ce dernier ne reçoive en grande pompe Yasser Arafat à Paris. Et on a oublié que le général de Gaulle lui-même donnait du chaleureux « Israël, notre allié, notre ami » à un Ben Gourion qu'il appréciait et même admirait sincèrement comme fondateur de l'État sioniste. Avant, quelques années plus tard, en juin 1967, de décider un embargo sur les armes que nous livrions en grand nombre à l'armée israélienne, et de mettre en place ce qu'on appelle depuis avec emphase « la politique arabe de la France ».

Les liens économiques, financiers, diplomatiques tissés depuis avec le monde arabe conditionnent la politique de la France. La sensibilité traditionnellement arabisante du Quai d'Orsay aussi. Longtemps, Nicolas Sarkozy a méprisé ses membres et dédaigné ses avis. Il préférait alors jouer la carte de la coopération économique et scientifique avec des Israéliens qui brillent par leurs instituts de recherche et leurs *start-up* en nouvelles technologies. Il goûtait la décontraction des dirigeants israéliens qui ressemblait à la sienne.

Les temps changent. Le poids d'Alain Juppé ramène la France vers la diplomatie traditionnelle de Chirac. La raideur de Benjamin Netanyahou, qui élude tout compromis parce qu'il refuse, sans oser l'avouer, l'érection d'un État palestinien, a fini par exaspérer Sarkozy. Depuis de Gaulle, les présidents français tentent de jouer un rôle dans la région, mais les Israéliens refusent farouchement toute mise sous tutelle. Les déboires américains d'un Président Obama, piégé par la puissance du lobby juif en pleine campagne pour sa réélection, obligé de se dédire et de refuser à l'ONU l'avènement d'un État palestinien qu'il avait pourtant appelé de ses vœux, a pu donner l'espoir à la diplomatie française que le moment était venu de pousser les feux pour imposer une paix française. Un mythe poursuivi par tous les présidents français. En vain.

Jeudi 3 novembre 2011

Que cette mauvaise Grèce disparaisse !

Le peuple grec n'est pas le bienvenu. Il fait tache, il a mauvais genre. Il faut dire qu'il n'a pas les mains blanches. Il s'est gavé de subventions européennes ; a triché sur ses comptes ; a consommé à tout-va, en s'endettant à des taux ridicules grâce à l'euro ; continue de ne pas payer ses impôts ; se révolte quand l'Europe cesse d'être une bonne poire et demande des comptes. Mais – c'est la règle en démocratie – le peuple est le roi. Le souverain peut être immoral, médiocre, inconstant – on en a eu en France –, il reste le souverain. Sinon, c'est tout l'édifice démocratique qui s'effondre.

La violence des réactions hostiles au référendum grec est venue des marchés qui représentent la démocratie censitaire – c'est l'argent qui seul décide – et des chefs d'État européens et aussi de Bruxelles, c'est-à-dire l'oligarchie politico-technocratique qui gouverne l'Europe. Ceux-là n'ont aucune envie de voir les peuples débouler dans leur jeu comme un chien dans un jeu de quilles. Ce n'est pas la première fois qu'ils le font savoir. Quand les Irlandais votèrent non au référendum européen, on les a fait recommencer jusqu'à ce qu'ils votent bien. Quand les Français (et les Hollandais) ont fait de même en 2005, on a ignoré leur décision, soi-disant souveraine, pour faire ratifier ce qu'ils ont refusé par les parlementaires. Nicolas Sarkozy a-t-il raison de s'en vanter ? Le général de Gaulle, lui, a démissionné pour un référendum perdu.

La méfiance des peuples est consubstantielle à la construction européenne. Pour le père de l'Europe, Jean Monnet, les passions nationalistes des peuples étaient les responsables des deux guerres mondiales. Il choisit donc d'instaurer des mécanismes juridiques et technocratiques qui ignorent les peuples, les contournent, les méprisent. Pourtant, la guerre a existé avant l'émergence des États-nations, et elle continuera sans doute tant qu'il y aura des hommes. Mais Mme Merkel, acculée par l'opposition populaire à la monnaie unique, explique que la fin de l'euro signifierait le retour de la guerre en Europe. De même, lorsque Nicolas Sarkozy cède devant les exigences allemandes, il le fait en dernier ressort, au nom de la réconciliation franco-allemande et de la paix.

On pourrait dire aussi que la paix en Europe fut surtout le produit de la domination américaine qui a mis l'Europe sous son protectorat. Mais peu importent les réalités et l'histoire, les dirigeants européens et les élites européistes sont schizophrènes : ils proclament partout leur amour de la démocratie, l'imposent parfois par la guerre, mais l'évitent avec soin pour leur projet historique le plus cher. Lors du référendum sur le traité de Maastricht, en 1992, le chef du non, Philippe Séguin, avait prévenu : la création d'une monnaie unique entraînera celle d'un budget européen et imposera le fédéralisme des États-Unis d'Europe. Or il n'y a de démocratie possible qu'au sein des États-nations, où la minorité accepte sans rechigner d'être vaincue par la majorité. Il faudra donc choisir, avertissait le prophète d'Épinal, entre l'euro et la démocratie. Nous y sommes. Ce n'est peut-être pas un hasard si c'est la Grèce, berceau de la démocratie, qui nous met sous les yeux ce qu'on refuse de voir.

Lundi 7 novembre 2011

Crépuscule berlusconien

Il plastronne encore, mais le cœur n'y est plus. Discrètement, la présidence de la République italienne lui cherche un successeur. Silvio Berlusconi incarne aux yeux du monde une indécrottable légèreté italienne, moins charmante que ridicule. Depuis des mois, c'est la gauche italienne qui dénonce ses mœurs libertines alors que les mêmes prônent depuis des décennies la libération sexuelle.

Il y a quelques jours, interrogés sur la fiabilité qu'ils accordaient aux engagements rigoristes du président du Conseil italien, Sarkozy et Merkel ont répondu par un sourire silencieux d'une ironie méprisante. Le mois dernier, le *Financial Times* calculait que la prime Berlusconi coûtait à l'Italie 100 points de différentiel de taux d'intérêt. Environ 20 milliards d'euros ! Un calcul complètement fantaisiste, parfaitement subjectif, mais qui montre l'hystérie autour de sa personne. Les marchés enterrent ainsi un des leurs, celui qui se prétendit jadis le P-DG de l'Italie. Nicolas Sarkozy ne devrait pas écraser de mépris son aîné : l'Italie est mieux gérée que la France. Elle présente un excédent budgétaire primaire, c'est-à-dire que le budget est en excédent avant qu'il ne paye les intérêts – colossaux – de la dette. Ce qui n'est pas le cas de notre pays.

La dette italienne est un fardeau hérité de la mauvaise gestion des années 70 et 80. Mais sur les 1 900 milliards de dette, 1 500 sont détenus par les épargnants italiens. Là aussi, l'Italie berlusconienne est moins dépendante que la France sarkozienne des marchés étrangers. L'industrie italienne est redoutable, bien plus compétitive que sa rivale hexagonale, grâce à son réseau de PME dynamiques. C'est l'euro qui a tué l'Italie et Berlusconi. En adoptant la monnaie unique, les Italiens ont renoncé à leur modèle, qui avait fait leur prospérité depuis l'après-guerre et qui tournait autour des dévaluations compétitives et d'une économie informelle importante. Les Italiens ne peuvent même plus emprunter à taux bas comme ils ont pu le faire pendant des années. Ils ont désormais tous les inconvénients de l'euro, sans en avoir les avantages.

Quand Angela Merkel a décidé que les banques prendraient la moitié de la dette grecque à leur compte, alors que Sarkozy avait promis qu'il n'en serait rien, elle a mis automatiquement l'Italie dans le viseur des marchés qui se débarrassent à toute vitesse de leurs créances sur l'État italien. La mise sous tutelle de l'Italie par l'Europe est en train de transformer Berlusconi, même aux yeux de ses adversaires les plus farouches, en victime de l'arrogance franco-allemande ; en héraut de la souveraineté nationale bafouée. Un dernier rôle de composition pour un *Cavaliere* qui s'est toujours soumis sans rechigner aux ordres de Washington et de Bruxelles.

Le véritable échec de Berlusconi est de n'avoir pas transformé les Italiens en Allemands. Mais doit-on le lui reprocher ou l'en remercier ?

Mardi 8 novembre 2011

La rigueur ne réussit jamais aux gouvernements sortants

L'électeur est une bête à cornes dangereuse. La rigueur, l'austérité, les hausses d'impôts sont des muletas qui le font enrager. Des assurances-défaite électorale. Même le chancelier allemand Schröder perdit les élections après avoir imposé son plan de rigueur qui est donné aujourd'hui en exemple à toute l'Europe. Les plus malins, ou les plus chanceux, comme aux Pays-Bas, s'accordent avec l'opposition. Ou alors agissent tel l'Espagnol Zapatero qui annonce sa retraite politique en même temps que la baisse des salaires des fonctionnaires. Dernière méthode, celle du conservateur anglais David Cameron : on annonce la rigueur aussitôt après son élection et on compte sur l'amnésie des électeurs.

En France, la guillotine électorale a raccourci tous les gouvernements et majorités qui s'y étaient risqués. La rigueur de Raymond Barre en 1979 a entraîné la chute de Giscard en 1981. Celle de Pierre Mauroy en 1983 a conduit les socialistes à la défaite aux législatives de 1986. En 1995, Alain Juppé ne s'est jamais remis d'avoir massivement augmenté les impôts. « Il incarne physiquement l'impôt », avait dit, cruel, un certain François Hollande. Nicolas Sarkozy a donc perdu la prochaine présidentielle de 2012. C'est écrit. Garanti sur facture. Si l'on en croit les augures sondagiers, Sarkozy a même perdu depuis longtemps. Alors, autant jouer son va-tout et endosser les habits flatteurs du chef d'État qui se sacrifie pour sauver le triple A ; qui se sacrifie pour le bien de la France ; qui ne pense qu'à son travail et à son devoir ; qui fait ainsi oublier qu'il a obstinément refusé depuis quatre ans le mot même de rigueur ; qu'il a accru les déficits comme ses prédécesseurs, au nom du maintien de la consommation et de la croissance. De la peur de l'impopularité aussi.

Cette thématique de communication a un autre intérêt moins net. Elle embarque son principal opposant dans sa galère. Depuis des jours, François Hollande se tait. S'il dénonce la rigueur, il passe pour un dangereux irresponsable. C'est le piège qu'il s'est tendu lui-même au début de la primaire en jouant au Barre de gauche. Alors il dit : « Il faut donner du sens à la rigueur. » La différence est énorme. Sarkozy, c'est l'huile de foie de morue et Hollande explique pourquoi il faut prendre de l'huile de foie de morue. C'est papa et maman. Mais c'est la même huile de foie de morue. Quand il parle d'Europe, Hollande se fait le ventriloque des propositions françaises. Celles que l'Allemagne a refusées à un Président de droite et qu'elle refuserait à un Président de gauche, qui s'inclinerait de la même façon. Pour sauver l'euro, l'Europe, le couple franco-allemand. La paix. Comme Hollande et le PS ont toujours fait.

Sur la gauche de Hollande, mais aussi sur la droite de Sarkozy, les clivages des référendums européens ressuscitent. À gauche, au nom du social, à droite, au nom de la souveraineté nationale, des voix refusent la rigueur allemande, l'Europe allemande, le modèle allemand. Si Sarkozy coule, Hollande risque de couler avec lui. On se console comme on peut.

Mercredi 9 novembre 2011

La deuxième mort du général de Gaulle

Le rituel est bien balisé. Voyage à Colombey. Discours. Hommage. Grandeur de la France. Résistance. Indépendance nationale. Réconciliation franco-allemande. Henri Guaino, l'auteur le plus connu et le plus lyrique des grands discours sarkozistes, connaît ses classiques sur le bout des doigts. En ces temps de rigueur, de dette et de déficit, il pourrait ajouter que, durant les dix années que le Général passa à l'Élysée, chacun des budgets fut voté à l'équilibre. Une sorte de règle d'or. Michel Debré a raconté dans ses Mémoires la fierté qui l'envahit lorsque, ministre des Finances, il remboursa, un jour de l'année 1967, notre dernier franc de dette. Mais on pourrait aussi rappeler qu'à son retour aux affaires, en 1958, de Gaulle avait souverainement décidé une dévaluation de 20 % de notre monnaie qu'on ne partageait alors avec personne.

C'est l'avantage avec les morts : on peut tout leur faire dire, puisqu'ils ne peuvent plus répondre. Depuis quarante ans, de Gaulle a subi toutes les exploitations, les récupérations, tous les détournements. Il n'a jamais protesté. De Gaulle est l'incarnation moderne d'une spécialité nationale, d'une exception française : l'homme providentiel. Au milieu des drames, des abîmes, des défaites, des guerres civiles, alors que le pays est au bord du gouffre, un homme se lève et sauve la patrie, et la ramène au premier rang. Ce récit mythologique a débuté avec Jeanne d'Arc, une femme, qui, pour le coup, avait de sacrées vertus viriles. Il s'est poursuivi avec Henri IV, Richelieu, Napoléon, Clemenceau. Aux yeux d'une histoire impitoyable, de Gaulle a très vite supplanté le maréchal Pétain, qui a pourtant cru, un 17 juin 1940, qu'il devenait le suivant sur la liste glorieuse. La veille du 18 juin. Comme si la mort de la France devait précéder sa résurrection. Au moins par le verbe. Mais au commencement était le verbe.

De Gaulle est le dernier d'une longue histoire, mais il semble surtout qu'il soit le dernier tout court. L'ultime. Celui qui clôt la liste. Celui qui signe la fin de cette histoire. Beaucoup à gauche – où on voit toujours un apprenti dictateur derrière un grand homme –, mais aussi à droite, s'en félicitent. Une société démocratique repose sur l'égalité des citoyens. De tous les citoyens. Mais la France continue néanmoins à chercher confusément son grand homme. La Ve République a même prévu que le peuple français vote pour lui ; mais plus personne, y compris celui qui en bénéficie, ne croit à la vertu de ce sacre-là. Il y a quelques années, Chirac résidant à l'Élysée, son vieil ennemi Giscard avait cru lui lancer une vacherie de plus en disant : « En ces temps difficiles, il manque un de Gaulle à la tête de la France ! » « Il a raison », avait rétorqué Chirac, humblement.

La société française ne semble plus capable de sécréter en son sein des sauveurs. L'école de la République n'enseigne même plus leur histoire. Comme des sales gosses nihilistes, nous prenons plaisir à casser le moule de notre grandeur passée. Quand on lui demandait pourquoi une immense croix de Lorraine avait été posée à Colombey, de Gaulle répondait, goguenard : « Pour inciter les lapins à la résistance. »

Vendredi 11 novembre 2011

L'Allemagne devenue toute-puissante !

« On a gagné ! On les a eus. » C'est ce que criait la foule sur les Champs-Élysées ce 11 novembre 1918 ; mais ce n'était pas après un match de football victorieux. On crut alors la question allemande définitivement réglée, au prix de la plus grande hécatombe guerrière de tous les temps. C'est après la guerre de 14 qu'on cria : « Plus jamais ça ! » Après la guerre de 14 qu'on cria aussi : « L'Allemagne paiera. » Après la guerre de 14 qu'Aristide Briand proclama la réconciliation avec l'Allemagne et l'avènement des États-Unis d'Europe. Cent ans plus tard, tout a changé. Et tout revient.

Après le dernier accord sur la dette grecque où Nicolas Sarkozy avait dû s'incliner devant toutes les exigences d'Angela Merkel, l'éditorialiste du journal *Le Monde* a écrit à la une du prestigieux quotidien : « L'Europe sera allemande ou ne sera pas. » La France devra s'y faire. Les mêmes mots avaient déjà été écrits après nos défaites de 1870 et de 1940. Après avoir longtemps résisté, contesté sa prééminence, refusé de l'imiter, dénoncé – avec pertinence – l'égoïsme national allemand qui comprimait sa consommation nationale pour mieux accumuler les excédents commerciaux sur ses voisins, Nicolas Sarkozy a choisi de s'aligner complètement sur l'Allemagne, « le modèle qui marche ». Mais ce modèle est-il transposable ? L'Allemagne est un pays où le nombre de décès est désormais plus important que celui des naissances. Si les Européens imitaient vraiment les Allemands en réduisant leur consommation, les excédents allemands s'effondreraient. Enfin, l'envers social du modèle allemand est constitué de millions de travailleurs pauvres et précaires, surtout dans l'ancienne RDA.

Pour justifier sa défense à tout prix de l'euro, le président français nous assure que la fin de la monnaie unique signifierait la dislocation de l'Union européenne et le retour de la guerre en Europe. Plus jamais ça ! Angela Merkel dit la même chose. Mais les Français de gauche comme de droite continuent à croire que les Allemands finiront par garantir les dettes colossales de leurs voisins pour sauver l'euro. L'Allemagne paiera. Et que seul un État fédéral garantirait cette monnaie fragile. Les États-Unis d'Europe ! L'interlocuteur allemand d'Aristide Briand était à l'époque le chancelier Gustav Stresemann qui, tout en embrassant le Français, écrivait secrètement au fils de l'ex-empereur d'Allemagne : « Il nous faut finasser avec les Français. »

Les Allemands ne finassent plus ; n'ont plus besoin ; ne peuvent plus se le permettre. Même eux ont un déficit commercial avec la Chine. Assurés de la soumission de leur arrière-cour ouest-européenne, ils renouent leurs anciennes relations avec la Russie. Renonçant au nucléaire, ils se branchent sur le gaz russe. On se souvient que l'ancien chancelier allemand Schröder avait été le pionnier de cette alliance, passant par-dessus Bruxelles sans états d'âme, et finissant sa carrière comme salarié de Gazprom. On sait moins que c'est un autre Allemand, un ancien des services secrets de la RDA, qui a été nommé par Poutine patron des pipelines qui achemineront le gaz de la Russie vers l'Europe. On se croirait revenu au temps de Pierre le Grand ou de Catherine II, quand des Allemands étaient appelés par les tsars pour diriger l'immense Russie.

Pendant ce temps-là, à Paris, on disserte à perte de vue sur le couple franco-allemand. Ah, toujours romantiques, ces *Französische* !

Lundi 14 novembre 2011

Le jusqu'au-boutisme des écologistes

Il ne peut pas s'en empêcher. Il faut qu'il imite Mitterrand, en tout. Bien sûr, les Verts n'ont pas le poids historique et politique des communistes d'antan et Cécile Duflot n'a ni la verve ni le talent de Georges Marchais. Mais Hollande fait avec ce qu'il trouve. On se souvient que la renégociation du programme commun avait défrayé la chronique à la veille des législatives de 1978 ; qu'on s'était déchirés sur le nombre de nationalisations ; que la rupture avait fait perdre les législatives à la gauche. Mais que Mitterrand avait alors montré qu'il pouvait résister aux communistes, qu'il n'était pas la gauche molle. De même, Hollande se sert des Verts comme d'un faire-valoir. Sa fermeté à leur égard doit lui valoir certificat de virilité présidentielle. Il le fait avec d'autant plus de jubilation que tous les leaders verts ont soutenu Martine Aubry pendant la primaire.

Comme au temps de l'Union de la gauche, les négociateurs mélangent les questions de fond essentielles : « Doit-on continuer l'EPR – une technologie nucléaire très sophistiquée que la France ne pourra plus exporter si elle l'arrête chez elle – et les affaires politiciennes ? » On s'envoie à la figure des milliards d'euros et on s'échange des circonscriptions. Comme les communistes jadis, les Verts sont coincés par leur refus existentiel de la culture bonapartiste de la Vᵉ République. Leur rejet viscéral de l'homme providentiel. Ils présentent un candidat à la présidentielle alors qu'ils refusent le principe même de l'élection du chef de l'État au suffrage universel. Les socialistes ne sont guère plus cohérents, toujours marqués au fer rouge par leur culture parlementaire. Avec les primaires, ils ont fait pourtant le grand saut vers la présidentialisation. Mais aussitôt désigné, le candidat Hollande prend en main les négociations pour les législatives avec les Verts, comme un vulgaire chef de parti. Hollande, tout à son imitation, a simplement oublié que, dans sa querelle avec les communistes, Mitterrand se voulait aussi à gauche qu'eux, parlait le même langage marxiste que les dirigeants du Parti communiste.

Hollande ne prend pas les mêmes précautions oratoires avec les écologistes. Il leur jette à la figure que le nucléaire, c'est le progrès. C'est une position, certes, tout à fait conforme et à la tradition républicaine et à la tradition socialiste, mais qui met aujourd'hui Hollande dans le même camp que la droite. C'est Nicolas Sarkozy qui, depuis l'accident de Fukushima, a fait du maintien du programme nucléaire la garantie de la souveraineté nationale. C'est Sarkozy qui, habilement, a hissé le nucléaire à un niveau régalien, en a fait un symbole de sérieux, de crédibilité. Comme pour la rigueur. Il a contraint son adversaire à s'aligner sur lui. Et à se détacher de ses alliés verts sur le nucléaire, Front de gauche sur la rigueur. Il le paye cher. Alors, entre le « capitaine de pédalo », comme dit le cruellement drôle Mélenchon, et le souverain hautain à la Mitterrand, le destin de François Hollande hésite encore.

Mardi 15 novembre 2011

Arrêtons le massacre !

Un homme marche seul dans les rues de Paris. Il a le pas lourd et une barbe grisonnante. Il est seul. Ses amis l'ont abandonné et sa femme va le quitter, dit-on, pour mieux se reconstruire. L'homme a été accusé à deux reprises de viol, aux États-Unis et en France, mais, chaque fois, les justices américaine puis française n'ont pas donné raison à ses accusatrices. Mais demain, c'est sûr, il sera condamné pour recel d'abus de bien social et proxénétisme. C'est un malade mental qui doit se soigner. Un délinquant international, ami de flics ripoux et de maquereaux, qui trousse à la hussarde d'anciennes putes reconverties maquerelles dans les toilettes des restaurants. Un monstre. Presque plus un être humain. Ce portrait, nous l'avons tous lu depuis des jours dans tous les journaux. Vous aurez reconnu Dominique Strauss-Kahn, réduit à ses initiales : DSK. Ces mêmes initiales qui, il n'y a pas si longtemps, annonçaient son triomphe – car imitées du modèle absolu de notre époque : JFK – sont devenues le résumé de sa déchéance.

René Girard nous a appris que, dans toutes les sociétés archaïques, le bouc émissaire est d'abord tué et éliminé, avant d'être érigé en dieu adoré par toute la tribu. Nous sommes des sociétés modernes : nous faisons d'abord un dieu, puis nous le transformons en bouc émissaire. Les mêmes journaux qui glorifiaient le roi du monde – et forgeaient la stature du futur président de la République française, avant même que le peuple ne se prononce – dessinent désormais le portrait d'un paria. On était sommé de l'adorer, on doit désormais le haïr, le mépriser.

C'était pourtant avant qu'on aurait pu – on aurait dû ? – s'interroger et s'inquiéter des goûts de cet homme, dont les services secrets des puissances étrangères auraient pu profiter et abuser. Mais silence radio. Il n'était qu'un séducteur, un bon vivant. Il est vrai qu'il était alors l'espoir de la gauche. Avec lui, les plans de rigueur du FMI devenaient des œuvres d'art progressistes ; les baisses de salaires des fonctionnaires en Grèce, de suprêmes habiletés keynésiennes. Il n'est plus désormais, aux yeux des mêmes médias, qu'un bourgeois libidineux, un gigolo obsédé, profitant indûment des générosités d'une riche héritière. C'est aujourd'hui que ses frasques ne nous concernent plus, ne mettent plus en danger potentiel notre pays, qu'elles s'étalent complaisamment et sont dénoncées avec la plus grande vigueur. Un mélange de puritanisme à l'ancienne et de féminisme nouveau style se donnent la main pour vitupérer le mâle infâme, le marquer du sceau de l'infamie, du glauque.

Il y a quelques décennies, ce genre de personnage était le héros de films comiques, comme *Les Bronzés* ou de bandes dessinées de Wolinski. Cette sexualité alors qualifiée de libérée fut le symbole de l'émancipation de la génération des soixante-huitards ; a fait la gloire littéraire de Houellebecq et celle, télévisuelle, d'Ardisson. Remontons encore le temps : si on enlève les textos et les avions, l'errance libertine de DSK à travers l'Europe ressemble furieusement à celle que conte Casanova dans ses célèbres *Mémoires.* Qui finit seul, abandonné, oublié de tous, modeste bibliothécaire dans un château de Bohême.

Mercredi 16 novembre 2011

Pourquoi ?

Pourquoi si tard ? Pourquoi si près de la fin du mandat ? Pourquoi si près de l'élection présidentielle ? Les questions affluaient à la suite du discours présidentiel. Pourquoi une intervention du chef de l'État lui-même, pour un sujet qui relève plutôt des compétences du Premier ministre ? Pourquoi voyait-on si bien le candidat Sarkozy derrière le Président ? Pourquoi parler seulement des arrêts maladie ? Et la fraude à la CMU ? Les fausses cartes Vitale ? Les fausses femmes isolées ? Pourquoi cette distinction maintenue entre le privé et le public ? Quatre jours de carence pour les gens du privé, un seul pour ceux du public, alors même que ces derniers, qui ont déjà la sécurité de l'emploi, prennent plus d'arrêts maladie que leurs collègues du privé, le pompon revenant aux agents des collectivités locales, engagés en grand nombre depuis dix ans et dont la productivité n'est pas la qualité la plus remarquée.

Pourquoi cette impression déplaisante qu'on insiste davantage sur la fraude des assurés que sur celle des patrons qui ne payent pas de cotisations sociales ? Et les médecins qui améliorent leur ordinaire en multipliant les certificats de complaisance ? Et ces médecins qui s'exécutent sous la menace ? Que fait la police ? Pourquoi le gouvernement s'en prend-il enfin à la fraude au moment où la déjà modeste croissance s'essouffle encore, et quand les pauvres risquent d'être de plus en plus nombreux et de plus en plus tentés de frauder ?

Pourquoi la gauche est-elle si prévisible quand elle dénonce la guerre aux pauvres, alors que ce sont les classes populaires qui ne supportent pas la triche, la fraude de leurs voisins ? Les classes populaires qui se font une haute idée de la solidarité nationale et refusent de payer pour les tire-au-flanc fraudeurs, surtout quand ils sont étrangers. Pourquoi la droite donne-t-elle l'impression de courir après le Front national, alors que c'est Nicolas Sarkozy qui avait été élu sur la valeur travail, le mérite, l'effort ? Pourquoi le gouvernement perd-il si facilement sa crédibilité lorsque l'opposition lui rappelle qu'il vient de réduire l'ISF ? Pourquoi devoir choisir entre lutter contre la fraude sociale et lutter contre la fraude fiscale ? Comment justifier la lutte contre la fraude des petits, quand les inégalités de revenus ont beaucoup augmenté, dans un pays qui voue un culte à la déesse Égalité ? Pourquoi avoir mis cinq ans à revenir prudemment à cette TVA sociale qui ressemble de plus en plus à une Arlésienne ?

Oui, pourquoi ces pudeurs, ces demi-mesures, ce côté bricolage, rustine, alors même que, dans sa dernière intervention, François Fillon avait fort bien posé le diagnostic d'une économie française qui repose excessivement sur le seul moteur de la consommation, un moteur unique, alimenté excessivement par les transferts sociaux, eux-mêmes financés depuis des années par l'endettement ? Oui, pourquoi ces annonces à répétition, tous les trois jours, de mesures de rigueur et pourquoi cette impression désagréable qu'on ne lève qu'un bout de rideau sur la pièce qui nous attend après 2012 ? Alors oui, pourquoi ?

Jeudi 17 novembre 2011

Quand les marchés installent des gouvernements de techniciens

On les appelle des gouvernements de techniciens. Depuis leur nomination, on les a vus aussitôt au travail, toujours affairés, austères. Loin des démagogies électoralistes et des habiletés politiciennes. Du sérieux. C'est ainsi qu'ils aiment à se voir et c'est ainsi qu'on les vend. En France, on connaît et on aime les gouvernements de techniciens. Pompidou, Barre, Villepin furent des technocrates sortis de leur anonymat de hauts fonctionnaires et propulsés à Matignon par le seul fait du prince. Sauf que le prince, qu'il s'appelle de Gaulle, Giscard ou Chirac, était élu au suffrage universel.

Les peuples, italien ou grec, ne sont pour rien dans la désignation de Loukas Papademos ou de Mario Monti. Comme ils n'avaient été pour rien dans le renvoi de Papandréou et de Silvio Berlusconi. Ceux-ci avaient cessé de plaire. Ceux-là ont tout pour plaire. Leur carrière plaide pour eux. Nous révèle aussi comment et pourquoi ils sont là. Les deux hommes n'ont pas seulement pour point commun d'avoir travaillé pour la désormais célèbre banque américaine Goldman Sachs. Comme Mario Draghi, le nouveau gouverneur de la Banque centrale européenne. Magnifique tir groupé, presque trop beau, trop visible, trop ostentatoire pour une banque qui est censée œuvrer dans l'ombre.

Mais le Grec comme l'Italien sont aussi passés par la case européenne. Loukas Papademos a été le bras droit de Jean-Claude Trichet à la tête de la Banque centrale.

Il fut l'un des artisans de l'entrée de la Grèce dans l'euro. Obtenue par les comptes truqués mis au point par Goldman Sachs. Mario Monti est mieux connu des Français, puisqu'il fut un célèbre et redouté commissaire européen à la Concurrence. C'est lui qui empêcha Pechiney de grossir, mais ne bougea pas lorsque ce fleuron de l'industrie française fut avalé par un canadien, puis démantelé. Il s'apprêtait à faire de même avec Alsthom, mais Sarkozy l'en empêcha. Si on l'avait écouté, Renault et Air France n'existeraient plus. Mario Monti est typique de l'idéologie libérale de Bruxelles, qui estime que tout peut être réglé par le droit. La désindustrialisation de l'Europe n'est pas son souci, tant que la concurrence est libre et non faussée.

Les marchés et l'Europe ont donc adoubé nos deux gouvernements de techniciens. Ils sont *market friendly*, comme on dit drôlement aujourd'hui. Sous Louis-Philippe, une petite minorité aisée avait seule le droit de voter. C'était le suffrage censitaire. Nous y sommes revenus. C'est ce qu'un politique italien a appelé le parti du *spread*, du nom de l'écart de plus en plus grand entre les taux d'intérêts demandés à l'Allemagne rigoureuse et ceux payés par les autres pays qui inspirent moins confiance. Les politiques européens n'ont que ce qu'ils méritent. Ils ont avalisé la liberté totale des capitaux qui donnent une force irrésistible aux injonctions des marchés. Ils ont excessivement endetté leurs pays pour maintenir un modèle social que ne finançait plus une croissance anémiée. Ils se sont mis dans les mains de leurs créanciers, qui les renvoient comme des domestiques. Et nous avec.

Mercredi 23 novembre 2011

Printemps arabe : les lendemains qui déchantent

Les révolutions ne sont jamais des parties de campagne. Les Français le savent mieux que personne. La violence et la mort sont leurs compagnes habituelles. Les révolutions pacifiques, comme la chute des régimes communistes à l'est de l'Europe il y a vingt ans, sont d'heureuses exceptions. Les Printemps arabes ressemblent depuis le début aux Printemps européens de 1848 qui embrasèrent toute l'Europe au nom de la liberté et s'achevèrent par la victoire sanglante de la réaction. Soit les tyrans refusaient de quitter le pouvoir et tiraient sur la foule, comme en Syrie aujourd'hui, soit les nouveaux régimes issus des révolutions se retournaient contre le peuple. En juin 1848 à Paris, la République tira sur les ouvriers, faisant un bain de sang. En Égypte aujourd'hui, place Tahrir, l'armée, qui avait fraternisé avec les insurgés, se retourne violemment contre eux.

Mais ces mouvements révolutionnaires ne sont pas des copiés-collés de notre histoire. Des esprits ingénus avaient voulu croire que le monde arabe adoptait d'un coup les règles de la démocratie libérale à l'européenne. L'autre devenait le même, mais il voulait surtout rester lui-même. L'islam et son histoire, son identité, son code, l'islam n'a jamais connu la séparation entre le sacré et le profane, entre l'Église et l'État. Il n'a même pas connu les affrontements séculaires en Europe entre les papes et les rois. La modernité a bouleversé ces sociétés traditionnelles. La réduction des familles, due à la transition démographique, a détruit le traditionnel mariage entre cousins et mis en danger la domination des hommes sur les femmes. La mondialisation a permis l'émergence de fortunes inouïes. Une corruption massive et une misère profonde dans des sociétés traditionnellement égalitaires. L'islam, alors, est à la fois un bouclier social et une identité. Sa version rigoriste se répand partout, grâce aux chaînes satellitaires des pays du Golfe.

Les islamistes n'ont provoqué aucun des mouvements de contestation, mais s'apprêtent à gagner toutes les élections. En Tunisie, dès leur victoire électorale, ils s'en prenaient à la langue française et annonçaient l'avènement d'un nouveau califat. Les laïcs, divisés, sont vaincus et impuissants. En Égypte, les jeunes blogueurs formés à Washington aux méthodes de la révolution par internet sont marginalisés par les masses analphabètes, qui soutiennent les Frères musulmans. En Libye, le régime installé par les avions français annonce le retour de la polygamie. À chaque fois, l'islam est confirmé religion d'État, la charia constitutionnalisée. C'est bien la démocratie, car la volonté du peuple s'exprime, mais ce n'est pas la démocratie libérale. Il n'y a ni séparation des pouvoirs ni émergence d'un citoyen libre. En Turquie même, dont le régime islamiste est donné en exemple de démocratie, les arrestations de journalistes se multiplient, la censure et l'autocensure gagnent chaque jour du terrain dans les médias. En Syrie, le président Assad n'en a plus pour longtemps. Sur les décombres de son régime, la majorité sunnite édifiera sans doute elle aussi, demain, un autre régime islamique. Les minorités alaouite et chrétiennes en tremblent d'avance.

Jeudi 24 novembre 2011

Saint euro, priez pour nous !

L'euro nous protège, l'euro nous a protégés, l'euro nous protégera. C'est notre sainte trinité. On est prié de psalmodier chaque jour cette parole d'évangile de peur d'être excommunié par le tribunal de l'inquisition médiatique. L'euro nous a protégés : pendant une dizaine d'années après la création de la monnaie unique, nous avons emprunté au même taux que les Allemands. Même les Grecs ont eu ce privilège insigne. Ils se sont joyeusement gobergés, s'endettant à tout-va ; nous aussi. La fête est finie. Les Grecs n'ont plus les moyens d'aller sur les marchés, les Italiens empruntent à 7 % quand les Allemands, eux, se refinancent à moins de 2 %. Le remplacement de Berlusconi par Mario Monti n'a rien changé. Les Espagnols ne sont pas mieux lotis. Et, depuis quelques jours, les Français empruntent, eux, à 4 %. Le *spread*, le fameux *spread*, s'élargit avec l'Allemagne. Les marchés, insensiblement, nous font passer de la zone de l'Allemagne à celle de l'Italie et de l'Espagne.

Aucun pays n'est encore sorti de l'euro, mais tout se passe comme si la zone euro n'existait plus. Comme si nous avions déjà perdu notre triple A. Comme si les marchés étaient en train de réinventer des monnaies nationales, puisqu'ils traitent chaque pays selon ses mérites et selon ses besoins. L'euro ne nous protège plus. Le Japon est beaucoup plus endetté que l'Italie ou la France, mais il emprunte à un taux inférieur à celui de l'Allemagne. Le budget de l'Angleterre est beaucoup moins bien géré que celui de l'Espagne, mais les Britanniques empruntent à 2 % tandis que les Ibériques le font à 6 %. Perfide Albion. Notre État-providence français est certes obèse, mais celui de la Suède n'est pas moins généreux et ce pays se porte comme un charme.

Le problème, c'est l'euro. Comme l'explique lumineusement le prix Nobel américain Paul Krugman : « En adoptant l'euro, l'Espagne et l'Italie se sont en fait réduites au rang de pays du tiers-monde, obligées d'emprunter en devises étrangères. » Le sombre diagnostic vaut aussi pour la France. Pour recouvrer cette souveraineté monétaire inconsidérément abandonnée, les Français proposent que la Banque centrale européenne ressorte des placards la planche à billets. Les fourmis allemandes refusent et exigent d'abord de mettre sous tutelle budgétaire les cigales méditerranéennes. Les deux ont raison et les deux ont tort. Tous, ils continuent de croire que les décisions institutionnelles peuvent briser les logiques économiques. Tous, ils ne veulent pas voir qu'une union monétaire réussie entraîne toujours un accroissement des inégalités régionales, au profit des régions les mieux dotées, les plus riches. La redistribution alors est faite par l'État. En France, la région parisienne paye pour la Corrèze ou les Antilles. En Allemagne, l'ouest continue d'entretenir les Länder de l'est, mais refuse de payer pour le sud de l'Europe.

La logique de l'euro, c'est une France écartelée entre un Nord et une Alsace aspirés par le dynamisme rhénan et une France de l'ouest et du sud devenus des déserts industriels. Ce serait alors la fin d'une certaine forme d'égalité républicaine établie sur notre territoire depuis le XIXe siècle. Mais répétez après moi : « L'euro nous protège, l'euro nous a protégés, l'euro nous protégera. »

Vendredi 25 novembre 2011

Le nucléaire, en sortir ou pas ?

Pour ou contre. Moderne ou ringard. Responsable ou irresponsable. Droite ou gauche. Technocrates ou idéologues. Secret des lobbies ou transparence démocratique. La vie politique française s'est offert une semaine dont elle a le secret, pleine de bruit et de fureur, d'invectives et de simplisme, de chiffres et de bons mots, de grands principes et de marchandages politiciens. Un psychodrame.

Aussitôt, les adversaires ont retrouvé leurs réflexes vieux de quarante ans. D'un côté, les gaullistes, alliés aux communistes et à la CGT ; de l'autre, les écologistes libertaires, anciens combattants du Larzac et adversaires de la religion du progrès scientiste qui porte la République depuis le XIXe siècle. D'un côté, on vénère l'État colbertiste et le social ; de l'autre, l'individu et la nature. Les socialistes font l'essuie-glace : dans l'opposition, ils font des risettes aux écolos ; au pouvoir, ils poursuivent l'œuvre de leurs prédécesseurs.

Le nucléaire a toujours été l'objet, en France, d'un très large consensus national. Seul l'accident japonais de Fukushima a fait bouger les sondages. Les écologistes, qui avaient mis la question en sourdine, se sont rués sur l'occasion comme la petite vérole sur le bas clergé. Ils croient tenir leur revanche historique. Ils donnent en exemple l'Allemagne, qui a décidé de sortir du nucléaire, mais oublient seulement de noter qu'Angela Merkel a remis en route ses vieilles mines de charbon et s'est empressée de garantir aux Russes leurs livraisons de gaz. Charbon, gaz : énergies vertes bien connues !

La France serait guettée, selon les Verts, par le syndrome Minitel, grand succès hexagonal qui avait dissimulé aux industriels français l'essor d'internet. Et si c'était pour une fois l'inverse, si les Allemands abandonnaient le terrain, faute de le dominer, faute d'avoir réussi l'OPA sur Areva qu'avait tentée Siemens ? Et si le nucléaire était l'un des ultimes secteurs où la France gardait un avantage comparatif sur son grand voisin ?

En Allemagne, les nouvelles énergies sont loin de répondre à l'ensemble des besoins énergétiques. Elles coûtent cher, très cher, plus cher que le nucléaire. La note d'électricité des Allemands grimpera. Au fond, c'est ce que désirent les Verts qui veulent obliger les ménages à réduire, sous la contrainte, leur consommation. Mais l'industrie française peut-elle vraiment se permettre une hausse de ses coûts ? Sur le prix aussi, les discussions sont sans fin. Empreintes de mauvaise foi de tous les côtés. On s'étripe à coups de centaines de milliards d'euros. C'est, paraît-il, le prix à payer pour quitter le nucléaire. Pour y rester aussi !

Les centrales françaises font de la résistance. Elles durent plus longtemps que prévu. C'est bon pour la rentabilité des investissements, disent les experts. C'est mauvais pour la sécurité, disent les écologistes. Sauf que les centrales nucléaires sont, à l'instar des cathédrales, rénovées sans cesse par petits bouts. Les plus vieilles n'ont donc pas l'âge de leur naissance. Et le fameux EPR est la technologie la plus sûre du monde. C'est même pour ça qu'il ne se vend pas.

Lundi 28 novembre 2011

Coups tordus et petits arrangements

C'est un rituel à chaque présidentielle. La chasse aux signatures, même les Verts s'y adonnent. Il y a les chasseurs d'élevage : PS et UMP, mais aussi le Parti communiste, et on soupçonne le malin Mélenchon de s'être acoquiné avec lui au sein du Front de gauche, avant tout pour son excellent réseau d'élus locaux, ultime trace de sa gloire passée. Traditionnellement, le candidat du Front national souffre mille morts dans cette épreuve. Jusqu'au dernier jour, lors des échéances passées, Jean-Marie Le Pen n'était pas sûr de pouvoir se présenter. Il avait été empêché en 1981. On le soupçonnait ces derniers temps d'en rajouter un peu dans la mise en scène médiatique de sa quête. Mais sa fille, elle aussi, a du mal. L'élu local est un oiseau rare au FN et le petit maire apolitique et démocrate, une proie de plus en plus surveillée par les médias, les grands partis, et surtout par le président du conseil général de son département, qui pourrait lui supprimer les subventions dont il avait justement besoin pour restaurer sa petite église ou sa salle polyvalente.

Jusqu'en 1958, le président de la République était élu par les députés et sénateurs réunis en Congrès. Le parrainage des élus est le reliquat de ce privilège du passé. Quand l'élection présidentielle au suffrage universel fut instaurée en 1962, le nombre de parrainages était de cent. Une formalité. En 1974, pour éviter la multiplication des candidatures fantaisistes, ce nombre fut porté à cinq cents. La formalité devint alors un stratagème. On soupçonne les mitterrandiens d'avoir donné un coup de main aux candidats du Front national pour la campagne de 1988. On sait qu'en 2002 les chiraquiens distribuèrent généreusement les parrainages aux candidats d'extrême gauche. Bien leur en prit : ils furent débarrassés de Lionel Jospin avant le second tour. La même année, Charles Pasqua prétexta le manque de signatures pour renoncer à se présenter. Pour 2012, les deux grands candidats ont tiré les leçons du passé. Verrouillage à tous les étages. Christine Boutin, Nicolas Dupont-Aignan à droite sont privés d'oxygène. Villepin est sur le point de se déballonner. À gauche, l'extrême gauche tire la langue.

Le général de Gaulle avait imposé l'élection du président au suffrage universel pour arracher la vie politique française à la domination des partis, pour établir un contact direct entre un homme et un peuple. Chassés par la porte, les partis sont rentrés par la fenêtre des parrainages. Le système des primaires, bientôt adopté par tous, donnera encore plus de poids médiatique et politique aux grandes formations partisanes. Le système n'est plus vraiment démocratique. Un candidat comme Hervé Morin, qui est évalué à 0 % par les sondages, pourrait aisément se présenter alors que Marine Le Pen, créditée de 18 % des intentions de vote, pourrait en être écartée. Des candidats originaux et iconoclastes comme l'écrivain Renaud Camus ou l'ex-patron du CRAN, Patrick Lozès, sont éliminés d'avance. Pour retrouver l'inspiration initiale du général de Gaulle, il faudrait supprimer les parrainages d'élus et les remplacer par ceux du peuple. Des millions d'électeurs à la place de quelques centaines de notables. Mais qui osera ?

Mardi 29 novembre 2011

Guéant est trop mou !

Le fumet électoraliste est incontestable. La concordance avec les thèmes du Front national, indéniable. La stratégie, reconnaissable, qui avait si bien fonctionné en 2007 pour priver Jean-Marie Le Pen d'oxygène. Un air de déjà-vu, déjà-entendu, déjà parti de la place Beauvau, mais cette fois avec Claude Guéant à la place de Nicolas Sarkozy. Le Président refuse désormais de s'exposer. Le ministre de l'Intérieur y sacrifie son image auprès des médias. Les sujets divers qu'il aborde sont en effet méprisés et ostracisés par la bien-pensance.

Mais si les médias reprochent à Claude Guéant de trop en parler, les couches populaires lui reprocheraient plutôt de ne pas en faire assez. Car, à l'heure de la mondialisation, les mots et les réalités qu'ils recouvrent ne correspondent plus aux images d'Épinal d'antan. Ainsi, le droit d'asile, né au XIXe siècle pour quelques rares glorieux combattants de la liberté à la Victor Hugo, n'a plus la même signification quand des centaines de milliers de personnes viennent de partout avec un discours victimaire stéréotypé. Pareil pour le régime des étudiants étrangers, qui ne concerne plus de brillants intellectuels à la Senghor ou les fils de dictateurs en goguette, mais est devenu une filière à part entière d'immigration clandestine. La fraude aux régimes sociaux s'est, elle aussi, massifiée et révèle des réseaux organisés par des bandes souvent étrangères.

Au début de son mandat, Nicolas Sarkozy, poussé par le patronat, avait voulu relancer l'immigration de travail.

Alors que le chômage augmente, il a renoncé prudemment à cette idée. Mais 200 000 étrangers entrent chaque année de manière légale sur notre territoire au nom du regroupement familial ou des mariages de citoyens français, mais qui vont souvent chercher leur promis ou promise dans le village d'origine de leurs parents. Un chiffre qui a doublé en douze ans, alors que régnait à Matignon Lionel Jospin, pourtant si vilipendé par la droite pour son laxisme. C'est que droite ou gauche, sévères ou naïfs, n'y peuvent rien. Les innombrables conventions internationales signées par la France, dans le cadre de l'ONU ou de l'Europe, nous contraignent d'accepter sans mot dire tous ces migrants. La Cour européenne des droits de l'homme y veille.

Nous avons perdu depuis longtemps la maîtrise de nos frontières. Dans d'autres pays, on en parle ouvertement. Le Danemark a mis entre parenthèses le traité Schengen pour empêcher l'arrivée des Tunisiens de Lampedusa. Les conservateurs anglais critiquent chaque jour la Cour européenne et font pression aux Communes sur leur Premier ministre pour qu'il dénonce ces conventions internationales au nom de la souveraineté du Royaume-Uni. Nicolas Sarkozy a fait de la souveraineté nationale un des thèmes majeurs de son affrontement avec François Hollande : nucléaire, droit de veto au Conseil de sécurité de l'ONU. Tout est bon, surtout au moment où il s'apprête à abandonner des pans entiers de notre souveraineté budgétaire pour sauver l'euro. Les combats menés par Claude Guéant ne sont que des escarmouches à côté de cette mère des batailles qui ne peut être conduite que par le chef de l'État lui-même et dans le cadre d'une campagne présidentielle. Il paraît qu'il y en aura une bientôt.

Jeudi 1er décembre 2011

Le retour de la fracture de Maastricht

Plus rien ne sera comme avant. On se souvient de Charles Pasqua le proclamant goulûment le soir du référendum sur Maastricht, en 1992. Mais ni Philippe Séguin, ni Philippe de Villiers, ni Charles Pasqua, ni Jean-Pierre Chevènement, les champions du « non » d'alors, n'ont jamais réussi à rassembler les républicains des deux rives afin de faire « turbuler » le système, pour reprendre deux expressions chères à ce dernier. Jean-Marie Le Pen, lui, n'a jamais essayé. Ostracisé par tous les autres, il s'est enfermé dans son donjon. Mais c'est lui qui avait le magot : le peuple. C'est lui qui posait la question qui intéressait l'électorat populaire : l'immigration.

Question devant laquelle les autres tournaient pudiquement la tête. Équation insoluble qui a fait la fortune successive de Chirac et de Sarkozy, lesquels ont eu l'habileté de faire campagne sur les thèmes souverainistes : fracture sociale et sécurité pour le premier, identité nationale pour le second, mais la prudence matoise de gouverner en se soumettant aux canons européens. C'est parce que la gauche n'a jamais eu ce culot, empêtrée dans ses utopies internationalistes et sa répulsion pour tout ce qui est national, qu'elle a perdu le peuple et trois présidentielles successives. Les départs successifs des souverainistes de gauche, de Chevènement à Mélenchon, n'ont jamais réussi à détruire la vieille maison, qui est redevenue ce qu'elle était quand elle s'appelait la SFIO : un parti d'élus locaux qui tiennent par leur clientélisme et leur savoir-faire de notables.

En 2007, Nicolas Sarkozy, en réussissant le grand écart entre Henri Guaino et Alain Minc, avait réconcilié les artisans du oui et du non au référendum sur l'Europe de 2005. De même, en 2009, la fille de Jacques Delors s'abouchait avec la gauche du non pour arracher l'appareil du PS à Ségolène Royal. Et voilà que la crise de l'euro, la rigueur imposée par les agences de notation et Berlin détruisent ce savant travail tactique et mettent une lumière crue sur cette cruelle réalité : le clivage entre la droite et la gauche n'existe plus. Sarko défend la rigueur et Hollande veut donner du sens à la rigueur. Mais si Marine Le Pen a remplacé son père, personne n'a remplacé Séguin et Pasqua du côté des gaullistes, en dépit des efforts valeureux de Nicolas Dupont-Aignan. L'UMP, à part la frange de la Droite populaire qui se tait, s'est ralliée à l'intégration européenne sous la férule allemande. Alain Juppé proclame sa flamme aux États-Unis d'Europe, ce qui l'aurait fait traiter de cabri par le général de Gaulle et de parti de l'étranger par Jacques Chirac. À gauche, Montebourg et Mélenchon ont remplacé Chevènement, mais ils n'osent pas plus que lui aborder l'autre question majeure de la mondialisation : l'immigration.

C'est le même clivage fondamental depuis Maastricht. La France du haut est pour l'Europe, la France du bas – ouvriers, employés – est plus que jamais contre et plus que jamais majoritaire en voix, mais aucun de ses porte-voix n'est parvenu à renverser la table. En vingt ans, tout a changé pour que rien ne change.

Vendredi 2 décembre 2011

La justice internationale ou la loi du vainqueur

Les grands mots sont de sortie. Crime contre l'humanité, communauté internationale, justice. Laurent Gbagbo est le deuxième ex-chef d'État après Milosevic à comparaître devant la Cour pénale internationale de La Haye. Le procureur du CPI, Luis Moreno Ocampo, y tenait avant de quitter son poste, lui qui n'avait pu accrocher à son tableau de chasse le Soudanais Omar el-Béchir, toujours Président de son pays. Cette juridiction serait, nous dit-on, un progrès extraordinaire du droit et de la justice ; les tyrans, désormais, hésiteraient avant de massacrer des populations innocentes ; le CPI serait une épée de Damoclès au-dessus de leur tête ; ils ne seraient plus impunis et ne pourraient plus jouir de leurs crimes et de leurs rapines. Ce grand progrès historique n'est en vérité que la mise en forme judiciaire d'une des plus vieilles lois de l'humanité : malheur aux vaincus.

Laurent Gbagbo n'aurait jamais été jugé pour les exactions de ses partisans s'il n'avait pas perdu la guerre civile qui l'opposait à son adversaire Alassane Ouattara, aidé par l'armée française. On reproche à Gbagbo de n'avoir pas accepté sa défaite électorale, mais qu'est-ce qui nous prouve qu'il a davantage triché que son rival ? Que sont devenus les officiers de Ouattara qui ont commis d'autres crimes non moins affreux contre des civils ? Non seulement ils n'ont pas été jugés, mais ils ont été promus par le nouveau président ivoirien. Avant Gbagbo, les officiers serbes ont, eux aussi, connu la paille des cachots hollandais. Pas des tendres non plus, ces Serbes, ni innocents des massacres qu'on leur impute, mais surtout des vaincus, qui durent subir la loi des avions de l'OTAN. Personne ne jugera Poutine pour avoir massacré les Tchétchènes. Personne ne jugera les dirigeants du Parti communiste chinois pour avoir envoyé les chars sur les manifestants de la place Tian'anmen. On pourrait continuer longtemps cette nouvelle version du deux poids deux mesures.

Les lois de la guerre traditionnelle entre souverains européens, qui ont régi les relations internationales pendant des siècles, ne condamnaient pas le vaincu au nom de la morale. Cette inflexion est récente, elle date du XXe siècle. Les Allemands furent déclarés responsables moralement de la guerre de 14-18. Et les grands dignitaires nazis furent jugés à Nuremberg pour crimes contre l'humanité. Cette manière de juger l'adversaire vient plutôt de la tradition anglo-saxonne. Napoléon était déjà présenté par la propagande anglaise comme un ogre ennemi de l'humanité.

Les Américains conjugueront cet héritage anglais avec leur isolationnisme originel. S'ils se décidaient à faire la guerre en dehors de leurs frontières, ce ne pouvait être, à leurs yeux puritains, que pour faire le bien. Leur adversaire ne pouvait être que le mal. Cette vision manichéenne ne les a jamais quittés. Saddam Hussein fut présenté comme un nouvel Hitler. Le paradoxe est que les Américains n'ont jamais reconnu ni ratifié le traité de Rome qui fonda, en 1998, la Cour pénale internationale. La justice, ils la rendent eux-mêmes, en faisant la guerre sur le territoire de ceux qui incarnent, à leurs yeux, le mal. À l'ancienne.

Lundi 5 décembre 2011

La martingale syndicale

On savait sans savoir. On devinait sans connaître. On murmurait sans oser l'avouer. Nicolas Perruchot a mis des mots sur des silences et des chiffres sur des secrets bien gardés. Des gros chiffres. Des milliards d'euros qui volent et disparaissent dans les sables mouvants du syndicalisme subventionné.

La paix sociale n'a pas de prix. On comprend mieux désormais cette impression de jeu de rôles bien réglé que nous donne régulièrement le dialogue social. Dans cet océan de subventions, les cotisations des adhérents ne sont que quelques gouttes d'eau. Les syndicats pourraient s'en passer. Et d'ailleurs, les salariés l'ont compris, qui n'adhèrent plus. La France est le pays au taux de syndicalisation de 8 % le plus faible d'Europe. Les syndicats français sont une coquille vide à la représentativité factice, vivant de subventions et de rentes de situation politiques et médiatiques.

Cette énorme machinerie est née en 1945. Après guerre, le général de Gaulle voulait avant tout éviter la guerre civile qui menaçait avec les communistes sortis de la Résistance armés jusqu'aux dents et dotés d'un appareil stalinien, premier parti de France. Il leur donna des ministères et confia la gestion de la sécurité sociale et des comités d'entreprise de grosses entreprises publiques à sa courroie de transmission syndicale, la CGT. Il leur accorda ces bastions ouvriers imprenables, un peu à la manière d'Henri IV donnant des places fortes aux protestants pour arrêter les guerres de Religion. Le but était de faire émerger une élite ouvrière, sur le modèle des régimes communistes, mais sans la dictature stalinienne. La France devint, selon la boutade de l'époque, le seul pays communiste ayant réussi.

Dans les années 60, la répartition de la croissance s'effectuait avec une rare efficacité. La CGT ne signait aucun accord, mais était à la pointe des mouvements de grèves. Les ouvriers s'embourgeoisaient. La classe moyenne grossissait. Cette époque est révolue. La mondialisation, les délocalisations, la désindustrialisation, ont ravagé la puissance syndicale. La France n'est plus à la hauteur de sa réputation passée : le nombre de jours de grève ne cesse de diminuer depuis une décennie. Les syndicats font de l'agitation ponctuelle et médiatique. La CGT signe plus de 80 % des accords sociaux. Les mots d'ordre de grève oublient désormais toujours l'adjectif « illimité ». On comprend mieux que Bernard Thibault soit la coqueluche de l'Élysée. Que les députés UMP, dont Christian Jacob, ancien syndicaliste agricole lui-même, aient refusé de voter ce rapport explosif de Nicolas Perruchot. Des centaines de pages qui encombrent le coffre de la voiture du député du Nouveau Centre.

Mais en ces temps de rigueur, ce système est à bout de souffle. Comment justifier les 20 000 fonctionnaires mis à la disposition des syndicats ? Comment expliquer que notre système de formation professionnelle coûte 27 milliards d'euros par an pour un résultat aussi médiocre ? Mais, politiques et syndicalistes, droite et gauche, tous effrayés, poussent le cri de la comtesse du Barry, sur l'échafaud : « S'il vous plaît, encore une minute, monsieur le bourreau ! »

Mercredi 7 décembre 2011

Poutine, la tentation totalitaire

On est encore loin d'un printemps russe en automne. Poutine conservera la majorité à la Douma. Son parti, Russie unie, a réalisé son plus mauvais résultat électoral depuis sa création en 2000 ; mais 49,5 % des voix aux législatives feraient rêver n'importe quel chef d'État occidental en place depuis dix ans. Aucun candidat ne menace sérieusement la victoire annoncée de Poutine à la présidentielle de 2012. Dans son tréfonds, le soutien du peuple russe lui est assuré. Dans un pays où l'État, qu'il soit tsariste ou communiste, a toujours joué au Petit Père des peuples, il sait encore gré à Poutine d'avoir restauré l'autorité de l'État après la folle période de la présidence d'Elstine où libéralisme et démocratie furent synonymes d'anarchie, de prédation, de corruption, et de richesses nationales offertes à l'encan aux étrangers. « Vous êtes pour la démocratie ou pour le peuple ? » fut la question longtemps posée en Russie.

Mais les meilleures choses ont une fin. Les nouvelles générations n'ont pas souvenir du terrible désordre eltsinien. Les jeunes bourgeois en contact avec l'Occident ont hâte de voir leur pays s'aligner sur ces standards démocratiques. Le massif bourrage des urnes et le truquage de résultats leur font honte. Ce sont eux qui défilent. Pour montrer leur désaccord, ils ont voté pour les sociaux-démocrates, les nationalistes, et même pour les communistes qui n'ont pas été à pareille fête depuis la chute de Gorbatchev.

Leurs parents, la bourgeoisie moscovite, n'ignore pas que les donneurs de leçons occidentaux ne sont pas toujours vêtus de lin blanc. Ils se souviennent de la victoire de George Bush junior en 2000 grâce aux bourrages d'urnes dans l'État de Floride, opportunément gouverné par son frère. Les plus vieux n'ignorent pas que Kennedy lui-même fut élu en 1960 grâce aux truquages de la mafia. Mais ils en ont assez, un peu à la manière de la bourgeoisie tunisienne ou égyptienne, de voir toutes les richesses accaparées par le clan d'affairistes autour du pouvoir.

Ils ont cru, à l'instar des chefs d'État européens, que Medvedev serait le grand nettoyeur des écuries d'Augias au nom de la modernité. Tout le monde a compris désormais que le fringant président russe ne faisait pas le poids face à Poutine. Les talentueux technocrates qu'il avait ramenés des universités américaines n'ont pas réussi à rendre l'industrie russe compétitive. Heureusement pour eux, la sortie de l'Allemagne du nucléaire donne une rente de situation au gaz russe pour les décennies à venir. L'alliance avec l'Allemagne est d'ailleurs un des axes principaux de la diplomatie poutinienne, concrétisée par la présence de l'ancien chancelier Schröder à la tête de Gazprom. Le tsar Poutine, comme ses lointains prédécesseurs, compte sur ses traditionnels tuteurs germaniques pour faire revenir la Russie éternelle dans le concert des grandes puissances du XXIe siècle. Pour atteindre cet objectif ambitieux, Poutine joue la stabilité politique et la continuité de l'État. Mais pour ce faire, il lésine de moins en moins sur les moyens.

Jeudi 8 décembre 2011

L'appétit qatari pour le ballon rond

Le football a toujours été la continuation de la politique par d'autres moyens. C'est sans doute Mussolini qui le premier utilisa, en propagandiste habile, les victoires de l'équipe italienne de football aux Coupes du monde de 1934 et de 1938 pour vanter la supériorité du régime fasciste. L'Allemagne se sentit vraiment réintégrée dans la communauté des nations civilisées après la guerre, lorsqu'elle gagna la Coupe du monde en 1954. Les généraux brésiliens au pouvoir dans les années 60 utilisèrent largement le génie de Pelé comme vitrine avenante de leur dictature féroce. Jusqu'à Chirac et Jospin qui exploitèrent comme ils purent la victoire de Zidane et de ses copains en 1998.

Mais avec le Qatar, si c'est toujours du football et de la politique, c'est une autre histoire qui s'écrit. Les Qataris n'ont pas d'équipe nationale digne de ce nom ; ils n'ont pas de tradition de football. Mais ils ont de l'argent. Beaucoup d'argent. Énormément d'argent. Du pétrole comme s'il en pleuvait, et si cela ne suffisait pas, les troisièmes réserves de gaz mondiales. Mais ils ont aussi des voisins. L'Arabie Saoudite : encore plus de pétrole, encore plus de richesses et une alliance avec la puissance américaine, scellée par Roosevelt en 1945. Et puis, l'Iran, son régime islamique, son chiisme militant, sa force nucléaire en gestation.

Le Qatar, à côté des deux géants, c'est Lilliput au pays de l'or noir. Il ne lui servait à rien de se forger une armée pour se protéger contre les menaces potentielles. Alors, pour exister dans cet univers géopolitique dangereux, le Qatar a investi habilement les médias et le sport. Les médias, avec la chaîne Al Jazeera, la CNN du monde arabe. Et le sport : organisation de la Coupe du monde de football en 2022, mondial de hand en 2015, mondiaux d'athlétisme en 2017. Le football est son domaine d'élection. Les joueurs du meilleur club du monde, le FC Barcelone, portent désormais sur leur maillot son blason : la Qatar Foundation. Personne n'ignore en France que le Paris Saint-Germain est devenu sa chose, pour une trentaine de millions d'euros. Une bagatelle à côté de ce qu'aurait coûté le rachat d'un club anglais ou italien.

Le Qatar est devenu l'hyperpuissance du sport, pour reprendre l'expression du spécialiste des relations internationales Pascal Boniface. Il joue de ce moyen d'influence pour exister médiatiquement et diplomatiquement. La pétromonarchie pousse jusqu'à l'incandescence, jusqu'à la caricature, les liens entre football, télé, argent. Elle régnera sans partage sur le foot français ; nos politiques, tous élus locaux, ne pourront rien lui refuser. Elle imite Canal+ pour mieux remplacer la chaîne cryptée. Après le PSG, les droits télé. Sans avoir de relais télévisé en France ? Cela ne saurait tarder. En attendant, ils ont déjà le directeur de la future chaîne, l'ancien patron du foot sur Canal, Charles Biétry. Dans ses emplettes, celui-ci a volontairement laissé les plus belles affiches et surtout la finale de la Champion's League aux chaînes gratuites. « J'aime trop les gens qui aiment le foot », a-t-il expliqué, magnanime. Notre maître est trop bon.

Vendredi 9 décembre 2011

Bayrou sombrerait-il dans le populisme ?

Les grands esprits l'ont pris de haut. Les économistes, les libéraux, et même ses anciens amis – Jean-Louis Borloo, Hervé Morin, Daniel Cohn-Bendit – l'ont tancé, brocardé, ridiculisé. Il était le littéraire qui ne comprend rien à l'économie, l'ancien prof qui ne connaît rien à la mondialisation telle qu'elle est, avec ses produits *made in France* faits en Chine, et ses produits *made in Japan* faits en France ; avec ses chaînes de fabrication mondialisées réglées par internet et transportées à travers la planète par porte-conteneurs. On connaît la rengaine, les haussements d'épaules, les regards pleins de mépris dont nos élites nous abreuvent dès qu'on ose pleurer sur la désindustrialisation massive de la France.

François Bayrou était soudain comme nous, le minable franchouillard qui veut acheter français. Qui ressort des placards la campagne du Parti communiste français de Georges Marchais il y a trente ans. Le ringard. Le plouc des Pyrénées. Il le savait, s'y attendait, le désirait sans doute. Déjà, en 2007, Bayrou avait lancé sa campagne en dénonçant la partialité arrogante de TF1. Il était alors le petit qui n'a pas peur des gros. Tradition française. Cela ne lui avait pas si mal réussi. Cinq ans plus tard, Bayrou remet le couvert. Mais ses contempteurs ont touché juste sur un point : acheter français, cela ne signifie rien, si on ne poursuit pas par : produisons français. Or pour produire français, il faut se protéger. François Bayrou a mis le doigt dans l'engrenage du protectionnisme, de la démondialisation.

Avec un mot, Bayrou a basculé, a changé de camp. Il a quitté le cercle de la raison pour celui des populistes, comme disent nos élites qui ont toujours raison. Il est passé dans le camp de Mélenchon, Montebourg, Marine Le Pen. Mais il fait comme s'il ne s'en apercevait pas. Il continue à rester fidèle aux engagements européens de sa famille politique – toujours favorable, officiellement, à des institutions plus fédérales –, alors même que c'est l'Europe et sa technostructure bruxelloise qui ont jeté nos pays dans le bain du grand marché mondial.

Il veut lui aussi sauver l'euro, monnaie surévaluée pour la plupart des entreprises françaises, une des premières causes de nos énormes déficits commerciaux et des délocalisations. L'Allemagne est son modèle, son ami, son maître... étalon, alors que, plus encore que la concurrence déloyale de la Chine, c'est la puissance de feu de l'industrie germanique qui, débarrassée de nos dévaluations à répétition, détruit sa rivale française. Écartelé entre ses racines et ses idéaux, entre son patriotisme français et ses engagements européens, entre Maurice Barrès et Robert Schuman, Bayrou a toujours estimé que l'un renforçait l'autre, que l'Europe était l'accomplissement du destin français. Désormais, il ne pourra plus éluder, contourner. C'est l'heure de vérité pour lui. L'heure du choix. Et ce choix-là est beaucoup plus essentiel, beaucoup plus décisif que de savoir s'il préférera finalement, avant le second tour, pencher pour Nicolas Sarkozy ou pour François Hollande.

Lundi 12 décembre 2011

Ces affaires qui rattrapent François Hollande

Le pire ennemi de François Hollande s'appelle le Parti socialiste. C'est le plus acharné à sa perte, le plus efficace. Il y a cinq ans déjà, les hiérarques du PS avaient couvert de mépris Ségolène Royal dès qu'elle avait été désignée candidate. Cette fois, la rue de Solferino est l'objet de tirs croisés entre malversations, négociations, insultes et menaces du sud au nord, de Marseille au Pas-de-Calais, de Guérini à Kucheida ; ce ne sont que soupçons de corruption, détournements de fonds publics, et féodaux locaux menant grand train.

Les négociations électorales avec les Verts avaient déjà fait monter la température. Martine Aubry avait été particulièrement généreuse avec sa copine Cécile Duflot, au grand dam des maires de Lyon et Paris, Gérard Collomb et Bertrand Delanoë, qui juraient de faire la peau de ces Verts parachutés dans leurs fiefs. Depuis, les guerres picrocholines se multiplient. Deux anciens potes de SOS Racisme, Malek Boutih et Julien Dray, se déchirent pour la dixième circonscription de l'Essonne, le premier accusant le second de fraude électorale pour sa désignation. Ségolène Royal, elle, n'accepte aucune primaire pour se faire désigner à La Rochelle, au nom – dit-elle – de sa situation hors du commun d'ancienne candidate à la présidentielle. Quelle curieuse idée, tout de même, de préparer les législatives alors même que la présidentielle n'a pas donné son verdict. Comme si les socialistes n'avaient toujours pas compris l'esprit de la Ve République.

Depuis, les porte-parole de Hollande : Valls, Cahuzac, récitent avec le sérieux des bons élèves le classique de la Ve République gaullienne, du contact personnel entre un homme et le peuple. Tout cela ne concerne pas le candidat mais le parti. Pas François Hollande, mais Martine Aubry. Mais ils prêchent dans le désert. L'ancien parti d'Épinay est un agrégat disparate d'élus désunis. Cette transmutation, cette régression historique, s'est opérée sous le mandat d'un certain François Hollande, alors premier secrétaire du PS, qui s'enorgueillissait de gagner toutes les élections locales. Sa direction ondoyante, conciliante à l'excès, a permis au grands féodaux de prendre leurs aises, de profiter à plein des libertés laissées par les lois de décentralisation. Hollande, lui-même devenu président du conseil général de Corrèze, retrouvait alors les anciennes habiletés d'un Guy Mollet qu'il habillait des intonations imitées de la voix de François Mitterrand. Avec Martine Aubry, l'appareil a tenté de reprendre la main, d'imposer un programme de gauche à des élus locaux qui se voulaient avant tout pragmatiques. Mais jamais Martine Aubry n'a osé aller plus loin et affronter les plus grosses fédérations du parti qui l'avaient hissée sur le pavois. Ah ! comme il semble loin le temps où un parti politique était un outil indispensable à un présidentiable sérieux ; pour Hollande, il s'est transformé en boulet.

Mardi 13 décembre 2011

Dati-Fillon, Paris vaut bien une lettre !

Un modèle. Un bijou. Un exemple à donner dans les écoles de candidats en herbe. Le nec plus ultra du petit crime entre amis. Sous la Renaissance italienne, on tuait ses rivaux à coups de couteau. Rachida Dati, elle, tue à coups de Stiletto – du nom de ces magnifiques chaussures à hauts talons sur lesquels elle est juchée. François Fillon est sa cible ensanglantée. Le Premier ministre ose guigner la circonscription du 7e arrondissement de Paris pour les prochaines législatives, que s'était réservée son ancienne ministre de la Justice. François Fillon, ce bouseux de la Sarthe, ce bourgeois, ce provincial, n'a qu'à rester au milieu de ses vaches et de ses voitures de course. Il n'a qu'à aller se faire voir non pas chez les Grecs, mais dans le 18e arrondissement – où la majorité de la population est plutôt arabe ou africaine ; où le grand Séguin lui-même a enterré ses ambitions de maire de Paris ; et où Alain Juppé ne battait jadis Lionel Jospin que parce que le maire de Paris, Jacques Chirac, faisait campagne pour lui.

À lire Dati, Fillon n'est qu'un infâme parachuté dans une circonscription tellement facile pour la droite qu'il devrait avoir honte. Rachida Dati, elle, est dans cette circonscription bourgeoise de toute éternité. Toute légitimité. Elle oublie qu'elle a reçu la mairie du 7e en cadeau royal de Nicolas Sarkozy qui voulait se débarrasser d'elle. Comme elle a été inscrite en bonne position sur les listes UMP pour un confortable mandat européen. Dati, c'est l'hôpital qui se moque de la charité ; la parachutée qui se plaint d'un autre parce qu'il vient atterrir sur ses plates-bandes. Il est vrai que son parachute à elle est siglé Dior. Femme et diversité, les deux mots résument le sacré de notre époque. L'équivalent de l'huile sainte et des fleurs de lis à l'époque de nos rois. En sa personne, Dati les concentre. François Fillon ne peut pas comprendre : il est un homme, blanc, et s'appelle François. Il est donc un coupable tout désigné, qui attaque une pauvre femme esseulée car il n'oserait pas agir de même avec un homme. Un macho misogyne, un tantinet raciste.

Des médisants, des esprits malveillants pourraient retourner l'argument. Ce ne sont nullement pour ses mérites, ni pour ses compétences, ni pour son ancrage politique local ou national, que Rachida Dati avait été installée place Vendôme, mais uniquement parce que née femme et de parents marocains, elle soignait le profil féministe, antiraciste et progressiste qu'avait voulu se donner Sarkozy à peine élu. Elle fut un fait du prince. Une image médiatique, un casting, un produit de communication. Rachida Dati n'a pas vraiment été ministre de la Justice ; c'est à l'Élysée que le conseiller Patrick Ouart élaborait la politique judiciaire du gouvernement. Rachida Dati n'est d'ailleurs pas la seule dans ce cas-là. Si François Baroin a bien succédé à Christine Lagarde à Bercy, c'est, toujours de l'Élysée, Xavier Musca qui pilote la politique économique de la France.

Mais en attaquant François Fillon avec cette violence, en maniant ainsi avec un cynisme consommé tous les codes de l'époque, Rachida Dati montre qu'elle est devenue une véritable politique. Sans considération de sexe ni d'origine. Chapeau bas devant le Stiletto.

Mercredi 14 décembre 2011

Le splendide isolement de la Grande-Bretagne

C'est une parenthèse qui se clôt. Une parenthèse de près de quarante ans. Officiellement, l'Angleterre n'est nullement sortie de l'Union européenne où elle est entrée en 1973. David Cameron peut légitimement le proclamer. Mais, qu'il le veuille ou non, il a donné le signe que désormais leurs chemins se séparent. C'est ainsi que l'ont compris Sarkozy et Merkel et les parlementaires anglais. La City est le prétexte officiel de la rupture. Les États européens veulent enfin réguler – un peu – une finance dont les débordements exubérants les ont mis à la torture. Mais les Anglais ne peuvent pas se permettre de voir partir pour Singapour ou ailleurs une activité économique qui représente 10 % de leur richesse nationale et 300 000 emplois.

Mais la City, c'est davantage que des chiffres. La City, c'est un symbole. Un esprit. Une histoire, vieille histoire. La City finança les guerres contre Louis XIV et Napoléon. La City est aujourd'hui la vraie mère patrie de tous les paradis fiscaux de la planète. La City incarne ce goût du grand large, cette idéologie libérale et mondialisée qu'elle a fini par insuffler aux institutions européennes de Bruxelles. Dans son célèbre *C'était de Gaulle*, Alain Peyrefitte rapporte cette confidence lumineuse du Général : « En raison de sa géographie, l'Angleterre n'a jamais admis ni de voir le continent s'unir, ni de se confondre avec lui. On peut même dire, d'une certaine façon, que depuis huit siècles toute l'histoire de l'Europe est là. »

Les Anglais peuvent désormais partir, parce qu'ils ont une fois de plus gagné. Lorsque le général de Gaulle leur refusait obstinément l'entrée dans le Marché commun, c'était au nom de la défense de la Politique agricole commune et de ce tarif extérieur commun, qui faisait passer alors l'Europe des Six pour une forteresse protectionniste, presque un nouveau Blocus continental. Depuis, la Pac a été désactivée et la forteresse Europe est le continent le plus ouvert, le plus offert aux produits étrangers. Au passage, les Anglais ont obtenu que l'anglais remplace le français comme langue des travaux communautaires et que le droit anglo-saxon concurrence le droit civil.

Les Anglais, qui n'ont jamais cru aux chimères des États-Unis d'Europe – peut-être parce qu'ils étaient trop liés aux États-Unis d'Amérique –, n'ont jamais signé ces accords de Schengen, dont Sarkozy ne sait plus comment se débarrasser. N'ayant pas adopté l'euro, ils ont pu dévaluer la livre de 30 %, et empruntent sur les marchés à des taux inférieurs à ceux de l'Allemagne. Ils contestent désormais l'imperium juridique de la Cour européenne des droits de l'homme qui corsète notre politique judiciaire et d'immigration. L'Europe n'est pour eux qu'un grand marché où cette nation, avant tout commerçante, se sent comme un poisson dans l'eau. Quand Georges Pompidou les laissa entrer dans le Marché commun, c'était pour faire contrepoids à une Allemagne de l'Ouest dont il craignait déjà la puissance. Quarante ans plus tard, les Anglais nous laissent à notre tête-à-tête déséquilibré avec les héritiers de Bismarck. C'est ce qu'on doit appeler l'humour anglais...

Jeudi 15 décembre 2011

La Syrie ou l'Orient compliqué

On meurt à Damas. Mais on ne sait pas bien pourquoi. Pour la liberté, la démocratie, la fin du tyran, mais pas seulement. Les Printemps arabes ont dépassé depuis longtemps le lyrisme ingénu de la liberté guidant les peuples. Les masses se sont ébranlées, l'islamisme gagne partout ; les rapports de force entre États sont remis en question. Dans le passé, chaque situation révolutionnaire en Europe a provoqué les mêmes bouleversements. Ainsi le Printemps des peuples européens de 1848, après révolutions et répressions, s'est-il conclu par un affrontement titanesque entre l'Autriche, à l'époque puissant empire, et la Prusse, monarchie ambitieuse, pour la domination d'un Empire allemand alors divisé en d'innombrables petits royaumes. Cet affrontement s'acheva par la célèbre victoire prussienne à la bataille de Sadowa en 1866 qui permettra, quelques années plus tard, à ce Bismarck si cher au cœur d'Arnaud Montebourg d'unifier l'Allemagne derrière le roi de Prusse devenu empereur.

Aujourd'hui, les deux puissances en guerre larvée pour la domination du monde musulman sont l'Iran et l'Arabie Saoudite. Le champion des chiites contre celui des sunnites, dont l'hostilité farouche date de la succession du prophète Mahomet. À chaque fois qu'un soulèvement éclate, nos médias, nos analystes, notre ministre des Affaires étrangères parlent de liberté, démocratie, élections, volonté du peuple... Eux se demandent aussitôt si la loi de la majorité leur permettra de vaincre ou pas.

Nous plaquons notre concept de citoyenneté sur une réalité communautaire. Quand les Américains avaient renversé Saddam Hussein, ils avaient donné les clés de l'Irak à sa majorité chiite, qui s'empressa de massacrer les sunnites, qui ne les avaient pas épargnés dans un passé récent. Lorsque des émeutes eurent lieu à Bahreïn en mars dernier, les chars saoudiens réprimèrent aussitôt cette révolte qui n'était à leurs yeux que celle d'une majorité chiite contre une dynastie sunnite. La France et les Américains ne levèrent pas un cil réprobateur. Ceux-ci avaient beaucoup à se faire pardonner. Par sa magnifique croisade pour la démocratie au Moyen-Orient, Bush Junior a fédéré sans le vouloir un axe chiite qui va de Téhéran jusqu'au Liban, où règne le Hezbollah, en passant par Bagdad et Damas.

Pour la première fois dans l'histoire de l'islam, les chiites atteignent les mers chaudes de la Méditerranée. La quête nucléaire de l'Iran donne une crédibilité apocalyptique à cette angoisse saoudienne. La chute de la maison Assad permettrait donc de briser l'arc chiite, tendu vers sa revanche historique sur l'ennemi sunnite. On comprend mieux l'enthousiasme médiatique d'Al Jazeera, la chaîne du Qatar sunnite, pour les révolutionnaires de Damas, et les encouragements de Paris et Washington qui jouent l'alliance traditionnelle avec l'Arabie Saoudite contre l'Iran ; et la terreur des minorités en Syrie, chiites bien sûr, mais aussi chrétiennes, qui sont dans le même bateau – les prochaines victimes sur la liste. Comme les chrétiens en Irak ou en Égypte. Au nom de la démocratie et de la liberté.

Vendredi 16 décembre 2011

Le triple A, bataille perdue d'avance

C'est la chronique d'une dégradation annoncée. Le triple A, c'est fini. Aujourd'hui, demain, ou après-demain. Peu importe le moment choisi, notre sort est réglé. Après avoir fait de la défense du triple A sa bataille de la Marne pour mieux endosser l'uniforme prestigieux du maréchal Joffre, Nicolas Sarkozy et les communicants de l'Élysée nous préparent en douceur depuis plusieurs jours à une retraite en bon ordre. Après tout, ce triple A, les États-Unis l'ont perdu, et rien n'a changé : ils continuent d'emprunter à des taux très bas. Comme avant. Mieux qu'avant. Et puis, les Français se consoleront avec l'idée que c'est toute la zone euro qui serait dégradée par les agences de notation. Même l'Allemagne ! Même l'Allemagne, vous dis-je ! Et puis, ces agences de notation se sont toujours trompées. Des journalistes mieux payés, rien de plus !

Cette bataille du triple A était perdue d'avance. Il était déjà miraculeux, au vu de notre endettement et de nos déficits, et surtout de la dégradation inexorable de notre balance des paiements, que nous ne soyons pas relégués dans la classe de l'Italie, qui emprunte désormais à plus de 6 %. Sans doute le prix à payer, doit penser Nicolas Sarkozy, pour l'alignement de la France sur les positions allemande. En tout cas, le refus obstiné du président français de faire de ces oppositions irréductibles avec la chancelière des causes de rupture. Comme si l'Élysée restait persuadé que l'Allemagne protégeait la France. La perte de notre triple A est le premier échec de cette stratégie. Pour rétablir une hiérarchie entre les États, les marchés ont remplacé les dévaluations des monnaies par les dégradations des notes et la hausse des taux.

Dans son discours devant le Bundestag de mercredi, la chancelière Merkel a bien pris acte de sa victoire, refusant encore et toujours l'Union de transferts, et prévenant que le « processus de sortie de crise ne durerait pas des semaines, pas des mois, mais des années ».

Dans ce contexte, la bataille du triple A paraît dérisoire, une escarmouche, à côté de la mère des batailles que craint l'Élysée : celle de l'euro. Combien de semaines, de mois, d'années, pourra durer une union monétaire sans solidarité ? Les marchés l'ont compris, qui désormais attaquent cette monnaie qui se voulait bouclier de l'Europe et devient son boulet. C'est même la seule bonne nouvelle dans cette histoire : l'euro baisse enfin. L'euro, surévalué par la politique anti-inflationniste de la Banque centrale européenne – alors que c'est la récession et la déflation qui menacent – est l'une des causes majeures des difficultés de nos entreprises à exporter. Une des sources principales des délocalisations massives et de la désindustrialisation française. Mais l'Allemagne veille. Pays à la démographie très faible, elle tient avant tout à sa monnaie forte pour protéger les pensions de ses nombreux vieux. Elle ne tolérera pas une baisse trop forte de la monnaie européenne. C'est le péché originel de l'euro : une même monnaie pour des besoins différents, de pays différents et de plus en plus divergents. On se demande aujourd'hui combien de temps encore l'euro résistera à cette cruelle réalité.

Lundi 19 décembre 2011

Nicolas Sarkozy

Il a vieilli. Il ne dissimule pas ses cheveux gris. Il a pris de la hauteur, en tout cas de la tenue. Il ne dit plus « Casse-toi, pauvre con ». Il ne se laisse plus complaisamment photographier, courant en short et polo à la gloire de la police new-yorkaise. La sueur n'est plus au fronton de la République. Le corps de l'homme Sarkozy s'est enfin effacé derrière le corps du roi. L'adolescent attardé, sentimental et impulsif s'achète une conduite de pater familias. « Il faut soixante ans pour faire un homme », disait Malraux ; il faut cinq ans pour faire un président ! Trop long, trop tard ? La désacralisation moderniste des débuts tumultueux a laissé la place à une présidentialisation scénarisée avec le plus grand soin. Sarkozy l'Américain a recouvré la tunique tricolore.

De Jeanne d'Arc à la maison du général de Gaulle, tout est bon pour réenraciner le Président dans l'histoire millénaire de la France. Communication ou conviction ? Lui qui s'était fait élire Président pour devenir Premier ministre – selon le mot si drôle et si juste de Jean-Louis Borloo –, réduisant l'hôte de Matignon au rang humiliant de « collaborateur », se voyait finalement contraint de ne pas renvoyer Fillon et d'adopter la rigueur réclamée par celui qui s'effrayait depuis le début d'être « à la tête d'un État en faillite ».

Le fond a précédé la forme. Tout se passe comme si le Président de la fin du mandat brûlait ce qu'avait adoré le Sarkozy des débuts. Il était fasciné par l'Angleterre, le modèle anglais dominé par la finance et les dettes ; il finit dans les bras d'Angela Merkel, donnant le modèle allemand en exemple – rigueur budgétaire et ode à la réindustrialisation. Il faisait une politique de la demande ; il prône désormais une politique de l'offre. Effrayé par la réaction violente des électeurs aux législatives de juin 2007, il avait renoncé à une TVA sociale, qu'il décide d'imposer à trois mois de la présidentielle. Il baissait les impôts, il n'hésite plus à les augmenter. Il voulait préserver les intérêts de la place financière parisienne ; il se propose désormais de faire payer une taxe Tobin sur les transactions financières, même si le reste de l'Europe ne le suit pas. Il ouvrait nos frontières à l'immigration choisie et partait à la chasse aux talents du monde entier ; le ministre de l'Intérieur Claude Guéant s'efforce désormais de renvoyer chez eux les étudiants étrangers et de réduire, même modestement, le flot de l'immigration familiale qui ne s'est jamais tari. Il avait annoncé pour l'année 2012 une pause législative ; il se lance avec l'appétit d'un débutant dans un tourbillon de réformes.

On ne sait plus qui parle, du Président jusqu'au bout ou du déjà candidat, de l'homme de la nation ou du challenger du favori socialiste. Sarkozy n'a jamais été un stratège au long cours, plutôt un tacticien émérite. Toujours au bord du gouffre, entre deux extrêmes, « la chance sourit aux audacieux » et la « maladresse des habiles ». Il avait branché la droite française, toujours empreinte de colbertisme gaullien, sur l'idéologie libérale anglo-saxonne qui avait le vent en poupe. Ce fut le temps de l'argent sans fausse honte et de la droite décomplexée. Au mieux, il était Napoléon III dynamisant l'économie du pays dans un tourbillon de fête impériale ; au pire, il était le Guizot du : « Enrichissez-vous. » Le pari s'est révélé présomptueux : la France, y compris ses électeurs, ne lui a toujours pas pardonné. La crise de 2008 a brisé net ses espoirs et ses calculs. La droite sarkoziste s'est retrouvée sans modèle ni boussole idéologique, condamnée à tout sacrifier au culte de l'Europe et du couple franco-allemand, mythes politiques de la génération d'après-guerre qui s'avèrent de plus en plus coûteux.

Sarkozy va vivre son ordalie en 2012 : soit les électeurs rancuniers lui font payer son début de mandat, le fond et la forme, et il subira jusqu'au bout le parallélisme avec Giscard. Soit François Hollande, tétanisé par l'enjeu et les contradictions de la gauche, se désintègre, se balladurise et Sarkozy peut connaître le sort miraculeux d'un Chirac sauvé par l'autodestruction de son adversaire socialiste. Au moment ultime où il donne l'impression de retrouver son hyperactivisme et d'avoir enfin trouvé le bon cap, le destin de Nicolas Sarkozy ne lui appartient déjà plus.

Mardi 20 décembre 2011

Eva Joly

Des lunettes rouges et un accent germanique. La bande dessinée de la campagne électorale a déjà croqué ce qu'elle conservera d'Eva Joly. Comme une signature involontaire. Comme un rejet. Comme un échec. Au début, son personnage de juge honnête et inflexible, de petite qui n'a pas peur des grands, a plu. Mais au fur et à mesure que la campagne avançait, elle s'en est éloignée, révélant son étrangeté. Dans tous les sens du terme. Bien sûr, les coups tordus des Verts n'ont pas arrangé ses affaires. L'accord avec le Parti socialiste pour les législatives, qui vendait, pour une trentaine de circonscriptions, certains des fondamentaux écologistes que la candidate défendait, a pris Eva Joly à revers ; rejetant d'abord véhémentement le compromis, puis contrainte de l'avaler : les plats de lentilles ont parfois mauvais goût. C'est une vieille habitude. Les Verts ont le talent rare de saborder la campagne de leur candidat à la présidentielle. Maladie infantile de groupuscule gauchiste dont les Verts ne se sont jamais tout à fait guéris, en dépit des qualités d'adjudants-chefs déployées par les deux carriéristes à leur tête : Cécile Duflot et Jean-Vincent Placé.

Mais, plus profondément, c'est l'élection présidentielle que les Verts ne supportent pas. De manière épidermique. De manière existentielle. C'est à la fois la présidentielle et le suffrage universel qu'ils rejettent. À leurs yeux, le choix d'un homme a toujours un fumet de plébiscite, quasiment de fascisme. Quand le peuple s'exprime directement, ils ont toujours l'impression qu'il votera au mieux Napoléon III, au pire Hitler. Le peuple, c'est sale. Franchouillard, comme les insupportables plaisanteries sur l'accent d'Eva. Ces soi-disant démocrates modernistes ont des réflexes de vieux politicards bourgeois louis-philippards. Il faut encore aller plus loin. Le Président incarne la nation. Les Verts ne croient pas en la nation. Ils haïssent l'État-nation. Ils se veulent citoyens du monde. De Gaulle voulait sauver la patrie, les Verts veulent sauver la planète. La tendance libérale de ce mondialisme est magnifiquement incarnée par Daniel Cohn-Bendit, quand ses adversaires se battent pour un mondialisme socialisant.

Le projet d'Eva Joly a fini par révéler en creux cette hostilité viscérale. Les radicaux d'extrême gauche qui l'entouraient ont dessiné, derrière les provocations parfois saugrenues de leur championne, un projet idéologiquement cohérent, celui d'une France réduite à un simple espace résidentiel où cohabiteraient des communautés. Une France qui ne serait plus unifiée par sa langue – les Verts veulent favoriser les langues régionales ; ni par la nationalité – ils sont pour le droit de vote des étrangers ; ni par son histoire ou sa culture – Eva Joly a contesté la célébration du 14 Juillet et dénoncé la commémoration de Jeanne d'Arc, puis réclamé un jour férié pour les juifs et les musulmans. Une France terrain vague, au milieu d'un plus grand terrain vague :

l'Europe, petit coin perdu au sein d'une planète qui sert de patrie commune à ces citoyens du monde.

Le projet vert consacrait ainsi la fin définitive de la République une et indivisible remplacée par le culte de la Terre mère. Inconsciente des enjeux idéologiques, manipulée, la juge verte aux lunettes rouges ? On ne saura jamais. Ignorant tout des codes politiques, repoussant Hollande puis appelant à voter Hollande, déclarant sa flamme à Bayrou, puis repartant à l'extrême gauche, Eva Joly a montré ses propres limites et celles des amateurs en politique. Les Verts ont raison de détester la présidentielle : c'est une cruelle épreuve de vérité.

Mercredi 21 décembre 2011

Jean-Luc Mélenchon

Il a tous les talents. Il est l'un de nos derniers grands orateurs. Une redoutable bête télévisuelle. Un rhétoricien subtil formé par les trotskistes. Il est comparé à Georges Marchais par les médias pour le ridiculiser ; mais la référence le ravit : il n'aime rien tant que rabrouer les journalistes avec une truculence outrée ou choquer les bien-pensants en glorifiant la répression de la Chine contre les obscurantistes moines tibétains. Mais il prend plutôt ses modèles en Allemagne (Oskar Lafontaine, fondateur d'un parti à la gauche de la social-démocratie) ou en Amérique du Sud – même Chávez ne lui fait pas peur.

Jean-Luc Mélenchon a tout pour être le chef incontesté de la classe ouvrière, sauf qu'il n'y a plus de classe ouvrière et que les ouvriers ne votent pas pour lui ; ne l'écoutent pas ; préfèrent Marine Le Pen. L'injure suprême. Mélenchon a trop de culture historique pour ignorer qu'il y a toujours eu un électorat ouvrier séduit par les leaders bonapartistes, de Napoléon III au général de Gaulle, en passant par les ligues fascisantes de l'entre-deux-guerres. Mais il est trop lucide pour ne pas comprendre que, pour la première fois, c'est le mouvement bonapartiste qui récolte la plus grosse part électorale. Ce n'est pourtant pas faute de donner la pitance idéologique que les ouvriers et employés – embarqués désormais dans la même galère prolétarisée – sont censés réclamer : du social, encore du social, toujours du social. Mélenchon tonne contre l'austérité, la rigueur, les inégalités, le libéralisme, les banques, les suceurs de sang, promet aux riches des hausses d'impôts massives, ressuscitant le fameux « Je prends tout » de feu Georges Marchais.

Rien n'y fait. Le peuple de gauche ne lève pas un cil. Sa campagne protectionniste – pas plus que la démondialisation chère à Arnaud Montebourg pendant les primaires socialistes – ne le ramène pas vers la gauche. Pourtant Marine Le Pen ne dit pas autre chose. Elle est même plus radicale que le révolutionnaire autoproclamé, puisqu'elle propose, elle, de sortir de l'euro et de revenir au franc. En désespoir de cause, Mélenchon se précipite dans les usines comme un militant syndical et exalte gaillardement la solidarité de classe en termes lyriques, bien qu'un brin désuets. Sans effets. C'est que, contrairement à ce que croit Mélenchon, les ouvriers n'ont pas seulement rompu avec la gauche à cause du virage libéral de 1983. Ils refusent aussi le jusqu'au-boutisme progressiste d'une gauche sociétale : « tolérance » sexuelle et multiculturalisme. Comme si le peuple appréhendait plus globalement les conséquences de la mondialisation libérale – insécurité économique et sociale, mais aussi insécurité culturelle et identitaire – que les politiques de gauche confits dans leur credo soixante-huitard.

Pour de bonnes et de mauvaises raisons – ne pas davantage ethniciser la société française au nom de la citoyenneté républicaine, mais aussi crainte des lobbies antiracistes de la « diversité » qui font régner la terreur idéologique –, Mélenchon refuse d'entendre ce « conservatisme » populaire. Le peuple, à son tour, refuse de l'entendre. Et voilà pourquoi votre fille est muette.

Jeudi 22 décembre 2011

François Bayrou

La présidentielle, c'est son truc. À la troisième fois, il sait comment ça marche. Trois fois, se dit-il pour se donner du courage, comme Mitterrand et Chirac. François Bayrou aime à se comparer, se projeter, s'étalonner. Qu'il devienne président de l'UDF, et il se compare à Giscard. Qu'il se retrouve seul, abandonné de tous, et il se compare à de Gaulle. Qu'il soit un des derniers politiques lettrés de sa génération, et il se compare à Mitterrand. Les mauvaises langues affirment que Bayrou ne vit que pour la présidentielle, qu'une fois tous les cinq ans, il est roi d'un jour, que l'ancien bègue se voit – et s'entend – si beau en ce miroir. Que ce narcissique blessé n'a que faire du pouvoir. Qu'il ne veut pas faire, mais seulement être.

Bayrou a eu du mal à se remettre de la présidentielle de 2007. Il avait senti comme jamais le souffle d'une communion entre le peuple et lui. Il n'aspire qu'à revivre cette unique alchimie. Les froids analystes noteront qu'il n'a fait alors que retrouver l'étiage habituel de la famille centriste (Lecanuet à 15 %, Barre à 16 %). Qu'il ne pourra pas monter plus haut. Qu'il n'aura pas, cette fois, une Ségolène Royal pour attirer à lui nombre d'électeurs socialistes effrayés par son « incompétence ». Qu'il n'a rien compris au scrutin majoritaire en refusant de choisir entre droite et gauche. Qu'il y a perdu son groupe parlementaire. Qu'il aurait dû s'allier à Ségolène Royal pour briser le Parti socialiste, son rêve stratégique, pour forger, sur ses décombres, le grand parti central, de « Balladur à Delors », disait-il naguère. Bayrou n'ignore rien de tout cela. Il ne commettra pas cette fois ces erreurs. Ce péché d'orgueil. Il a le plaisir de voir ses anciens amis centristes qui s'étaient alliés à Chirac, puis Sarkozy pour bâtir l'UMP, revenir à lui, un genou à terre : tu avais raison, François. Il profite de ses bonnes relations avec Hollande pour préparer, au cas où, une alliance contre Sarkozy, qui accoucherait d'une sorte de social-démocratie à la française.

Bayrou retrouve ainsi les réflexes centristes du parti-charnière, au moment même où il se pose en recours gaullien dans la tempête qui secoue la France. Ce n'est pas son seul paradoxe. Il se pose en opposant farouche au « système » UMPS, alors que sa famille politique a participé à tous les gouvernements de droite depuis quarante ans. Qu'en Europe, cette alliance entre démocratie chrétienne et social-démocratie – exactement celle que Bayrou rêve d'imposer en France – a forgé l'Europe telle que nous la connaissons aujourd'hui. Cette Europe du libre-échange mondialisé, de la concurrence pure et parfaite et de l'euro surévalué, qui est l'une des causes majeures de la désindustrialisation française. Mais Bayrou lance sa campagne sous les auspices du « Produisons français », un slogan qui fleure bon le Parti communiste des années 70 ou le Front national. Alain Minc, qui ne l'aime guère – détestation réciproque –, avait un jour traité Bayrou de « Le Pen *light* ». Daniel Cohn-Bendit s'est gaussé de son « Produisons français ». Les libéraux mondialistes de gauche et de droite se sont toujours méfiés de ce Petit Chose béarnais pour qui la « terre ne ment pas ».

Bayrou est un barrésien enraciné qui se pique de progressisme moderniste ; un catholique à l'ancienne qui ne veut pas se brouiller avec les héritiers de Mai 68. Il rêve de porter le képi du général de Gaulle, mais avec les idées de Jean Monnet. Pour l'instant, ces contradictions l'ont confiné dans une longue opposition, une forme d'impuissance politique. « Ils ont les mains pures, mais n'ont pas de mains », comme l'écrivait, cruel, son auteur préféré, Charles Péguy. Mais Bayrou, lui, préfère la célèbre formule du cardinal de Retz : « On ne sort de l'ambiguïté qu'à son détriment. » Bayrou se récite souvent la maxime préférée de François Mitterrand, comme un talisman.

Vendredi 23 décembre 2011

Marine Le Pen

Le diable ne sent plus le soufre. Le diable est une blonde et ces temps féminisés l'aident paradoxalement à ne pas passer pour une sorcière. Le diable est né en 1968 et sa naissance tardive lui permet d'ignorer les haines et rancœurs d'un temps où les Français ne s'aimaient pas. Le diable est une femme divorcée, avec enfants, et c'est pas si facile, tu sais, d'être une femme libérée. Le diable est loin d'avoir la culture – littéraire, historique, politique – de son papa : on est davantage l'enfant de sa génération que de ses parents. Pour le pire et le meilleur. Marine Le Pen n'est pas la continuité au féminin du parcours politique de son père, pas plus qu'elle ne s'oppose à lui. Elle s'efforce de réussir ce qu'il a raté. Elle recoud les endroits déchirés du tricot, une maille à l'envers une maille à l'endroit : un parti unifié sous l'autorité du chef, et non pas des féodalités qui s'équilibrent ; le sérieux économique, voire technocratique ; le culte de l'État ; la réconciliation avec les juifs ; une respectabilité médiatique et sociale. La liste est longue de ce que le père a tenté en vain (en 1986, un voyage en Israël est programmé, mais le « détail » gâche tout).

Fifille a repris tout l'argumentaire du puputsch de Mégret et consorts. A attiré à elle quelques chevau-légers du chevènementisme politique que le destin brisé de Jean-Pierre a laissés orphelins. Ils lui ont donné les clefs de réseaux technocratiques dans l'appareil d'État indispensables pour avoir des chiffres et des lettres. Elle en fait grand étalage avec parfois la fierté brouillonne du parvenu. Avec ses graphiques, ses courbes, ses chiffrages au milliard d'euros près, Marine Le Pen ressemble parfois à un Bourgeois gentilhomme de l'énarchie. Mais c'est le prix à payer pour entrer dans la cour des grands, pour être crédible. Pour espérer gouverner un jour.

Ses nouvelles recrues chevènementistes lui permettent de retrouver les couleurs traditionnelles du bonapartisme, vieille tradition politique française. Avec l'héritage de son père sur l'immigration, avec les rapports conflictuels entre l'islam et la laïcité, elle dessine les contours d'un mouvement qui s'inscrit dans toute l'Europe autour de ce qu'on appelle le populisme, et qui n'est qu'une critique – générale dans tout l'Occident – des conséquences de la mondialisation. Insécurités économique, sociale, mais aussi culturelle et identitaire qui touchent avant tout les classes populaires, mais aussi des classes moyennes prolétarisées.

Son potentiel électoral est illimité ; mais ses moyens politiques voire intellectuels sont limités. Les enjeux qu'elle soulève – sortie de l'euro, protectionnisme, inversion des flux migratoires – sont tellement énormes et explosifs qu'elle ne semble pas armée pour les conduire sans dégâts. Marine Le Pen est bien seule au milieu d'un parti qui ne s'est jamais remis de la scission d'il y a dix ans. Elle n'a pas – contrairement aux apparences – les manières enveloppantes de son père. Elle est souvent brutale, cassante, tyrannique. Elle semble souvent en décalage par rapport à son propre mouvement et ses électeurs, séduite par les querelles passionnées – et passionnantes – sur l'euro ou l'Otan, quand ses militants ne vibrent qu'aux diatribes sur les méfaits de l'immigration. Elle tourne parfois au gauchisme puéril, prônant le retour de la retraite à 60 ans, ou condamnant la TVA sociale. Elle a toujours pesté contre la médiocrité de l'entourage paternel : « Pourquoi attire-t-on toujours les plus cons ? » lui demandait jadis la jeune fille. Elle essaye depuis d'attirer les plus intelligents, mais a beaucoup de mal. Le diable jouissait de sa diabolisation, quand la diablesse en souffre.

Table

Le journal de l'année où les masques sont tombés... .. 7

Indignez-vous, qu'on vous dit 13
Les Dupont et Dupond au pays Gbagbo 15
La Hongrie en conflit
avec l'Europe qu'elle préside 17
Statues ou icônes ? 19
Quand la fin justifie les moyens 21
De la sincérité d'Eva Joly... 23
La politique de la ville, à quoi ça sert ? 25
Un nom en héritage 27
La fable du Président et du Paysan 29
Agitations en coulisses à l'hôtel de la Marine 31
L'État et le cas Céline 33
Z like Zemmour 35
Sarkozy, la rupture après... la rupture 37
La Belgique, une équation impossible 39
Le débat sur la récidive
n'en finit pas de récidiver 41
Le retour sur le tapis de la TVA sociale 43
Soirée pyjama pour Sarkozy 45
Éloge du conservatisme 47
Vacances en Creuse, vacances heureuses ! 49
Le discours de Dakar de Martine Aubry 51

Du Mexique à la Tunisie, le malaise diplomatique....... 53
A comme Augmentations... 55
Anne Sinclair, poisson-pilote 57
L'immigration, arme fatale de Kadhafi.......................... 59
Des chiffres et des lettres.. 61
Juppé, le retour.. 63
De la difficulté d'être un ami en politique................... 65
Racines chrétiennes et stratégie présidentielle 67
L'Europe, le PS et l'héritage Delors 69
Les cantonales, élections au parfum suranné 71
Journée de la femme et de la désinformation 73
Le nombre de fonctionnaires à géométrie variable...... 75
L'Europe après le sommet de Bruxelles........................ 77
Nucléaire ? Oui, merci… 79
Le mirage des révolutions arabes 81
L'abstention qui change tout 83
La drôle de guerre en Libye 85
Le PS et le FN, comme un boomerang.......................... 87
Paris-Rome, la guerre du lait 89
D'accord avec Claude Guéant !...................................... 91
Londres, les raisons de la colère 93
Ce que s'abstenir veut dire... 95
Le Vert allemand contiendrait des conservateurs 97
Prostitution : Bachelot et le modèle suédois................. 99
Devedjian, Balkany : la zizanie en Sarkozie.................... 101
Côte d'Ivoire ou Libye : services compris !.................... 103
Le PS, tout un programme 105
Nicolas, Eva, Cécile, Daniel et les autres....................... 107
Les guerres de Nicolas Sarkozy...................................... 108
L'espace Schengen à l'épreuve des faits......................... 110
Hollande : s'il n'en reste qu'un, ce sera lui.................... 112
Le syndrome Dupont Lajoie 114
Le centre des Bermudes 116
L'hypoprésident 117
Désaccord entre Sarkozy et les patrons 119

La garde à vue réformée ... 121
Le gel des salaires de fonctionnaires ... 123
La primaire à droite,
une idée qui fait son chemin ... 125
La tentation du gaz de schiste ... 127
La disgrâce de Rama Yade ... 129
Du Zambèze à la Corrèze ... 131
Ben Laden est mort, pas le terrorisme ... 133
Il y a quotas et quotas ! ... 135
Nouvelle polémique sur le collège unique ... 137
En 2012, Besancenot aux abonnés absents ... 138
Du RSA à l'assistanat ... 140
Mitterrand, trente ans après ... 142
Un sale compte à rebours pour la Grèce ... 144
UDF, le retour ... 146
Le cauchemar américain ... 148
La face cachée de DSK ... 150
Les avocats de DSK qu'on n'attendait pas ! ... 152
Martine qui pleure, François qui rit ... 154
Le haut fonctionnaire français
est un produit de luxe ... 155
La révolte anti-radars ... 157
Le faux-vrai retour de la Françafrique ... 159
Le déclin de l'Occident ... 161
DSK, Tron : ce que ces affaires veulent dire ... 163
L'Allemagne d'abord ... 165
Bal tragique chez les Verts ! ... 167
De la binationalité au conflit des cultures ... 169
Impôts : la théorie du boomerang ... 171
Big Sister Roselyne Bachelot ... 173
Cannabis, la tentation de la légalisation ... 175
La disparition programmée des trotskistes ... 177
Les Bettencourt, une famille formidable ! ... 179
François Hollande dans les pas de Mitterrand ... 181
Requiem pour Athènes ... 183

Justice des mineurs ou justice en mineur 185
À quoi sert l'UMP ? 187
Martine Aubry, le jour d'avant 189
Christine Lagarde, l'amie américaine 191
La stratégie du « TSH » 193
La malédiction des Grimaldi 195
Quand Guérini fait la nique à Paris 197
Le hors-jeu de la Cour des comptes 199
Le retour bien difficile de Chabert-DSK 201
Les vieilles ficelles d'Harlem Désir 203
Homme-femme, mode d'emploi 205
Français, vous avez le sexe et l'argent. Petits veinards ! 207
Sarkozy-Raffarin, la passe d'armes qui en dit long 209
Nicolas Sarkozy et l'enseignement 211
L'aide à la Grèce 213
La République du centre 215
Requiem pour la Grèce 217
Le « J'accuse » de Jacques Delors 219
De la faute morale en général, du cas DSK en particulier 221
Chirac-Balladur : hache de guerre déterrée 223
Les sénatoriales ? Rien à voir avec la présidentielle ! ... 225
La tentation de la Droite populaire 227
Pas d'orchidées pour Miss Merkel 229
Le retour de flamme du colbertisme 231
La tentation de la primaire à droite 233
La tentation protectionniste venue du Brésil 235
Steve Jobs, écran total ! 237
Le palmarès des villes les plus endettées 239
Arnaud qui rit et Ségo qui pleure… 241
Islam et démocratie 243
L'Allemagne ne paiera pas 245
La guerre des deux gauches est relancée 247
L'Europe fédérale : menace ou solution ? 249

Le sacre de François Hollande, comme un air de déjà-vu 251
L'Europe *über alles* 253
Paris brûle-t-il ? 255
L'islamisme derrière le Printemps arabe 257
L'euro *made in China* 259
Homoparentalité : bien creusé, la taupe ! 261
La Palestine à l'Unesco : l'heure du virage français 263
Que cette mauvaise Grèce disparaisse ! 265
Crépuscule berlusconien 267
La rigueur ne réussit jamais aux gouvernements sortants 269
La deuxième mort du général de Gaulle 271
L'Allemagne devenue toute-puissante ! 273
Le jusqu'au-boutisme des écologistes 275
Arrêtons le massacre ! 277
Pourquoi ? 279
Quand les marchés installent des gouvernements de techniciens 281
Printemps arabe : les lendemains qui déchantent 283
Saint euro, priez pour nous ! 285
Le nucléaire, en sortir ou pas ? 287
Coups tordus et petits arrangements 289
Guéant est trop mou ! 291
Le retour de la fracture de Maastricht 293
La justice internationale ou la loi du vainqueur 295
La martingale syndicale 297
Poutine, la tentation totalitaire 299
L'appétit qatari pour le ballon rond 301
Bayrou sombrerait-il dans le populisme ? 303
Ces affaires qui rattrapent François Hollande 305
Dati-Fillon, Paris vaut bien une lettre ! 306
Le splendide isolement de la Grande-Bretagne 308
La Syrie ou l'Orient compliqué 310
Le triple A, bataille perdue d'avance 312

Le bûcher des vaniteux

Nicolas Sarkozy 314
Eva Joly 317
Jean-Luc Mélenchon 319
François Bayrou 321
Marine Le Pen 323

DU MÊME AUTEUR

ESSAIS

Balladur, immobile à grands pas, Grasset, 1995.

Le Livre noir de la droite, Grasset et Fasquelle, 1997.

Le Coup d'État des juges, Grasset et Fasquelle, 1998.

Une certaine idée de la France, Collectif, France-Empire, 1998.

Les Rats de garde, en collaboration avec Patrick Poivre d'Arvor, Stock, 2000.

L'homme qui ne s'aimait pas, Balland, 2002.

Le Premier Sexe, Denoël, 2006.

Mélancolie française, Fayard/Denoël, 2010.

Z comme Zemmour, Le Cherche Midi, 2011.

ROMANS

Le Dandy rouge, Plon, 1999.

L'Autre, Denoël, 2004.

Petit frère, Denoël, 2008.

Composition Nord Compo
Impression CPI Bussière en février 2012
à Saint-Amand-Montrond (Cher)
Editions Albin Michel
22, rue Huyghens, 75014 Paris
www.albin-michel.fr
ISBN 978-2-226-24024-8
N° d'édition : 20186/01. – N° d'impression : 120698/4.
Dépôt légal : mars 2012.
Imprimé en France.